KB012776

채널마스터

CHANNEL MASTER

채널마스터 4
CHANNEL MASTER

한태민 현대 판타지 장편소설

초판 1쇄 찍은 날 | 2018년 3월 21일
초판 1쇄 펴낸 날 | 2018년 3월 28일

지은이 | 한태민
펴낸이 | 예경원

기획 | 위시북스
편집책임 | 이규재
편집 | 이즈플러스

펴낸곳 | 예원북스
등록번호 | 제396-2012-000132호
등록일자 | 2012. 7. 25
KFN | 제1-238호

주소 | 경기도 고양시 일산동구 호수로 646-24 위너스21Ⅱ빌딩 206A호 (우)10401
전화 | 031-819-9431 팩스 | 031-817-9432
E-mail | yewonbooks@naver.com

ⓒ한태민, 2018

ISBN 979-11-6098-875-8 04810
       979-11-6098-760-7 (set)

채널마스터

CHANNEL MASTER 4

WISHBOOKS MODERN FANTASY STORY

한태민 현대 판타지 장편소설

Wish Books

채널마스터
CHANNEL MASTER

CONTENTS

CHAPTER
1

베어 그릴스가 직접 단 트윗이었다.

그 반향은 컸다. 벌써 수백 번 리트윗되며 이곳저곳으로 퍼져나가기 시작했다. 국내에도 적지 않은 「Man vs Wild」 팬이 있었고 개중에는 베어 그릴스를 팔로우한 트위터리안도 있었다.

한장수도 개중 한 명이었다. 그는 오늘도 「Man vs Wild」 재방송을 보던 도중 베어 그릴스 트위터에서 새로 보내온 알림에 트위터를 확인했다. 그리고 베어 그릴스의 트윗을 본 순간 그는 눈을 휘둥그레 떴다.

자신이 지금 생각하는 게 맞다면 이건 베어 그릴스도 한번 해볼 생각이 있다는 의미였다.

"X발, 이건 진짜 대박 특종감인데."

그는 황급히 자신이 자주 다니는 웹사이트에 들렀다.

국내 최대 규모의 서바이벌 카페로 「Man vs Wild」의 주인공 베어 그릴스를 추종하는 사람들이 모인 곳이기도 했다.

"아, 한발 늦었네."

그는 눈살을 찌푸렸다.

트윗이 올라오고 채 1분이 지나기도 전에 누군가 이미 카페에 그 트윗을 고스란히 복붙 해놓은 상태였다.

한장수는 그래도 반응이라도 알아보기 위해 자신이 올리려했던 글을 클릭했다.

이미 십여 개가 넘는 코멘트가 달려 있었다.

―와, 이거 진짜 트루임? 가짜 트윗 아니에요?

―ㄹㅇ임. 조금 전 베어 그릴스 트윗에 진짜 올라옴. ㅋㅋ 대박

―「자급자족 in 정글」에서도 수차례 섭외했다가 까이지 않았음? 갑자기 왜 저러는 거?

―그 강한수인가 하는 애가 무인도에 낙오됐던 거 영상 찍었잖아요. 누가 그거 유튜브 영상 링크 걸었는데 보고 나서 저 트윗 올렸다고 함 ㅋㅋㅋㅋㅋㅋㅋ

―이러다가 진짜 내한해서 강한수하고 일대일로 서바이벌

하는 거 찍을지도 모르겠네요.

　–상대가 되려나? 강한수도 나름 서바이벌 광팬인 거 같긴 한데 베어 그릴스에는 못 미치지 않을까요?

　–베어 그릴스 형님이 최고죠. 근데 저놈도 만만치 않은 듯.

코멘트를 쭉 읽어가던 한장수도 댓글을 달았다.

　–다들 이거 방송하면 무조건 보실 거죠?

그리고 새로 고침을 누르자 순식간에 다섯 개의 댓글이 연달아 달렸다.

그 대답은 모두 Yes였다.

한참 베어 그릴스의 트윗이 국내에 퍼지고 있을 무렵「자급자족 in 정글」팀에서도 그 사실을 알아차렸다.

당연히 그 즉시 긴급회의가 소집됐다.

박 피디가 송 작가를 보며 물었다.

"이거 진짜야?"

"예, 그럼요. 이미 국내에 있는 서바이벌 팬카페는 난리 났어요. 장난 아니에요. 캡처돼서 굵직굵직한 사이트에는 다 퍼졌고요."

"하, 이 새끼는 우리가 섭외할 때는 계속 튕기더니…… 그래서 어떻게 하는 게 좋을 거 같아? 다들 좋은 의견 있으면 한 번 말해봐."

「자급자족 in 정글」팀에서 가장 어린 작가가 조심스럽게 말했다.

"이 정도면 진짜 대형 떡밥 아닐까요? 한번 물어보는 게 어떨까 싶은데요?"

"그래서? 베어 그릴스가 나온다고 하면 우리야 당연히 땡큐지. 근데 그 자식이 예능 찍으려 하겠어? 계속 우리 까인 것도 예능이라서 까인 거잖아. 걔는 리얼 다큐만 찍는다며?"

송 작가가 고개를 끄덕였다.

"그게 문제긴 해요. 무엇보다 출연자 안전이 가장 걱정이고요."

"일단 반응은 어때?"

"당연히 뜨겁죠. 철만 씨하고 베어 그릴스하고 일대일로 붙여보고 싶다고 네티즌들이 얼마나 난리였는데요. 그런데 베어 그릴스가 내기까지 하자고 나선 상황인걸요? 아마 상황 파악하면 기사들도 계속 연달아 올라올걸요?"

"이미 기사 올라오고 있어요!"

노트북을 보고 있던 조연출 한 명이 다급한 목소리로 말했다.

"휴, 좋아. 그렇다고 추석 파일럿으로 붙일 수도 없는 거잖아. 로케이션 잡고 스케줄도 조율해 봐야 할 테니까 내년 설날 특집이면 가능할 수도 있겠네. 일단 베어 그릴스 트위터로 트윗을 계속 날리든 아니면 인맥을 총동원해서라도 그 자식 연락처 알아내. 계약서에 도장, 아니, 사인받기 전에는 의미 없어."

"예."

"너는 출연자들한테 알려줘. 철만이가 가장 기대하고 있을 테니까 잘 전달해. 괜히 기대하고 있다가 이도 저도 아니게 흐지부지되면 의미 없잖아."

"예!"

그때 그들 휴대폰이 동시에 울려댔다. 각자 액정을 확인했다. 평소 친분 있게 지내는 기자들의 전화였다.

냄새를 맡은 기자들이 본격적으로 뭐 하나 주워 먹을 게 없나 기웃거리고 있는 게 분명했다.

실제로 이미 실검 순위에 베어 그릴스와 한수의 이름이 또다시 올라가고 있었다.

"한수랑은 통화해 봤어? 이번 일 당사자잖아."

"제가 직접 연락해 볼게요."

송 작가가 눈웃음을 치며 말했다.

"그래, 송 작가가 해봐. 자자, 입단속 잘하고. 최종 확정되기 전에는 절대 실수 말고. 알았어?"

"예!"

회의가 끝이 났다.

동시에 송 작가도 한수에게 전화를 걸었다.

얼마 지나지 않아 한수가 전화를 받았다. 잠에 덜 깬 듯 조금은 졸린 목소리였다.

"한수 씨, 저예요.「자급자족 in 정글」송 작가예요."

―아, 송 작가님. 안녕하세요. 죄송해요, 제가 오늘은 강의가 없어서 늦잠을 잤거든요. 무슨 급한 일 있으신 건가요?

"급한 일이 있긴 있죠. 저 말고 한수 씨한테 급한 일이지만요. 전화 계속 들어오고 있지 않아요?"

―그러게요, 또 무슨 일 터졌어요?「트루 라이즈」쪽 언플은 끝난 거 아니었어요?

"궁금하면 인터넷 둘러봐요. 그리고 연락 좀 줘요. 우리도 어떻게 해야 할지 대책을 마련해 봐야 하거든요."

송 작가는 전화를 끊었다.

그리고 그녀는 입가에 미소를 그렸다.

일반인 참가자를 뽑아야 했던 그 날, 강한수를 고른 자신의 안목은 더할 나위 없는 잭팟을 만들어 냈다.

또, 이번 일이 「자급자족 in 정글」 시청률이 적지 않은 영향을 줄 거라고 확신할 수 있었다.

송 작가의 전화가 끝난 이후로도 줄기차게 전화가 쏟아지고 있었다.

개중에는 이영민 기자도 있었다.

한수는 일단 인터넷을 확인했다. 그리고 베어 그릴스의 트윗을 확인한 뒤 한수는 헛웃음을 흘렸다.

설마설마하니 진짜 베어 그릴스가 자신의 유튜브 영상을 보고 이렇게 트윗을 남길 줄은 생각지도 못한 일이었다.

그렇지만 한편으로는 오기가 솟는 것도 사실이었다.

생존왕이라는 별명으로 더 유명한 베어 그릴스.

그와 일대일 서바이벌 대결을 펼친다는 건 여러모로 흥미 있는 일이었다.

그러는 사이 명성 수치는 계속해서 가파르게 상승하고 있었다. 요 며칠 자신이 인터넷 여론의 중심이 놓여 있었기에 가능한 일이었다.

한수는 일단 계속 걸려오는 전화를 뒤로 한 채 명성 샵부터 확인했다. 명성 샵은 명성 포인트가 일정 이상 쌓이면 그 명성으로 새로운 능력을 확보할 수 있게 해주는 상점 비슷한 것이었다.

명성 1,000을 넘겼을 때 처음 개방됐고 한수는 그동안 이 명성 샵을 이용하기 위해 꾸준히 명성을 쌓고 있었다.

그러나 첫 보상 이후로 그다음 보상부터는 요구로 하는 명성 수치가 너무 높은 탓에 쉽사리 이용하지 못하고 있었다.

그래도 지금 이 정도 명성 수치라면 새로운 보상 한두 개는 얻을 수 있을 것 같았다.

어차피 명성이라는 게 시간이 지나면 또 하락하는 만큼 구매할 수 있게 되었을 때 최대한 써먹는 게 유용하기도 했다.

일단 현재까지 쌓인 명성 포인트는 2,900점.

지난번 2,000점까지 올랐던 명성 포인트는 루머가 사실이 아닌 걸로 판명이 나며 조금 떨어졌다가 오늘 이번 사건으로 가파르게 치솟고 있었다.

한수는 마치 게임 내 유료 상점처럼 떠 있는 각종 보상 목록을 둘러보다가 가장 쓸만해 보이는 것을 하나 골라냈다.

그것은 3,000포인트로 확보 가능한 보상이었다.

[이 보상을 확보할 경우 앞으로 계속해서 포인트를 누적시킬 수 있습니다. 단, 최대 10,000점까지 제한이 있습니다.]

그것은 포인트를 누적시킬 수 있는 보상이었다.

그동안 명성을 쌓아도 시간이 지나면 그 명성이 물거품처럼 사라지며 떨어지는 바람에 아까운 경우가 적지 않았다.

그런 상황에서 1만 점의 제한이 있긴 하지만 버려질지도 모를 명성 포인트를 계속해서 누적시킬 수 있는 건 대단한 메리트였다.

버려질 수도 있는 명성 포인트를 또 모아서 새로운 보상을 확보하는 게 가능해지기 때문이다.

게다가 아직 쓰지 않은 채널 확보권도 한 장 남아 있는 상태.

한수는 과감하게 보상을 확보하기로 결정했다.

동시에 3,000점을 막 넘긴 명성 포인트가 0으로 줄어들면서 한수는 새로운 보상을 확보할 수 있었다.

물론 명성 수치가 떨어졌다고 해서 현실에서 그가 갖는 인지도까지 삭제됐다는 의미는 아니었다.

일단 명성 샵에서 새로운 보상을 확보한 뒤 한수는 구름나무 엔터테인먼트 3팀장에게서 걸려온 전화를 받았다.

그도 이번 일을 어떻게 생각하는지 대단히 궁금해하고 있었다.

그러나 이 단계에서 한수가 할 수 있는 일은 없었다.

우선 「자급자족 in 정글」 제작진의 결정을 기다려야 했고 베어 그릴스가 진짜 내한할 수 있는지도 알아봐야 했다.

그러는 사이 「자급자족 in 정글」 팀은 베어 그릴스의 매니저와 다시 연락을 취할 수 있었다.

그리고 촬영 컨셉과 출연료 그밖에 세부적인 사항에 대해 협의를 거쳐 갈 무렵 10월 초가 되었다.

올해 추석은 10월 2일부터 4일까지였다.

그동안 방송국은 새롭게 준비 중인 파일럿 프로그램을 속속 내놓았다.

그사이 「자급자족 in 정글」과 「트루 라이즈」, 두 프로그램 제작진에게는 시청률 경쟁이 벌어지기 전 잠깐의 휴식이 주어졌다.

그러나 그 모습은 마치 활화산이 폭발하기 직전 부글부글 끓고 있는 모습을 보는 듯했다. 실제로 이미 양쪽 팬덤은 자신의 프로그램이 더 낫다는 식으로 팽팽한 기 싸움을 벌이고 있었다.

짧은 추석 연휴가 끝이 났다. 그리고 추석 연휴가 끝나는 목요일 오후 IBC와 TBC 사옥 앞에서 「자급자족 in 정글」과 「트루 라이즈」의 제작발표회가 열렸다.

바로 내일 금요일 오후 10시, 「자급자족 in 정글」은 말도 많고 탈도 많았던 배우 정수아 사건 이후로 재촬영한 서수마트라편 특집이, 「트루 라이즈」는 시즌4가 방송을 타기로 되어 있었다.

그러나 사전 분위기는 「트루 라이즈」쪽이 우위를 점했다.

「트루 라이즈」에 출연하는 열 명의 참가자, 장 피디가 단단히 손을 쓴 듯 국내 내로라하는 톱스타 세 명이 참가자 자격으로 제작발표회 현장에 나타났기 때문이다.

그건 전문가들도 마찬가지였다. 각계에 이름을 날리고 있는 유명인사들이 합류했다.

이미 기사가 줄줄이 뜨고 있었다.

[「트루 라이즈」 시즌4, 초호화군단으로 라인업 선보여!]
[시작부터 폭발적인 반응. 「트루 라이즈」 시즌4 이대로 대박 노리나?]

TBC 그리고 장 피디와 친분이 있는 기사들이 써내려간 기사가 줄줄이 매스컴을 탔고 또 그와 비슷한 기사들이 복제되어 이곳저곳에 뿌려지기 시작했다.

반면에 「자급자족 in 정글」은 애당초 특집으로 준비했던 참가자는 모두 열 명이었지만 다섯 명으로 줄어든 상태였다. 게다가 그 한 명이 당시에는 일반인이었기 때문에 특집이라고 부르기도 조금 민망한 게 사실이었다.

게다가 베어 그릴스가 내한할 수 있다는 소문이 나면서 인도네시아 서수마트라 특집편 제작발표회인데도 불구하고 기자들의 관심은 베어 그릴스 내한 소문에 집중되어 있었다.

"박 감독님, 진짜 베어 그릴스가 내한하는 게 맞습니까?"

"베어 그릴스가 내한한다고 하면 촬영 컨셉이 바뀔 텐데요. 생각해 두신 포맷은 있으십니까?"

"베어 그릴스가 염두에 둔 사람은 강한수 씨인데요. 다른 출연자들은 어떻게 되는 겁니까?"

대놓고 돌직구를 던지는 기자 질문에 형준뿐만 아니라 철만과 석진, 혜윤의 얼굴도 딱딱하게 굳었다. 이전부터 형준이 우려하고 있던 것도 바로 이것이었다.

그러나 박 피디가 그런 출연자들을 안심시키듯 웃으며 입을 열었다.

"우리 「자급자족 in 정글」팀은 끝까지 5인 체제를 고수할 생각입니다. 베어 그릴스 씨가 내한한다고 하면 당연히 우리 체제를 따라야 하지 않겠습니까? 로마에 가면 로마 법을 따른다더군요. 그보다 오늘은 베어 그릴스 씨가 나오는 특집이 아닙니다. 일단 다들 영상부터 보시겠습니다."

그리고 곧장 그들이 인도네시아 서수마트라에 위치한 외딴 무인도에서 찍은 영상이 편집되어 흘러나오기 시작했다.

불만을 내비치려 하던 몇몇 기자도 그 영상에 집중했다.

한수를 비롯한「자급자족 in 정글」출연자들이 무인도에서 활약하는 장면이 편집되어 조금씩 맛보기로만 공개되고 있었다.

"와, 진짜 미쳤다. 저 정도면 진짜 베어 그릴스하고 일대일로 생존 배틀 벌여도 이길 거 같지 않냐?"

"크크, 강한수가 이번 특집편 최대 수혜자라고 하더니 그럴 만한 이유가 있네. 캬, 어디서 저런 물건이 튀어나왔대."

"이 정도면 시청자 반응 완전 죽이겠는데?"

예능과 다큐가 적절히 조화된 완벽한 선공개 영상이었다.

그렇게 호의적인 반응이 줄을 이을 때.

「트루 라이즈」반응도 폭발적이었다. 어쩌면 시즌 최초로 8%를 넘길지도 모른다고 섣부른 추측이 줄을 이었다.

그리고 다음 날 오후 10시.

시청자들의 호기심과 기대, 궁금증을 한 몸에 안은 채「자급자족 in 정글」과「트루 라이즈」가 전파를 타고 방영되었다.

서울에 있는 대형 고깃집.

고깃집 안은 바글바글하게 모여 있는 사람들로 인해 시끌벅적했다.

　여기 모인 사람들은 「자급자족 in 정글」팀 식구들이었다.

　조명팀, 음향팀, 촬영팀, 연출팀 등 가리지 않고 빼곡히 모인 채 「자급자족 in 정글」이 나오길 기다리고 있었다.

　오후 10시까지 남은 시간은 이제 십오 분.

　바싹 익어가고 있는 고기를 보고도 한수는 차마 젓가락을 가져가질 못했다.

　얼마 안 있으면 자신이 나온 예능 프로그램이 지상파를 통해 방송을 타게 된다.

　과연 그 반응은 어떨지, 무엇보다 「트루 라이즈」를 압도할 수 있을지 걱정이었다.

　"긴장 풀어, 지상파하고 케이블이잖아. 걱정할 게 뭐 있다고 그러냐?"

　철만이 한수에게 소주를 따라주며 말했다.

　"그리고 우리 프로그램이 벌써 5년째야. 망해도 5% 이상은 뽑을 테니까 걱정 말라고. 「트루 라이즈」보다는 잘 나와."

　"아이고, 철만 씨. 부정 타는 소리 하지 좀 맙시다. 못해도 15%는 뽑아야 체면치레하죠. 5%로 누구 코에 붙이겠어요? 네?"

　박 피디가 앓는 소리를 했다.

　시시각각 다가오는 시간에 그의 얼굴은 점점 미이라처럼 푸석푸석해지고 있었다.

그때 고깃집에 걸려 있는 대형 텔레비전에 마지막 광고가 흘러나왔다.

동시에 스태프 한 명이 목소리를 높였다.

"CM 마지막입니다. 곧 본방 들어갑니다."

두근두근—

긴장의 끈을 바짝 조일 무렵 광고가 끝나고, 본방이 시작됐다.

첫 장면은 「자급자족 in 정글」팀이 델판사르 공항에 다 함께 모인 것이었다. 편집팀이 얼마나 고생했는지 1박 촬영했다가 귀국한 일반인 네 명과 배우 정수아는 흔적조차 찾아볼 수 없었다.

그렇게 카메라가 돌아가는 사이 철만이 가방 하나를 훑어보다가 눈을 휘둥그레 뜨며 물었다.

—이건 뭐예요? 제작진에서 챙겨온 거예요?

—아뇨, 강한수 씨가 구매해 달라고 한 거예요.

—강한수…… 아, 그 한국대생?

카메라가 가방 속 물건을 비췄다.

가방 안에는 길쭉한 길이의 정글도와 손도끼가 각각 한 자루가 들어 있었다.

－완전 무장하고 왔네.

－그러게요. 진짜 단단히 준비하고 온 모양이에요.

철만과 작가가 나누는 대화 뒤로 화면이 바뀌었다.

그다음 그들이 잡힌 곳은 선착장이었다.

그곳에서 신중하게 회의를 거친 뒤 서수마르타 섬 인근에 위치한 무인도로 향하는 그들 모습이 잡혔다.

그리고 난 뒤 무인도에 도착해서 본격적으로 그들이 집을 짓고 생존에 필요한 활동을 하는 장면이 그려지기 시작했다.

그때 가장 눈에 들어온 건 바로 한수였다.

정글도로 정글을 헤치고 손도끼로 나무를 자르고 그것으로 능숙하게 집을 짓는 등, 한두 번 해온 게 아닌 듯 베테랑다운 모습을 보이고 있었다.

그렇게 곳곳에 설치된 카메라가 그들의 모습을 생동감 있게 담아냈고 얼마 지나지 않아 그들은 커다란 트리 하우스 한 채를 금세 만들어 냈다.

불판에 실시간으로 댓글이 달리기 시작했다.

－와, 미쳤다. 저게 저렇게 만들기 쉬운 거였냐? ㅋㅋㅋ

－장철만도 장철만인데 강한수도 완전 날아다니는데? －_－

－쟤 진짜 뭐냐? 진짜 여기 나오려고 몇 달 동안 이 짓만 한

거 아니냐?

　-누가 보면 원주민인 줄 알겠다 ㅋㅋ

　-저렇게 키 크고 잘생긴 원주민 본 적 있어요? 우리 오빠한테 악플 달지 마세요.

　ㄴ우리 오빠? 혹시 성이 강씨세요?

　ㄴㄴ박씨인데요? 왜요?

　ㄴㄴㄴ근데 왜 님 오빠임? 개나 소나 지 오빠라고 부르네.

　-불 피우기 하는 거 봤냐? ㅋㅋ 개쩜. 저 정도면 베어 그릴스보다 더 빠른 건데.

　-장철만도 장난 없더라. ㄹㅇ 괜히 5년 짬밥이 아니지.

　-야, 서당 개도 3년이면 풍월을 읊는다던데 저 정도는 해줘야지.

　-베어 그릴스 내한 오면 장철만도 껴서 3명 대결시켜야 하는 거 아님? ㅋㅋㅋㅋㅋ

　ㄴ근데 베어 그릴스 내한은 확정된 거야? 왜 그 날 이후로 썰이 없어?

　ㄴㄴ내 친구가 IBC에서 근무 중인데 섭외 중이래. 뭐 조건 조율하고 있다고 들은 거 같아.

　ㄴㄴㄴ하, 제발. 베어 형. 출연 좀 해주세요!!!

　그때 본방을 지켜보던 사람들이 가볍게 한숨을 토해냈다.

실시간으로 무인도에서 집을 짓고 정글 3종 경기를 하더니 작살로 낚시를 하고, 착착 기계처럼 정밀하게 움직이는 그 모습은 시선을 홀리게 하기에 충분했다.

가만히 텔레비전을 보던 한수도 자신이 저랬나 하는 생각에 고개를 갸웃거렸다.

그때 휴대폰이 연달아 울려댔다. 확인해 보니 길벗반 단톡방에 계속해서 톡이 쌓이고 있었다. 동기들과 선배들이 정글에서 한수가 보여준 활약상을 보며 실시간으로 감상평을 남기고 있는 것이었다.

그러는 사이 어디선가 걸려온 전화를 받고 있던 조연출이 큰 목소리로 외쳤다.

"시청률, 떴습니다!"

"뭔데? 몇인데?"

"5%? 10%? 얼마래?"

시끌벅적한 목소리에 조연출이 고함을 질렀다.

"진입 13%입니다! 그리고, 계속 오르고 있답니다!"

그리고 고함보다 더 큰 목소리가 고깃집 안을 떨쳐 울렸다.

시작은 완벽, 그 자체였다.

그때 가만히 이야기를 듣고 있던 박 피디가 조연출을 쳐다보며 물었다.

"「트루 라이즈」는 반응이 어떻대?"

하나는 지상파고 하나는 케이블이다.

당연히 시청률에서 차이가 날 수밖에 없다.

그러나 「트루 라이즈」 제작진들은 지금 회식 자리에서 난리 부르스를 추고 있었다.

진입 4.2%.

「트루 라이즈」 시즌1 최고 시청률이 3.3%였던 걸 감안하면 이건 하늘이 열리고 땅이 무너질 만큼 엄청난 사건이었다.

연신 소주잔을 들이켜고 있던 장 피디 얼굴은 취기에 의해 서인지 아니면 기분이 좋아서인지 발그레해져 있었다.

"감독님! 축하드려요!"

정 작가가 그런 장 피디 술잔에 소주를 가득 따랐다.

장 피디는 허허거리며 웃음을 터뜨렸다.

코어 팬들이 똘똘 뭉친 덕분에 1화 시청률은 이미 대박이 예고된 상태였다.

하지만 시즌1 때 시청률보다 훨씬 더 높은 시청률로 진입하 자 그동안 마음고생 했던 게 전부 다 씻겨져 내려가는 것만 같 았다.

"그래, 이래야지! 이거야!"

장 피디가 기분 좋게 웃음을 토해냈다.

"야, 정글 그놈들은 시청률 몇이래냐?"

"진입 13%라고 하던데요?"

"13%? 화제성에 비하면 완전 시청률은 골로 갔네. 걔네 평균 14%는 찍잖아."

"그렇죠. 축하드립니다, 감독님!"

장 피디는 쏟아지는 인사를 일일이 답례하며 기분 좋게 미소를 지었다.

이 정도면 시즌5는 떼놓은 당상이었다.

광고도 완판될 게 분명했고 PPL도 더 많이 들어올 터였다. 그렇게 된다면 어깨 펴고 당당하게 걸어 다닐 수 있었다.

장 피디가 벌써 「트루 라이즈」가 종영되고 난 뒤 승승장구할 자신의 미래를 머릿속에 그리고 있을 때였다.

시청자 반응을 살펴보던 정 작가 표정이 눈에 띄게 어두워졌다.

"이러면 안 되는데⋯⋯."

머뭇거리던 정 작가가 장 피디를 보며 말했다.

"저, 감독님. 이것 좀 보셔야겠는데요."

"왜요? 정글 걔네 시청률 떨어졌대요? 반응 안 좋아요?"

"그게 아니라⋯⋯."

「자급자족 in 정글」의 반응은 방송이 이어지면 이어질수록 계속해서 좋아지고 있었다.

그럴 수밖에 없었다.

시청자들은 지금 자신이 보는 게 예능인지 다큐인지 헷갈릴 만큼 몰입도 있게 집중하고 있었다.

그전까지만 해도 제작진이 개입하는 바람에 리얼리티의 한계를 느꼈다면 이번 특집은 그런 게 전혀 없었기 때문이다.

출연자들이 각자 계획하고 구상한 다음 생존에 맞게 최적화된 움직임으로 행동하고 있었다.

그것을 보며 시청자들도 자신이 저렇게 무인도에 떨어지면 어떤 식으로 자급자족을 해야 할지 고민하게 만들고 있었고 그것은 고스란히 몰입도로 이어지는 중이었다.

그렇게 「자급자족 in 정글」의 시청률이 계속해서 상승곡선을 그리고 있는 반면에 「트루 라이즈」는 점점 더 시청률이 하강 곡선을 그리기 시작했다.

─아, 메이킹 필름이 끝이었냐? 이거 뭐야?

─이건 역대급 망이다. 겁나 루즈하네.

─쟤네 친목 하러 나옴? 「트루 라이즈」가 아니라 「둥글게 둥글게」로 바꿔야 하는 거 아니냐?

─이게 무슨 서바이벌 미션이야. 피디 미쳤냐?

─ㅋㅋㅋㅋㅋㅋ 초반에는 그래도 재밌었는데 갈수록 개판이네.

－완전 빛 좋은 개살구네. 출연자들이 화려하면 뭐해, 재미가 없는데. ㅇㅈ? ㅇㅇㅈ.

　－「자급자족 in 정글」은 반응 되게 좋던데. 채널 돌려야겠네요.

　－먼저 넘어갑니다.

　계속해서 쌓이는 부정적인 반응의 댓글을 보며 정 작가 얼굴이 새파랗게 질렸다.

　"가, 감독님!"

　뒤늦게 댓글을 확인한 장 피디 얼굴이 잔뜩 구겨졌다.

　"편집은 잘됐잖아! 왜 반응이 이래?"

　"그, 그게……."

　「트루 라이즈」는 시즌제 방송이다.

　그리고 가장 호평받은 시즌이 시즌 3다.

　시청률은 시즌 1이 최고였지만 시청자들의 평가는 시즌 3가 가장 좋았다.

　하지만 이번 시즌4는 시작부터 삐걱댔다.

　편집으로 그것을 어떻게든 메우려 했지만 애초에 원본이 구린데 편집본이 좋을 리가 없었다. 호박에 줄을 긋는다고 수박이 안 되는 것처럼 이것도 마찬가지였다.

　"이게 뭐야!"

실실 웃고 있던 장 피디 태도가 몇십 분이 채 지나기도 전에 180도 바뀌었다. 그는 들고 있던 소주잔을 내팽개쳤다. 점점 더 분위기가 험악해졌다.

그들과 달리 「자급자족 in 정글」팀 회식 자리는 단풍놀이를 온 것처럼 화목했다.

하하 호호 웃으며 출연자들이 고군분투하는 모습을 지켜보고 있었다. 그리고 한수가 작살로 물고기를 낚아챘을 때 가볍게 탄성이 터져 나왔다.

형준이 한수를 보며 물었다.

"너는 태생적으로 타고난 거냐? 저걸 어떻게 잡냐?"

그도 실제로 한수가 물고기를 잡는 건 지금 처음 보는 것이었다. 정글에서 그가 봤던 건 한수가 커다란 물고기를 왼손으로 낚아 올리는 것뿐이었으니까.

"저도 형이 개그를 어쩜 그렇게 잘 치는지 종종 궁금할 때가 있긴 있어요. 어떻게 잘 치냐고 물어보면 뭐라 대답하실 건데요?"

"……글쎄다. 그동안 꾸준히 노력했으니까 되는 거 아닐까?"

"저도 비슷해요."

한수가 미소를 지었다.

다만 한 가지 차이가 있다면 한수는 그것을 텔레비전을 통해 익혔다는 것뿐이었다.

금요일 오후 10시.

「자급자족 in 정글」 1화 시청률 16.1%.
「트루 라이즈」 1화 시청률 3.6%.

파란만장한 하루가 지나고 토요일이 되었을 때 두 프로그램의 시청률이 떴다.

둘 다 소폭 상승하긴 했다.

「자급자족 in 정글」 이전 특집 1화가 14%로 시작했던 것에 비하면 2% 가까이 올랐고 「트루 라이즈」도 시즌 3가 2.5%로 시작했던 것에 비하면 1.1%나 상승했다.

그러나 「트루 라이즈」 제작진 분위기는 금세 비가 내릴 것처럼 우중충하기만 했다.

4.2%로 진입한 것에 비하면 시청률이 오히려 하락해 버렸다. 문제는 2화, 3화 뒤로 갈수록 점점 더 내용이 엉망진창이라는 것이었다.

그렇다고 그동안 찍어둔 걸 싹 다 덜어내고 새로 찍을 수는 없는 노릇이었다.

계속해서 한숨만 내뱉던 장 피디가 의자를 걷어차고 일어났다.

"휴, 잠깐 담배 좀 피우고 올게."

그리고 장 피디가 옥상에 올라가기 위해 복도를 지나쳐서 엘리베이터 앞에 멈춰섰다.

그러다가 6층에 멈춰선 엘리베이터에 올라타려 할 때였다. 그가 타려던 엘리베이터에서 낯익은 얼굴이 내리고 있었다.

"어? 장 피디님? 되게 오랜만이네요. 그날 면접 때 이후로 처음 뵙는 거 맞죠?"

상대가 살갑게 인사를 건넸지만, 장 피디는 우악스러운 인상으로 상대를 노려봤다.

그럴 수밖에 없었다.

방금 막 엘리베이터에서 내린 사람은 다름 아닌 강한수였다. 그리고 그 옆에는 험상궂기로 둘째가라면 서러워할, 윤환의 매니저이기도 한 3팀장이 버젓이 서 있었다.

"너, 네, 네가 왜 여기에……."

"한 CP님이 보자고 하셔서요. 「트루 라이즈」 시즌4 끝나는 대로 새로 론칭해 보려는 프로그램이 있는데 출연해 볼 생각 있냐고 어제 연락을 받아서요."

"뭐? 지금 뭐라고? 새로 론칭이라고?"

그러나 장 피디에게는 금시초문인 이야기였다.

장 피디는 두 눈을 끔뻑이며 강한수를 노려봤다.

얄미운 저 얼굴을 보고 있자니 주먹이 근질거렸다.

그렇다고 여기서 드잡이질을 할 순 없는 노릇이었다.

'뭔가 잘못된 거겠지. 설마 그럴 리가 없겠지.'

장 피디는 주춤거리다가 황급히 복도를 되짚고 다시 예능국으로 향했다.

"비켜!"

사람들을 밀치고 그가 다급히 달려간 곳은 부장실이었다.

그러나 부장실은 텅 빈 채 조용하기만 했다.

"야! 석주 형 어디 갔어? 한 부장님, 어디 갔냐고!"

"그, 그게…… 아까 국장실 가시는 거 같던데요?"

그 말에 성난 멧돼지처럼 장 피디가 달려든 곳은 국장실이었다. 평소였으면 절대 생각지도 못할 일이었지만 오늘만큼은 아니었다.

"국장님! 부장님 여기……."

국장실 안에 뛰어든 장 피디 눈에 낯선 광경이 들어왔다.

소파에 낯선 누군가가 앉아 있었다. 그리고 맞은편에 앉아 있는 예능국장과 한 부장이 두 눈을 동그랗게 뜬 채 자신을 바라보고 있었다.

"장 피디! 이게 뭐 하는 짓이야? 손님 와 있는데 노크도 없이."

"국장님, 죄송합니다. 제가 조금 전에 어처구니없는 이야기를 들어서……. 석주 형, 잠깐 이야기 좀."

그때 한 부장이 예능국장을 보며 말했다.

"어차피 곧 알게 될 건데 지금 이야기하시죠. 마침 황 피디도 와 있으니."

"황 피디, 괜찮겠어?"

"예, 저는 문제 없습니다."

장 피디가 눈매를 좁혔다.

'황 피디? 우리 방송국에 황씨 성을 쓰는 피디가 있었나?'

그때 예능국장이 입을 열었다.

"장 피디, 잠깐 여기 앉아봐. 소개시켜 줄 사람이 있어."

"아, 예. 국장님."

장 피디가 조심스럽게 소파로 다가갔다. 그리고 빈 자리에 앉으며 옆 사람을 쳐다봤을 때였다. 그가 당황한 얼굴로 예능국장과 한 부장을 쳐다보며 물었다.

"화, 황석영 피디님이 여기 왜 계신 겁니까?"

"이번에 ABS에서 우리 방송국으로 옮겼어. 인사 나눠. 앞으로 한 식구가 될 사이니까."

"예? ABS에서요?"

국내 삼대 지상파 중 한 곳인 ABS.

황석영 피디는 그 ABS에서도 둘째가라면 서러워할 만큼 최고로 손꼽히던 에이스 피디다.

그런데 그가 TBC로 이직을 했다고?

"그, 그건 뜬소문 아니었습니까?"

"뜬소문은 무슨, 황 피디도 계속 프로그램 하나만 고정해서 하다 보니까 지쳤던 거지. 그래서 우리 방송국으로 이직해 온 거야. 이젠 시즌제로 촬영하고 싶다고 하더라고."

"시, 시즌제…… 그래서 말인데요. 방금 제가 들은 말이 있는데「트루 라이즈」끝나고 곧장 새 프로그램 론칭하신다던데……."

그때였다.

국장실 문을 두드리는 노크 소리가 있었다.

"국장님, 저 구름나무 박 팀장입니다."

"박 팀장, 들어와요."

중간에 말이 잘린 장 피디가 인상을 구겼다.

그가 한 부장을 노려봤다.

그러나 그는 장 피디의 눈길을 피하며 딴청을 부리고 있었다.

"박 팀장, 잘 지냈지? 아, 이분이 강한수 씨? 한수 씨, 어서 와요. TBC 예능국 국장 서태준입니다. 만나서 반가워요."

"처음 뵙겠습니다. 강한수라고 합니다."

듣기 싫은 목소리에 장 피디 얼굴이 점점 더 새까매졌다.

그때 소파를 둘러보던 예능국장이 눈살을 찌푸렸다.

자리는 네 개인데 앉아 있는 사람은 둘, 한 명이 자리를 비켜야 했다.

그가 한 부장에게 눈짓을 보냈다.

한 부장이 냉큼 고개를 끄덕이며 입을 열었다.

"장 피디 뭐 해?「트루 라이즈」편집 마저 손 봐야 한다고 하지 않았어? 이만 나가서 일 봐."

"부, 부장님!"

"어허, 자세한 건 나중에 이야기해 줄게. 지금 손님 오신 거 안 보여?"

축객령에 장 피디는 머뭇거리다가 소파에서 일어났다.

그리고 그는 이러지도 저러지도 못한 채 국장실을 나와야 했다.

그렇게 국장실에서 걸어 나올 때 안에서 나누는 대화가 귓속에 틀어박혔다.

"허허, 저 친구가 요새 마음고생이 심해서. 이해 바랍니다."

"「트루 라이즈」시청률, 잘 나오지 않던가요? 3.6%라고 들은 거 같은데요?"

"그럼 뭐합니까? 4.2% 진입이었는데 저렇게 고꾸라진 겁니다. 어휴, 그래도 우리 황 피디님이 새로 오셔서 정말 다행입니다."

"그러게 말이야. 황 피디가 잘 좀 손대서 시청률 좀 끌어올려 줘. 내가 믿는 건 황 피디밖에 없어. 알지?"

"생각해 보면 우리 한수 씨 물 먹인 것도 장 피디 아닙니까? 어후, 진짜 제가 그거 때문에 국장님한테 까인 거 생각하면. 한수 씨, 그리고 박 팀장. 그거 내 본심 아니었던 거 알죠? 장 피디가 얼마나 험담을 해대는지……."

"괜찮습니다."

국장실 문 앞에 서서 자신을 씹어대는 대화를 듣던 장 피디 얼굴이 흉신악살처럼 일그러졌다.

그러나 정작 그가 할 수 있는 건 아무것도 없었다.

피디는, 시청률로 자신의 자리를 입증해 내는 직업이었으니까.

"ABS에서 섭외 들어왔어요. 설 연휴 특집 파일럿 가안이라는데요? 한수 씨 데려가고 싶대요."

"OBC도요!"

"IBC에서 「자급자족 in 정글」 다음 특집 스케줄 좀 잡고 싶대요. 겨울 촬영이다 보니 뉴질랜드에서 찍는 게 어떠냐는데요? 한번 와달라고 하네요."

구름나무 엔터테인먼트는 쏟아지는 섭외에 시끌벅적했다.

각종 예능 프로그램에, 다큐멘터리 심지어는.

"EBS에서도 섭외 왔는데요? 한수 씨한테 특강 하나 맡기고 싶다고……."

EBS에서까지 섭외가 쏟아지고 있었다.

난리가 난 구름나무 엔터테인먼트 사무실을 둘러보며 윤환이 어깨를 으쓱했다. 방금 막 지방 순회 콘서트를 끝마치고 돌아온 그의 얼굴에는 피곤이 덕지덕지 붙어 있었다.

"내가 그랬잖아. 스타 될 자질 있다고. 진짜 대표님하고 석준 형은 나한테 백번 절해도 모자랄걸. 그건 그렇고 말 나온 김에 석준 형은 어디 갔어? 담당 연예인이 왔는데 얼굴 한번 안 비치네?"

"한수 데리고 TBC 들어갔어요. 「트루 라이즈」 다음에 새로 론칭할 예능 프로그램 섭외 들어왔다던데요?"

"응? 그럼 겹치기 촬영 아니야? 「자급자족 in 정글」 다음 편도 촬영 들어갈 거라며?"

"근데 TBC에서 이번에 야심 차게 준비하고 있대요. 그거 때문에 ABS에서 황금사단도 데려왔다잖아요."

"뭐? 황금사단? 진짜?"

황금사단.

황 피디가 이끌고 있는 피디, 작가, 연출팀을 아울러 부르는 용어다.

ABS 예능의 전성기를 만들어 낸 황 피디는 자신만의 사단을 꾸렸고 어느샌가 그들은 한 몸이 되어 움직이고 있었다.

그렇다 보니 황 피디가 움직이면 그들도 덩달아 움직였고 황 피디 밑에서 배우고 큰 피디들이나 작가들이 독립해서 저마다 새로운 프로그램을 론칭하기도 했다.

방송국에서는 황 피디의 성씨와 그들이 만들어 낸 엄청난 성과를 아울러 황금사단이라 통칭해 부르고 있었다.

그래서일까? 웬만한 톱스타는 물론 신인들이 가장 출연하고 싶어 하는 게 바로 이 황금사단이 론칭하는 예능 프로그램이었다.

"미쳤네. 근데 한수가 그 정도 급이 돼?"

톱스타들도 줄을 서서 번호표를 뽑고 기다려야 하는 게 바로 황금사단이 연출하는 프로그램이다. 그에 비해 한수는 이름값만 놓고 보면 아직 반짝스타 수준이다. 윤환은 의아할 수밖에 없었다. 그 말에 홍보팀장이 대답했다.

"「자급자족 in 정글」에서 요리하는 모습이 인상적이었다고 하더라고요. 대략 이야기 나오는 거 보니까 무슨 섬에 들어가서 낚시하고 요리해 먹고 그런 프로그램이라던데……."

"기획안 없어? 가안이라도 있지 않아?"

"비공개래요. 저도 그냥 흘러 지나가는 이야기 살짝 들은 거라서……."

윤환이 눈매를 좁혔다.

어떤 프로그램인지 감이 안 잡히지만 황금사단이 연출하는 것인 만큼 기본적인 시청률은 보장이 될 게 분명했다.

TBC 예능국 회의실 안.

국장실에서 자리를 옮긴 뒤 한 CP와 황 피디, 3팀장, 그리고 한수 이렇게 넷은 회의실에서 따로 이야기를 나누고 있었다.

"「자급자족 in 정글」 1화 봤어요. 보니까 한수 씨가 요리를 꽤 하시는 거 같더라고요. 맞죠?"

"아, 예. 조금은 할 줄 압니다."

"조금이요? 저도 혹시 해서 찾아봤는데 컵스테이크, 그것도 한수 씨가 개발한 거라면서요? 사실이에요?"

한수가 멋쩍게 웃어 보였다.

성욱이 운영하고 있는 PC방을 어떻게 하면 더 사람을 끌어모을 수 있을까 고민하다가 한 차례 실패 이후 개발해 낸 게 바로 컵스테이크였다.

그리고 현재 컵스테이크는 불티나게 팔리고 있었고 성욱의

PC방뿐만 아니라 주변 PC방에도 속속 전파되는 중이었다.

성욱은 그것을 프랜차이즈화했고 실제로 매달 통장에 적지 않은 돈이 소스 사용료로 차곡차곡 들어오고 있었다.

"예, 제가 개발한 게 맞긴 맞습니다."

"좋네요. 사실 우리가 지금 생각 중인 프로그램이 이거예요. 기획안 한번 보세요."

황 피디가 서류가방에서 기획안을 꺼내 한수와 3팀장에게 각각 하나씩 내밀었다.

기획안이라 되어 있는 서류 앞면에는 가제로「하루 세끼」라고 적혀 있었다.

한수가 천천히 기획안을 읽어 내려갈 때 황 피디가 자신 있는 목소리로 말했다.

"요즘 직장인들, 하루 세끼는커녕 한 끼도 제대로 챙겨 먹기 힘들잖아요. 직장에서 점심 식사는 한다지만 아침도 굶고, 저녁은 컵라면으로 때우고."

"그건 그렇죠."

"그런 직장인들한테 힐링이 될 수 있는 프로그램을 하나 만들고 싶었어요."

"힐링, 좋죠."

"그래서 남해에 있는 한 어촌에서 2주 정도 지내면서 촬영할 생각이에요. 그리고 한 명은 낚시해서 물고기 잡고 다른 한 명은 그걸로 요리하고. 이렇게 하루 세 끼 챙겨 먹는 모습을 보여주는 게 목표예요."

한수가 떨떠름한 목소리로 물었다.

"……설마 무인도는 아니겠죠?"

"하하, 아닙니다. 사람 사는 섬이에요. 다만 출연자는 두 명 내지 세 명 정도로 생각하고 있어요. 너무 많으면 오히려 복잡해서 불편하거든요."

"그럼 섭외하려고 생각 중인 연예인들도 이미 있으시겠네요."

황 피디가 능글맞게 웃으며 말했다.

"그렇죠. 하하. 선후배끼리 가는 게 맞을 거 같아서 한 명은 조금 연배가 있는 분으로 할 생각이에요. 그리고 그분을 보조하는 사람으로 한 명 이렇게 두 명 정도 고민 중이고요. 가끔 게스트가 나오기도 하겠죠."

그때 3팀장이 불쑥 말을 꺼냈다.

"환이는 어때요?"

"윤환 씨요?"

"예, 우리 환이도 잘할 수 있을 거 같아서요."

황 피디가 그 말에 손가락으로 책상을 툭툭 치며 고민에 잠겼다. 잠시 고민하던 황 피디가 고개를 끄덕였다.

"윤환 씨도 좋죠. 예능 좋고 연기되고 거기에 같은 소속사에 「숨은 가수 찾기」도 함께 나왔었으니까요. 이래저래 케미도 맞고, 나쁘지 않겠네요. 그런데 윤환 씨 스케줄을 뺄 수 있을까요? 당분간 콘서트 때문에 계속 바쁜 거 아니었나요?"

"지방 도는 콘서트는 오늘 끝났을 겁니다. 그거 이후로 조금 쉴 생각이었지만 이렇게 좋은 기회가 왔는데 잡지 않으면 안 되겠죠."

"흠, 그럼 윤환 씨한테도 한번 물어봐 주시겠어요? 저도 윤환 씨하고 한번 같이 작업해 보고 싶긴 했거든요."

황 피디가 긍정적인 답변을 내놓았다.

이왕이면 서로 조금은 안면이 있는 사람이 나았다.

그래야 덜 데면데면할 테고 최대한 빠르게 케미가 터져 나올 수 있을 테니까.

"알겠습니다. 그럼 저도 대표님하고 본부장님하고 한번 회의해 본 다음 바로 연락드리겠습니다."

"좋습니다. 꼭 한번 같이 해보고 싶네요."

황 피디가 한수에게 손을 내밀었다.

한수도 그 손을 마주 잡았다.

황금사단과 함께 작업한다는 건 나쁘지 않은 일이었다.

다만 우려스러운 게 하나 있다면 「자급자족 in 정글」 촬영과 일정이 겹칠 경우 어떻게 하느냐 하는 점이었다.

둘 다 금요일 같은 시간대에 방송될 가능성이 농후한 데다가 조만간 「자급자족 in 정글」이 해외 로케이션 촬영을 가게 되면 일주일 정도 공백이 생기는 건 불가피한 일이기 때문이다.

그때 「하루 세끼」 촬영을 들어간다고 하면 둘 중 하나는 포기해야 할지도 몰랐다.

그나마 한 가지 기대볼 만한 건 곧 있을 IBC 예능 프로그램 가을 개편 정도였다.

추석 연휴가 끝나고 각 방송사가 연출한 파일럿 예능 프로그램 중 몇 가지는 시청자들한테 나쁘지 않은 반응을 이끌어 냈다.

개중에는 IBC에서 한 파일럿 프로그램도 있었다.

만약 그 파일럿 프로그램이 금요일에 편성되면 「자급자족 in 정글」은 토요일로 시간대가 변경될 가능성이 농후했다.

그렇게 TBC에서 미팅을 끝내고 돌아가려 할 때였다.

전화가 계속해서 오고 있었다.

발신자를 확인해 보니 「자급자족 in 정글」 송 작가였다.

"송 작가님, 어쩐 일이세요? 네?"

황 피디를 비롯한 TBC 사람들이 귀를 쫑긋 세웠다.

그때 '예, 예.' 하던 한수가 전화를 끊었다.

"무슨 일이야?"

3팀장 질문에 한수가 대답했다.

"베어 그릴스가 이번 주에 내한한다네요."

베어 그릴스.

IBC하고 협의를 끝낸 그가 방한하기로 결정을 내린 것이었다.

추석 연휴가 끝났는데도 불구하고 인천 국제공항은 적지 않은 사람으로 붐비고 있었다.

외국으로 떠나는 사람도, 해외여행을 갔다가 돌아온 사람들도 보이는 가운데 기자들 다수가 입국장에 옹기종기 모여 있었다.

런던에서 출발한 대한항공 국적기가 도착하고 얼마 지나지 않아 입국심사대를 통과한 여행객들이 캐리어를 끌고 입국장 안으로 들어오기 시작했다.

그러자 기자들의 움직임이 한결 바빠졌다.

비행기를 타기 위해 바쁘게 움직이던 사람들이 그 모습을 보고 호기심을 드러냈다. 저렇게 기자들이 모인 걸 보면 톱스타 혹은 유명인이 입국 중인 게 분명했다.

"자기야, 구경하고 가자. 응?"

"아, 라운지 들렀다 가기로 했잖아. 뭔데?"

"누가 오나 봐. 저기 사람 잔뜩 몰려 있잖아."

"귀찮은데…… 알았어. 얼굴만 보고 가자. 걸그룹이면 좋겠다."

"너 죽을래?"

티격태격하는 커플들을 비롯해 여러 사람이 기자들 주변에 몰렸다.

그리고 얼마 지나지 않아 캐리어를 끌고 앳되어 보이는 어린아이를 어깨에 태운 채 걸어오고 있는 영국인이 보였다. 그 옆에는 예쁘장한 영국 미녀가 동행하고 있었다.

그들을 알아본 기자들이 달려들었고 미리 준비하고 있던 공항 보안요원들이 그 앞을 막아섰다.

"누구야? 누군데 그래?"

"외국 귀빈인가? 누구지?"

그때 걸그룹이 내심 왔으면 바라던 남자가 눈을 휘둥그레 떴다. 익히 본 얼굴이었다.

"베, 베어 그릴스?"

그 말고도 베어 그릴스를 알아본 사람들이 하나둘 늘어나기 시작했다.

몇몇은 급하게 카메라로 사진을 찍어 SNS에 글을 올렸다.

[대박! 베어 그릴스 내한했어요! #인천 국제공항 #베어_그릴스 #ManvsWILD #『자급자족 in 정글』]

그 이후로도 계속해서 베어 그릴스를 봤다는 목격담이 줄을 이었다. 얼마 지나지 않아 기자들이 다급히 작성한 기사도 연예란을 채우기 시작했다.

그러나 기자회견 없이 베어 그릴스는 미리 준비되어 있던 리무진을 타고 호텔로 떠났다. 기자들이 곧장 그 뒤를 따라붙었다.

"와, 진짜 「자급자족 in 정글」 촬영하려고 온 건가?"

"베어 그릴스는 예능 출연 안 한다고 하지 않았어?"

"그래도. 그 강한수? 그 사람이 찍은 유튜브 영상 보고 온 거라던데. 진짜 대박이네."

"둘이 서바이벌 대결하는 걸까?"

베어 그릴스의 내한과 맞물려 도대체 무슨 프로그램을 찍으려 하는 건지에 대한 관심도 덩달아 상승하기 시작했다.

그러면서 「자급자족 in 정글」을 검색하는 사람도 늘어났고 며칠 전 방송됐던 「자급자족 in 정글」 서수마트라 무인도편도 다시 한번 회자되기 시작했다.

거기서도 한수는 야생에 누구보다 빨리 적응하는 모습을 보이며 엄청난 활약상을 연달아 펼쳐 보였기 때문이다.

베어 그릴스가 내한했을 무렵 IBC에서는 계속해서 열띤 회의가 오가고 있었다.

IBC 예능국 그리고 「자급자족 in 정글」 팀은 줄기차게 베어 그릴스와 연락을 시도했고 꾸준히 전화 통화를 하며 온라인으로 몇 차례 미팅을 나눴다.

베어 그릴스가 자신이 한국 방송에 출연하는 조건으로 내건 것은 100% 다큐까지는 아니어도 제작진의 개입을 최소화한 예능이었다.

즉, 출연자의 안전에 위협이 되는 상황에만 개입할 뿐 그 이외의 상황에서는 대본 없이 날 것 그대로의 모습을 보여줄 것을 원하고 있었다.

그 외에 출연료나 로케이션, 그밖에 다른 세부적인 조건들은 생각보다 수월하게 협상이 되었다.

애초에 그와 관련해서 베어 그릴스는 과하게 요구를 하지 않았기 때문이다.

그리고 오늘 베어 그릴스가 내한한다는 말에 IBC 예능국과 「자급자족 in 정글」팀은 그동안 짜둔 기획안을 다시 한번 최종적으로 검토 중이었다.

IBC 예능국장이 박영식 피디와 송준근 CP를 보며 물었다.

"그래서 이름은 정했어?"

송 CP가 대답했다.

"음, 일단 가제로 「서바이벌 리얼 99% – 내가 생존왕」으로 정했습니다. 프로그램 제목은 조금 더 고민해 볼 생각입니다."

"기획안은 이게 최종본이야?"

"예, 현재로서는 그렇습니다. 최종본-1입니다. 일단 「자급자족 in 정글」에 출연 중인 출연자들도 함께 살려볼 생각입니다. 그래서 2인 1조로 팀을 짠 다음 서바이벌을 통해 목적지까지 도달하게 한 다음 가장 일찍 도착하는 팀이 우승하는 형태로 꾸며볼 생각입니다."

"흠, 몇 화나 뽑을 수 있겠어?"

"늘린다면 3화에서 4화까지도 가능하겠지만 설 연휴 특집 파일럿으로 꾸미는 것인 만큼 2화 정도로 생각 중입니다."

"「자급자족 in 정글」은 어떻게 할 거야?"

송 CP가 실실 웃으며 입을 열었다.

"그건 우리 IBC 간판 프로그램 아닙니까? 당연히 계속 가야죠. 대신 「내가 생존왕」은 이번에 반응 보고 괜찮다 싶으면 시즌제로 돌려볼까 생각 중입니다."

"박 피디가 두 개를 동시에 맡아서 진행할 수 있겠어? 해외 로케이션 촬영인 만큼 신경 쓸 게 한두 개가 아닐 텐데? 차라리 다른 피디한테 맡겨보는 건……."

박 피디가 다급한 목소리로 말했다.

"국장님, 한 번만 믿고 맡겨주십시오. 국장님도 아시지 않습니까? 저, 베어 그릴스 섭외하려고 3년 전부터 준비했습니다. 철만 씨도 계속 기대 중이었고요. 이번에 베어 그릴스도 내한한 만큼 제대로 한번 그림 만들어 보고 싶습니다."

호언장담하는 박 피디 말에 예능국장이 입술을 질겅질겅 깨물었다.

고민하던 그가 이내 고개를 끄덕이며 물었다.

"좋아. 이번 「자급자족 in 정글」 반응도 좋으니까 한번 맡아 보라고. 뉴질랜드 촬영은 언제 간다고?"

"빠르면 다음 주쯤에 떠날 예정입니다. 설 연휴 때문에 8주 짜리로 조금 짧게 찍고 올 생각이에요."

"그럼 「내가 생존왕」? 얘는 언제 촬영하게?"

"2월 셋째 주가 설 연휴니까 뉴질랜드 다녀와서 바로 촬영 들어갈까 생각 중입니다."

"촬영 장소는? 생각해 둔 곳은 있고?"

그 말에 자신만만하게 대답하던 박 피디가 머뭇거렸다.

점점 더 시청자들은 자극적인 것에 노출되며 방송도 그렇게 되길 원하고 있었다.

괜히 케이블이나 종편 프로그램이 잘 나가는 게 아니었다.

아무래도 종편이나 케이블은 상대적으로 규제가 덜한 만큼 보다 자극적인 기획을 구상해서 연출하는 게 가능했기 때문이다.

박 피디도 평소 생각 중인 몇몇 오지가 있긴 했다.

코스티리카의 열대우림이나 아프리카의 사바나, 시베리아 혹은 알래스카도 염두에 두고 있었다.

그러나 가장 최우선시해야 하는 건 출연자의 안전이었다.

고민하던 박 피디가 차분한 목소리로 입을 열었다.

"우리 출연자들, 그리고 베어 그릴스 씨하고 한번 논의를 해볼 생각입니다."

"잘해. 지난번 그 정수아하고 낙오됐던 거, 그건 자연재해라서 어찌어찌 잘 수습했지만, 또 무마시키는 것도 한계가 있어."

"예, 국장님."

박 피디가 고개를 꾸벅 숙였다. 그때 배가 전복되는 사고로 인해 「자급자족 in 정글」은 폐지 직전까지 갔었다. 그런 사고를 되풀이할 생각은 추호도 없었다.

IBC 「자급자족 in 정글」 팀 회의실에 사람들이 빼곡히 모였다. 그리고 이미 「자급자족 in 정글」 출연자들도 소식을 들어 알고 있었다.

"베어 그릴스가 내한했다면서요? 진짜 형하고 일대일로 붙으러 온 거 아니에요?"

"내가 아니라 한수겠지. 한수가 유튜브에 올린 동영상 보고 트윗 달았다며. 아냐?"

한수가 웃으며 말했다.

"하하, 박 피디님하고 송 작가님이 섭외하신 거 같던데요?"

"근데 무슨 프로길래 우릴 다 모이라고 한 거예요? 만약 「Man vs Wild」 같은 거 찍는 거면 전 빠질래요."

"나도."

석진도 냉큼 손을 들었다.

철만이 두 사람을 빤히 바라봤다.

석진은 그 눈빛에 당황해하다가 머뭇거리며 말했다.

"아니, 철만 형. 안 그러셔도 돼요. 우리 소속사에서 애초에 반대할걸요? 그렇게 위험한 곳에서 촬영을 어떻게 해요? 안 그래요?"

"걱정 마세요. 너무 위험한 곳은 배제하기로 했습니다."

그때, 회의실 문을 열고 박 피디가 들어오며 말했다.

형준과 석진이 그 말에 반색한 반면 철만은 아쉬워하는 기색이 역력했다. 내심 그는 치열한 오지에서 베어 그릴스와 생존 경쟁을 벌이고 싶어 했기 때문이다.

"일단 이번 프로그램은 설 연휴 특집 파일럿으로 기획할 거고 1, 2부로 나뉘어 방송할 예정입니다. 가제로 「내가 생존왕」 이렇게 이름을 붙였고요. 조금 있으면 베어 그릴스 씨도 여기로 올 겁니다."

베어 그릴스가 온다는 말에 회의실 안에 앉아 있던 출연자들이 다들 눈을 빛냈다.

어떻게 보면 서바이벌 프로그램의 레전드라고 할 수 있는 게 바로 베어 그릴스였다. 그런 그를 실제로 만나볼 수 있다는 이야기에 다들 흥분되는 건 마찬가지였다.

그리고 그 말이 끝나기 무섭게 몇 분 채 지나지도 않아 베어 그릴스가 문을 열고 들어왔다. 그는 매니저 한 명만을 대동하고 있었다.

"반갑습니다, 베어 그릴스 씨. 기다리고 있었습니다."

박 피디가 내민 손을 마주 잡은 베어 그릴스가 회의실을 둘러보더니 한수에게 성큼 다가갔다. 그리고 웃으며 말을 건넸다.

"반갑다, 유튜브에 올린 영상은 잘 봤어. 내 팬들이 너하고 한번 붙는 모습을 보고 싶어 하더라고. 하하."

영국식 악센트가 강하게 묻어 나오는 발음이었다.

그러자 한수도 영국식 영어로 대답했다.

"저야말로 늘 기대했습니다. 한번 제대로 붙어보죠."

"오, 그래? 흠, 그냥 가볍게 생각하고 온 건데 이러면 제대로 해야겠군. 그쪽이 피디인가? 우리 촬영지는 어디로 할 거지?"

"새, 생각 중입니다. 출연자들 안전을 생각해서라도 너무 위험한 곳은 배제하는 게 맞을 거 같아서⋯⋯."

"이렇게 뛰어난 서바이버가 있는데 어쭙잖은 곳으로 할 생각은 아니겠지? 그럴 거라면 내 출연은 없던 일로 해주시오. 가족들과 함께 한국 관광이나 하다가 돌아가리다."

박 피디가 입술을 깨물었다.

그때 가만히 이야기를 듣고 있던 철만이 벌떡 일어섰다.

"대충 무슨 뜻인지 짐작이 가. 나도 어디든 상관없어."

반면에 형준을 비롯한 남은 세 명은 조금 망설이고 있었다. 이러다가 정말 험준한 곳에 낙오되기라도 하면 자급자족은 개뿔 살아 돌아올 수 있을지조차 의문스러웠기 때문이다.

그때 잠자코 이야기를 듣던 박 피디가 강한 어조로 말을 꺼냈다.

"독단은 용납 못 합니다! 어디까지나 제가 최우선으로 중요시할 건 출연자들의 안전입니다. 안전을 책임질 수 없다면 애초에 촬영하지 않는 게 맞겠죠. 일단 촬영지는 제작진 회의를 통해 면밀하게 검토 중입니다. 그리고 이번 프로그램은 지난번 특집에서 하려 했지만 실패했던 걸 만회해 보려 합니다."

혜윤이 눈을 동그랗게 뜨며 물었다.

"팀 게임인 건가요?"

"예, 2인 1조로 움직일 생각입니다."

박 피디가 하는 말을 베어 그릴스를 쫓아온 매니저가 동시 통역하는 사이 서로 간에 말이 오가기 시작했다.

혼자 생존하는 것이라면 어려울 수 있지만 둘이 함께 움직인다면 상대적으로 위험부담이 덜할 게 분명했다.

그리고 비좁은 회의실에서 제작진과 출연자들, 그리고 베어 그릴스와 그의 매니저 이렇게 많은 사람이 이야기를 주고받으며 최종 기획안을 수정하고 보강하며 설 연휴 특집 파일럿으로 준비한「내가 생존왕」을 디테일하게 꾸미기 시작했다.

그렇게 조금씩 프로그램이 틀이 잡힐 때마다 박 피디는 입가에 미소를 그렸다.

이건 내년 상반기 IBC 최대 히트작이 되어줄 게 분명했다.

그로부터 나흘 뒤 서울에 있는 H호텔에서 기자 간담회가 열렸다.

보통 정규 편성된 방송이 첫 방영을 앞두고 기자 간담회를 하는 경우는 잦지만 이렇게 아직 촬영도 안 한 예능 프로그램이 벌써부터 기자 간담회를 갖는 건 대단히 이례적인 일이었다.

하지만 H호텔에는 바글바글한 수의 기자들이 모여 그 기대를 짐작게 했다.

그리고 이 자리에는 「자급자족 in 정글」의 박 피디와 송 작가를 포함해서 출연자들 그리고 베어 그릴스까지 여덟 명의 관계자가 모였다.

대중의 관심은 진짜 베어 그릴스가 「자급자족 in 정글」 멤버들과 서바이벌 경쟁을 벌이는지 그 여부였다.

기자 간담회가 시작되고 박 피디가 앞으로 어떻게 촬영이 이루어질지 간단하게 설명하기 시작했다.

우선 촬영 일정은 「자급자족 in 정글」 뉴질랜드 촬영이 끝난 직후인 9월 말로 결정이 되었다.

촬영 기간은 3박 4일, 촬영지는 코스타리카 열대우림으로 결정이 났다.

코스타리카 열대우림은 그래도 다른 지역보다 상대적으로 안전한 오지로 실제로 「Man vs Wild」 시즌1에서 나왔던 장소이기도 했다.

그렇게 「내가 생존왕」에 대한 이야기가 끝난 뒤 질답 시간이 되었다.

기자들이 질문을 쏟아내기 시작했다.

역시 주된 질문은 팀은 어떻게 구성할 것인지, 출연자들의 안전은 문제없는지, 파일럿 반응이 좋으면 그 이후에 정규 편성이 되는지였다.

질문이 오가던 도중 기자 한 명이 베어 그릴스를 보며 물었다.

"베어 그릴스 씨, 라이벌인 장철만 씨와 강한수 씨를 평가한다면 어떻습니까?"

"둘 다 훌륭합니다. 코스타리카 열대우림에서 그들이 생존하기 위해 어떤 모습을 보여줄지 매우 기대하고 있습니다."

또 다른 기자가 한수를 보며 물었다.

"강한수 씨, 베어 그릴스 씨하고 철만 씨를 상대로 우승할 확률은 얼마나 됩니까?"

그 질문에 한수가 자신만만한 목소리로 대답했다.

"지금은 어려울 수 있지만, 촬영 당일이 되면 제가 무조건 이길 수 있을 겁니다."

웅성웅성―

기자들은 물론 베어 그릴스까지 당황한 기색이 역력했다. 그러나 자신에게 만능 텔레비전이 있는 이상 무작정 불가능한 이야기는 아니었다.

구름나무 엔터테인먼트 회의실.

일주일에 두 번 있는 전체 회의, 오늘도 회의실 안은 구름나무 엔터테인먼트의 임직원들로 빼곡하게 들어차 있었다.

이것저것 회의가 오가는 사이 배우들을 전담하고 있는 1팀장이 슬쩍 입을 열었다.

"대표님, 축하드립니다."

"응? 뭐가?"

"요새 3팀장 쪽 실적이 좋더라고요. 강한수라고 했던가요? 차세대 예능 유망주로 뽑히기도 했더라고요."

그 말에 이형석 대표가 웃음을 터뜨렸다.

"하하, 나도 요새 그런 이야기 많이 들어. 어디서 그런 다이아몬드를 캐냈냐고 궁금해하더라고."

"축하드립니다, 대표님."

구름나무 엔터테인먼트는 삼족오 체제를 형성하고 있었다.

배우를 전담하고 있는 1팀장, 가수를 전담 중인 2팀장, 그리고 예능 쪽을 맡고 있는 3팀장까지.

개중에서 가장 수익을 많이 내고 있는 건 배우를 담당 중인 1팀장이었다. 구름나무 엔터테인먼트에는 굵직굵직한 배우들이 적지 않게 있었으니까.

그러나 요즘 들어 가장 이름이 오르락내리락 있는 곳은 3팀장 쪽이었다.

"뭐, 환이가 적잖게 도움을 많이 줬던데요? 그러게 환이는 우리 쪽으로 보내주셨어야 해요. 환이가 콘서트만 열면 그 수

익이 어마어마한 거 대표님도 잘 아시잖아요. 예능 이런 데 내보낼 군번이 아니라니까요."

2팀장이 퉁명스러운 얼굴로 딴지를 걸었다.

그는 내심 윤환이 3팀에 있는 게 야속했다.

애초에 윤환은 발라드로 이름을 알렸다가 예능, 연기 쪽으로 발을 뻗으며 만능 엔터테이너가 된 케이스였다.

원래대로라면 2팀장이 맡는 게 맞지만 2팀장은 윤환이 예능 쪽에 나선다고 하자 홧김에 그를 3팀장에게 맡겨 버렸다.

그리고 그 일은 지금도 두고두고 놀림거리가 되고 있었다.

날 선 2팀장 반응에 이 대표가 3팀장을 보며 물었다.

"환이는 어때? 예능 나가고 싶대?"

"예, 이번에 한수하고 함께 출연하고 싶은가 봐요."

"아, 황금사단 그거?"

이 대표가 눈빛을 빛냈다.

평범한 예능이라면 한류 스타 윤환의 이름값에 맞지 않기 때문에 내보내지 않을 것이다.

그러나 황금사단이 만드는 예능이라면 다르다.

특히 ABS를 떠난 황 피디가 어떤 예능을 만들어낼지, 그리고 그게 시청자들의 기대에 부응할 수 있을지 여러모로 이목이 집중되고 있었다.

"황금사단, 말이 황금사단이지 그거 거품이에요. 그보다 신곡 내고 음악 활동하는 게 더 이득 아닐까요?"

그 말에 3팀장이 눈살을 찌푸렸다.

한때 2팀장이 윤환을 데리고 있었다고 하지만 지금 윤환은 자신 품에 있었다.

그렇게 볼 때 2팀장의 행동은 월권행위나 마찬가지였다.

이 대표도 2팀장과 3팀장 사이에 감도는 미묘한 분위기를 눈치챘다.

계속해서 3팀장 말에 딴지 거는 2팀장 모습에도 그는 웃음을 짓고만 있을 뿐 개입하진 않았다.

그로서는 성적만 잘 내면 어떻게 되든 상관없었다.

그러나 막상 한수를 생각하다 보니 한 가지 마음에 걸리는 게 있었다.

"석준아, 그보다 한수 그 녀석 대학교는 어떻게 한다던?"

조금 있으면 촬영 일정이 줄줄이 잡힌 것으로 알고 있었다.

문제는 강한수가 아직 대학생, 그것도 1학년이라는 점이었다.

이 대표는 내심 강한수가 대학교를 휴학하고 연예계 활동에 집중하길 바라고 있었다.

그렇다고 무작정 강요할 수는 없는 일이었다.

그 시각 한수는 집에서 부모님과 함께 텔레비전을 시청하고 있었다.

오늘은 금요일, 한창 「자급자족 in 정글」 2화가 방송에 나오기 전 광고가 다닥다닥 붙어 나오고 있었다.

앞뒤 광고는 모두 완판된 상태.

「자급자족 in 정글」 팀은 연일 회식 분위기였다.

SNS을 통한 버즈량은 계속해서 신기록을 갱신 중이었고 시청자들의 관심도도 그 어느 때보다 높았다.

며칠 전 H호텔에서 한 기자 간담회 영향이 컸다.

베어 그릴스가 내한했고 2박 3일간 생존왕 타이틀을 놓고 코스타리카 열대우림에서 벌이는 서바이벌 매치.

지상파에서 시도되기 어려운 신선하고 자극적인 소재에 시청자들의 분위기는 열광되어 있었다.

덩달아 베어 그릴스와 생존 경쟁을 벌이기로 한 한수와 철만에 대한 기대감도 오른 상황이었고 다른 방송국에 마땅한 경쟁작이 없다 보니 「자급자족 in 정글」의 시청률이 계속해서 오를 수밖에 없었다.

한수는 부모님과 함께 치킨을 뜯으며 「자급자족 in 정글」을 보기 시작했다.

1화에서는 서수마트라섬에 있는 무인도로 떠난 뒤 트리 하우스를 짓고 정글 3종 경기까지 한 다음 작살 낚시를 하는 장면까지 전파를 탔다.

10주 차 방송치고는 전개 속도가 지나치게 빨랐지만 「자급자족 in 정글」 제작진은 자신이 있었다.

그 정도로 잘 뽑힌 장면이 워낙 많았고 시청자들의 눈길을 잡아끌 수 있는 요소들이 충분했기 때문이다.

2화에서는 그들이 각각 잡아 온 물고기들을 모은 다음 작은 물고기들로 제작진과 물물거래를 하는 장면이 그려졌다. 그렇게 조미료와 향신료를 구입한 뒤 열악한 장비로 한수가 요리하는 모습이 방송을 타기 시작했다.

그러자 잠잠하던 시청자 반응이 뜨겁게 달아올랐다.

–요리도 설마 잘하는 건 아니겠지? ㅋㅋ

–요리도 잘하면…… 그건 좀 사기 아니냐? –_–

–이거 봄? [Link]

 ㄴ와, 이거 트루냐??

 ㄴㄴ너 1초 만에 저 기사 보고 온 거임? ㅋㅋ

 ㄴ근데 진짜 쟤가 그 컵스테이크 개발한 거 맞냐?

 ㄴㄴㄹㅇ인 듯 ㅋㅋㅋㅋㅋㅋㅋㅋㅋㅋ 미친

–와, 요리도 잘하고 사냥도 잘하고. 말이 됨? ㅋ

−일단 지켜보자. 어떤 요리 하는지 개궁금.

−저거 바나나잎임? 뭐임?

한수는 조미료와 향신료로 비늘을 벗기고 내장을 빼낸 물고기를 바나나잎으로 감싼 다음 숯불에 굽기 시작했다.

−맛있어 보인다.

−와, 나도 먹고 싶다.

−저거 브라질 전통 요리라던데? 쟤 브라질 살다 옴???

−아닐걸? 저게 첫 출국이라고 들은 거 같은데…….

−근데 브라질 요리는 어떻게 할 줄 아는 거야? 쟤 한국대생이라며. ㅋㅋ

−잠깐만. 내가 요약해 볼게. 한국대생에, 요리 잘하고, 사냥도 잘하고, 집도 잘 짓고, 베어 그릴스하고 내기할 만큼 서바이벌도 잘하고. 와, 개사기네.

줄줄이 믿을 수 없다는 반응이 뒤를 이었다.

그러나 한수가 요리해 줬던 프랑스 요리를 먹어본 적 있는 부모님 반응은 그럴 수 있다는 게 주를 이뤘다.

가만히 텔레비전을 보던 엄마가 한수를 보며 말했다.

"추석 때 왜 너 안 데려왔냐고 친척들이 난리였어."

"예? 그랬어요?"

아버지가 고개를 끄덕였다.

"그래, 어르신들이 한국 대학교 다니는 조카 좀 보자고 난리더라."

한수가 그 말에 멋쩍게 웃었다.

역시 어른들이 보기에 한국 대학교는 최고의 간판이었다.

그러자 엄마가 웃으며 입을 열었다.

"애들은 네가 텔레비전 나오는 게 신기하다고 하더라. 사인받아 달라고 한 애들도 많았어."

그러는 사이 한수가 만든 요리를 출연자들이 맛있게 먹는 모습이 카메라에 잡혔다.

알맞게 구워진 생선찜은 한눈에 봐도 먹음직스러웠다.

그렇게 순식간에 한 시간이 끝났다.

「자급자족 in 정글」 반응은 뜨거웠다.

제작진의 개입이 없어진 것 덕분일까?

시청자들은 더한 쾌감을 느끼는 듯했다.

그렇게 「자급자족 in 정글」이 끝났을 때 부모님은 계속해서 달리는 코멘트를 실시간으로 읽기 시작했다.

"이거 봐라. 너보고 기존 출연자하고 몇 년째 함께한 것처럼 케미가 좋다고 하는구나. 그런데 케미가 뭐냐? 케미스트리? 화학 말하는 거니?"

"에, 그게…… 어, 궁합이 잘 맞는다는 뜻이에요."

"너보고 브라질에서 살다 왔냐고 물어보는 사람도 있구나. 호호."

"이건 좀 캡처해서 인쇄 좀 해줘라. 앞으로 우리 아들이 방송에 자주 나왔으면 좋겠다는구나."

"예? 인쇄요? 뭘 이런걸……."

"그래도 이게 다 추억에 남는 거야."

"아, 예. 알았어요, 그럴게요."

한수는 고개를 끄덕였다.

이럴 때는 부모님 성화를 들어줘야 했다.

그렇게 한창 코멘트를 읽던 부모님이 한수를 바라보며 물었다.

"한수야, 너 촬영 일정이 이제 어떻게 되니?"

"예, 그게……."

머뭇거리던 한수가 입을 열었다.

"일단 당장 다음 주에 뉴질랜드에서 3박 4일 촬영이 있고 그다음 주에는 코스타리카에서 2박 3일 촬영을 또 해야 해요. 그러고 나서 11월 둘째 주에 3박 4일 또 촬영이 있어요."

"너 그러면 대학교는 어떻게 하려고?"

한수도 그것 때문에 요새 고민이 많았다.

10월부터 11월까지 촬영 일정이 빡빡하게 잡혀 있었다.

문제는 그 이후로도 줄줄이 촬영해야 할지도 모른다는 점이었다.

　한수가 조심스럽게 말문을 열었다.

　"그래서 드릴 말이 있는데……."

　그때 아버지가 선수를 치고 나왔다.

　"한수야, 잔소리라고 생각하지 말고 잘 들어라."

　한수가 고개를 끄덕이자 아버지가 말을 이었다.

　"지금 너한테 주어진 그 기회를 잡으려고 악착같이 노력 중인 사람이 적지 않을 게다. 어렸을 때부터 꾸준히 준비했는데 아직도 꽃을 피우지 못한 사람들이 더 많을 거야. 그런 점에서 너는 행운이 겹쳤다고 보인다."

　"예, 그렇죠."

　"그래서 나는 네가 지금 주어진 이 기회를 잘 살렸으면 한다. 대학교, 휴학하고 나중에 다시 다녀도 돼. 사람에게는 진짜 기회가 몇 번 안 주어진다. 그 기회를 잘 살리느냐 살리지 못하느냐는 선택의 문제인 거야. 네가 만약 연예계 생활을 할 생각이 없다면 애초에 전속 계약을 맺으면 안 되는 거였어. 그런데 너는 그 구름나무와 전속 계약을 맺었잖니?"

　"예, 그랬죠."

　"그렇다는 건, 너도 연예인이 되고 싶은 생각이 있다는 것일 테고. 나는 네 뜻을 믿고 지지하기로 마음먹었다. 그러니까 네가 하고 싶은 대로 마음껏 하려무나. 이미 네가 한국 대학교에 입학했을 때 너는 우리 소원을 풀어준 것이나 다름없으니까. 안 그래? 여보?"

"……."

한수 어머니가 말없이 한수 아버지를 흘겨보다가 고개를 끄덕여 보였다.

"그래, 한국 대학교에 입학한 것으로도 족한데 거기서 더 바란다면 그건 내 욕심이겠지. 그래도 이렇게 속 안 썩이고 번듯하게 자라준 것만으로 고맙지. 남들 자식은 매번 부모 속만 썩인다는데……. 한번 잘해보렴. 네가 원하는 걸 해야지 부모가 원하는 걸 자식이 대신 할 순 없는 일이니까."

두 분 말에 한수가 환하게 웃었다.

"그래서 사실 며칠 전 교수님들하고 이야기하고 왔어요. 아무래도 촬영 일정 때문에 강의에 자주 빠지게 될 거 같고요."

"교수님들께서 뭐라 하시던?"

"강의에 빠지는 것인 만큼 A− 이상의 성적은 줄 수 없지만 레포트나 다른 과제를 해오면 출석 일수가 모자라더라도 학점은 챙겨주실 수 있다고 하시더라고요. 그래서 촬영 갔다 오는 대로 강의는 가급적 빠짐없이 다니려고요. 그래도 정 힘들면 내년에 휴학하고요."

"그래, 잘했다."

"감사합니다, 아버지, 어머니. 응원해 주셔서 정말 감사해요."

"네가 좋아하는 일이면 돼. 그 대신 절대 포기하지 말고 촬영장에서 힘든 소리 하지 말고. 네가 선택한 길인 만큼 후회 없이 잘하길 바라마."

"예!"

그리고 다음 날, 「자급자족 in 정글」 2화와 「트루 라이즈」 2화 시청률이 떴다.

일주일이 지났지만, 시청률의 차이는 이전보다 현저하게 벌어져 버렸다.

「자급자족 in 정글」이 18.3%로 1화 시청률보다 무려 2.2% 상승한 데 비해 「트루 라이즈」는 2.7%로 0.9%나 하락하고 말았다.

평론가들은 「트루 라이즈」 시즌4를 가리켜 호랑이가 강아지를 낳은 격이라고 혹평을 내렸다. 또, 그 이유로 제작진이 무능한 탓이라고 비꼬았다.

반면에 「자급자족 in 정글」 같은 경우 새롭게 합류한 고정 멤버 강한수가 제 역할을 적재적소에서 충실히 해내며 새롭

게 여성 시청자를 끌어모으는 데 중요한 역할을 하고 있다고
평을 내렸다.

그러는 사이 한수는 재차 출국할 준비를 서둘렀다.

바로 내일 뉴질랜드에서 「자급자족 in 정글」 촬영이 있었다.

게다가 그다음 주에는 코스타리카에서 「내가 생존왕」 촬영
을 연이어 할 예정이었다.

「자급자족 in 정글」 뉴질랜드편 촬영은 순조롭게 이어졌다.
이미 한 차례 호흡을 맞춰봤고 뉴질랜드는 서수마트라섬 인
근에 있는 무인도보다 생존 환경이 비교적 수월한 편이었다.

그렇게 3박 4일 뉴질랜드 촬영이 끝이 난 뒤 한국으로 귀국
한 한수는 며칠 쉬기도 전 재차 「내가 생존왕」 촬영을 위해 코
스타리카로 떠날 준비를 해야 했다.

그동안 DMB를 이용해서 텔레비전을 봐둔 덕분에 경험치
손실은 적은 편이었고 명성은 지속적으로 쌓이고 있었다.

그리고 한수는 코스타리카로 떠나기에 앞서 그동안 아껴두
고 있던 채널 확보권을 새로 사용하기로 마음먹었다.

베어 그릴스를 꺾고 우승을 차지하기 위해, 자신이 갖고 있
는 최고의 패를 활용할 생각이었다.

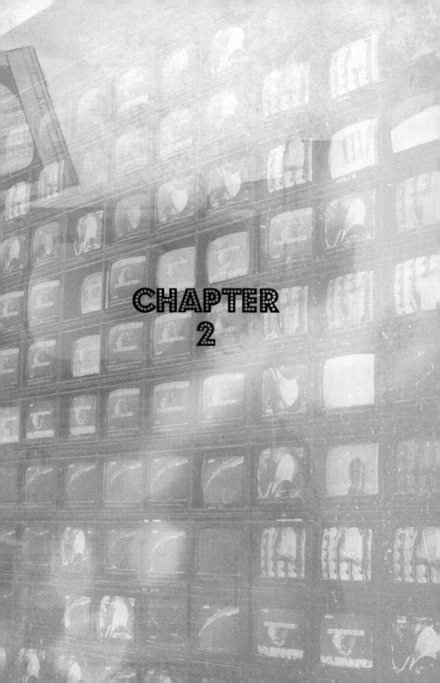

CHAPTER 2

　코스타리카는 화산, 커피, 생태관광(에코투어)의 낙원이라 불리는 곳이다.

　북쪽으로 니카라과, 남쪽으로는 파나마와 국경을 접하고 있는 중남미 나라로 국토의 25%가 국립공원과 보호 구역으로 지정되어 있다.

　현재 「내가 생존왕」을 촬영하게 된 출연자들은 인천 국제공항에서 비행기를 타고 미국 댈러스 공항을 경유한 뒤 코스타리카 산호세 공항으로 이동하고 있었다.

　실제로 「자급자족 in 정글」팀은 코스타리카에서 한번 촬영을 해본 경험이 있었고 베어 그릴스도 코스타리카 열대우림에서 생존해 본 경험이 있었다.

이 중에서 유일하게 코스타리카를 경험해 보지 못한 건 한 수뿐이었다.

그래서일까?

생각 외로 출연자들은 덜 불안해하고 있었다.

실제로 지난 5년 동안 「자급자족 in 정글」 팀은 세계 오지 곳 곳을 누비며 촬영을 해왔고 고스란히 그에 걸맞은 경험을 쌓은 상태였다.

그렇다고 해서 베어 그릴스만큼 극한 상황에 처한 것은 아니었지만 일반 시청자들보다는 훨씬 더 고된 상황을 여러 차 례 겪었다고 봐야 했다.

그렇게 비행기를 타고 코스타리카 산호세 공항으로 이동할 무렵 혜윤은 옆자리에 앉아 있는 한수를 보며 물었다.

"너 그거 다운받아 온 거야?"

"아, 예. 비슷해요."

한수는 아까 전 인천 국제공항에서 출발할 때부터 줄곧 스마트폰을 들여다보고 있었다.

장장 26시간 동안 비행기를 타고 와야 했는데도 불구하고 혜윤은 그가 스마트폰을 눈에서 떼는 모습을 본 적이 없었다.

"너 설마 잠도 안 자고 그거만 본 건 아니지?"

"에이, 그럴 리가요. 아까 조금 자긴 했어요."

한수는 비좁은 자리에서 애써 기지개를 켰다.

장기간 비행은 정말 할 짓이 못됐다.

그런데도 한수가 버틸 수 있던 건 바로 이 스마트폰 DMB 덕분이었다.

첫 촬영지였던 인도네시아에서는 이용이 불가능했지만 뉴질랜드로 촬영을 떠날 때부터 한수는 인터넷이 연결되어 있지 않아도 스마트폰 DMB를 이용할 수 있다는 걸 알 수 있었다.

스마트폰 DMB는 집에 있는 신비한 텔레비전의 매개체 역할만 하는 것이기 때문에 가능한 일이었다.

물론 그렇다고 해서 지상파 채널이나 아직 확보하지 못한 채널을 볼 수 있는 건 아니었다.

오로지 자신이 확보해 둔 채널만 볼 수 있었다.

그래서 코스타리카 산호세 공항까지 이동하는 동안 한수가 줄기차게 시청한 건 바로 100번 「Travel World」라는 채널이었다.

「Travel World」는 「레저」카테고리에 포함되어 있는 채널로, 세계 곳곳을 여행하며 그곳의 지리, 기후, 식습관, 자연환경 등을 조명해 주는 채널이었다.

그리고 이 「Travel World」에는 한수가 이번에 「내가 생존왕」을 촬영하기로 한 코스타리카 오사 반도 지역이 포함되어 있었다.

한수가 베어 그릴스를 꺾기 위해서는 그보다 더한 지식이 필요했고 그래서 바로 이 채널을 고른 것이었다.

덕분에 한수는 코스타리카에 대한 지리적인 정보나 이곳에 서식 중인 동·식물, 그밖에 생존하기 필요한 각종 정보를 빠 삭하게 확보할 수 있었다.

그러는 사이 비행기가 활주로로 내려앉기 시작했다.

한수는 그동안 유용하게 봤던 스마트폰 DMB를 끄고 주변을 둘러봤다.

코스타리카 산호세 공항에 도착해서인지 그동안 웃고 떠들던 사람들 모두 긴장하는 기색이 역력했다.

특히 가장 걱정스러운 얼굴을 하고 있는 건 형준이었다.

뉴질랜드편을 찍을 때만 해도 호기를 부리던 그였지만 코스타리카로 가야 하는 바로 전날 가장 많이 징징거렸던 게 바로 형준이었다.

게다가 그는 5년 동안 친형보다 더 가깝게 따르던 철만에게 대들 만큼 상태가 좋지 않았었다.

그래도 제작진이 언제든 힘에 부치면 중도 포기를 해도 된다고 했기 때문에 이곳까지 쫓아온 것이었다.

한수는 비행기를 둘러보다가 그들 뒤쪽에 앉아 있는 세 명을 훑었다.

이들은 베어 그릴스가 「Man vs Wild」를 촬영할 때 카메라를 들고 따라다니던 스태프로 오지에서 본격적인 촬영을 할 때는 이들이 촬영팀 대신 따라붙기로 되어 있었다.

워낙 위험천만한 상황이 뒤따를 수도 있기 때문이었다. 100% 리얼은 아니고 중간중간 연출이 필요하긴 하지만 거의 리얼에 가깝게 촬영하기로 합의가 된 상황이었다.

그때 자신들을 바라보는 한수의 눈빛을 느낀 것일까?

미국 댈러스 공항에서 촬영팀에 합류한 전직 특수부대원 출신의 영국인 한 명이 한수를 빤히 보며 말했다.

"어이, 꼬맹이. 네가 베어랑 서바이벌 배틀을 한다고? 어림도 없는 소리야. 그냥 지금이라도 빨리 항복하는 게 낫지 않겠어?"

그 말에 한수가 어깨를 으쓱하며 대꾸했다.

"우리나라 속담에 이런 말이 있죠. 길고 짧은 건 대봐야 안다고."

"응? 당연히 긴 게 긴 거겠지. 그게 무슨 엉뚱한 소리야?"

"뚜껑을 열어보기 전에는 그 요리가 무슨 맛일지 모른다는 의미죠. 아, 물론 영국 음식은 열어보기 전에도 맛이 없을 거라는 걸 알 수 있겠지만요."

한수의 도발에 영국인 사내가 눈매를 꿈틀거렸다.

그러나 그는 전직 특수부대원 출신이었다. 얼마 지나지 않아 자신의 감정을 컨트롤하며 입을 뗐다.

"좋아, 다니엘이 네 뒤에 따라붙기로 했으니까 네 무용담은 다니엘한테 전해 듣도록 하지."

한수는 그 말에 자신에게 말을 건 영국인 옆에 앉아 있는 사내를 바라봤다.

그의 이름은 다니엘, 한수에게 말을 건 사이먼이나 베어 그릴스와 마찬가지로 SAS(Special Air Service) 출신의 전직 특수부대원이었다.

그러나 시답잖은 말을 많이 하는 사이먼과 달리 다니엘은 과묵한 성격인 듯 네 시간이 넘는 비행 동안 단 한마디도 없었다.

코스타리카 산호세 공항에 내린 뒤 그들은 쉴 틈 없이 곧장 경비행기를 타고 푸에르토 히메네스 공항으로 재차 이동했다.

이곳이 바로 오사(Osa) 반도의 중심지이자 이들의 베이스캠프가 되어줄 곳이었다.

거의 이틀 가까이 이동에만 시간을 소모한 그들 일행은 푸에르토 히메네스에 도착해서야 근처 호텔에 짐을 풀고 하루 숙박하며 쉴 수 있었다.

하지만 제작진은 푸에르토 히메네스에서도 쉴 수 없었다.

출연자들의 안전을 위해서 만반의 준비를 해야 했기 때문이다.

반면에 베어 그릴스와 사이먼의 얼굴에서는 느긋한 여유가 묻어 나오고 있었다.

그들은 맥주를 한 캔씩 들고 마시며 쾌활하게 웃음을 터뜨렸다.

"휴, 고향에 온 기분이야. 안 그래?"

"그러게. 우리가 여기 몇 년 만에 오는 거지?"

손가락을 접던 베어 그릴스가 양 손가락을 모두 다 접고 난 뒤 웃음을 터뜨렸다.

"2006년이었으니까 벌써 11년이 넘었군."

"그렇게 오래됐던가? 어때? 서바이벌에서 우승할 자신은 충분히 있겠지? 우승하면 골드바를 상품으로 준다더군."

IBC 제작진이 이번 서바이벌 우승 상품으로 내건 건 100g짜리 골드바였다.

아마 이 골드바가 형준과 석진을 이번 서바이벌에 참가시키는 데 적잖은 영향을 끼친 것일지도 몰랐다.

"당연히 그 골드바는 내 거지. 다만 그 한스? 한수? 그 녀석이 걱정이야. 유튜브 영상을 몇 차례 더 돌려봤는데 진짜 타고난 서바이벌 전문가 같더군."

"나도 보긴 했지만…… 확실히 뛰어나긴 했어. 그건 부인할 수 없는 사실이지."

"그래, 반대로 철만? 그도 대단하긴 하지만 한스만큼은 아니야. 어쨌든 관건은 누가 강가에서 더 가까운 위치에 떨어지느냐 여부겠지."

"그래, 강을 찾는다면 곧 바다를 찾을 수 있다는 의미니까."

하루가 지났다.

그들은 푸에르토 히메네스에 있는 호텔에서 머무르며 푹 쉬었다. 그리고 촬영 당일, 박 피디가 다시 「내가 생존왕」을 촬영하게 된 출연자들을 한자리에 불러 모았다.

"다들 명심해 주십시오. 만약 위험에 처하게 되면 그 즉시 연락을 취하셔야 합니다. 그때 촬영은 바로 멈출 것이며 여러분의 안전을 최우선시할 겁니다. 어디까지나 이건 예능입니다. 다큐멘터리가 아닙니다. 여러분의 목숨보다 더 소중한 건 없습니다."

"알고 있소."

"또 하나, 언제든지 포기할 수 있습니다. 우리 제작진이 인근에서 이곳 코스타리카 정부 관계자들과 여러분을 뒤따를 겁니다. 도저히 할 수 없겠다고 생각되시면 그 즉시 무전기로 연락을 취해주십시오. 그러면 우리가 바로 구조하러 가겠습니다."

"예, 알겠습니다."

"끝으로 여러분이 소지할 수 있는 물건은 칼 한 자루와 파이어 스타터, 물이 가득 찬 수통, 그리고 여러분이 지금 입고 있는 옷이 전부입니다. 그 이외의 것은 주어지지 않습니다. 또한, 이건 어디까지나 촬영이며 100% 리얼리티는 아닙니다. 제작진은 여러분 루트를 계속해서 체크하며 쫓아다닐 것입니다."

최소한의 것을 가진 채 도전해야 하는 서바이벌 미션.

그 이후에도 박 피디는 계속해서 신신당부를 거듭했다.

지난번 인도네시아에서 전복 사고를 한번 당한 이후 그는 부쩍 예민해져 있었다. 한 번 더 사고가 나게 되면 그때는 옷을 벗어야 할 수도 있었다.

그렇지만 이건 다큐멘터리가 아닌 방송이었다.

100% 리얼리티는 없었다.

촬영은 실제로 진행할 예정이지만 밤늦은 시간까지 정글에서 야영해야 하는 건 아니었다.

어느 정도 쇼가 섞여 있는 게 바로 방송이었다.

그렇게 박 피디가 연거푸 신신당부하는 말을 들으며 그들은 미리 대기 중이던 헬리콥터에 반반씩 나눠 타고 오사(Osa) 반도를 뒤덮고 있는 정글 위로 날아가기 시작했다.

한수나 철만은 낙하산을 작동시키는 방법을 알고 있었기 때문에 각자 낙하하기로 했고 형준이나 석진, 혜윤 같은 경우 촬영팀의 도움을 받아 낙하하게 됐다.

울창한 정글 숲을 바라보며 제작팀도 지프를 타고 정글 한가운데 뚫린 길을 따라 이동하기 시작했다. 그들은 출연자들이 움직이는 경로를 쫓아 따라다니며 그들보다 한발 앞서 움직일 예정이었다.

기본적인 촬영은 촬영팀이 맡아 할 것이지만 그들은 방송에 내보낼 장면을 찍어야 했다.

촬영팀은 IBC에서 거액을 주고 새로 계약했는데 그들은 오랜 시간 베어 그릴스를 따라다니며 「Man vs Wild」를 찍은 베테랑들이었다.

이제 제작진이 해야 하는 건 그들을 철저하게 서포트하는 것이었다.

한수는 낙하산을 펼치고 정글에 낙하하자마자 주변 상황을 살폈다. 일단 이곳 오사(Osa) 반도에서 가장 주의해야 하는 건 재규어였다.

그러나 재규어는커녕 야생동물 한 마리 발견할 수 없었다.

그는 다른 두 사람이 착륙하기를 기다렸다. 그리고 얼마 지나지 않아 다니엘이 석진과 함께 근처에 발을 디뎠다.

한수와 한 팀을 이루게 된 건 석진이었다.

촬영을 시작하기 전 그들은 제비뽑기를 통해 팀을 나눴다. 그리고 운명인지 아닌지 철만은 형준과 한 팀이 되었고 혜윤이 베어 그릴스와 팀을 이루게 됐다. 그리고 혼자 남은 석진은 한수와 같이 서바이벌을 펼치게 되었다.

정글에 도착하자마자 다니엘은 카메라로 한수와 석진을 찍기 시작했다. 이곳 열대우림에 도착했는데도 불구하고 여전히 그는 말이 없었다.

석진이 한수를 보며 물었다.

"이제 어떻게 해야 해?"

"제일 먼저 해야 할 건 지형을 살펴보는 일이죠. 강을 찾아야 하니까요."

그 말에 다니엘이 미소를 지었다.

석진이 의아한 얼굴로 한수를 바라봤다.

"지형은 어떻게 파악하게? 여긴 사방이 다 숲인데?"

지금 그들이 서 있는 곳은 열대우림이었다. 그리고 사방에 그들 키보다 훨씬 큰 나무들이 빼곡하게 자라 있었다. 이곳에서 시야를 확보한다는 건 불가능한 일이었다.

"여기서 기다리고 있으세요. 나무 위로 올라가서 확인해 볼게요."

그 말에 석진이 어이없는 얼굴로 소리쳤다.

"야! 너 미쳤어? 저 나무 높이만 해도 아파트 5층 높이는 될 텐데 저길 올라가겠다고?"

"예, 조심만 하면 문제는 없어요. 그리고 만약 위험할 거 같으면 그전에 내려올게요. 다니엘, 당신도 따라 올라갈 건가요?"

다니엘이 고개를 끄덕이며 옆 나무를 가리켰다. 아마도 그는 옆 나무를 타고 올라가겠다는 것 같았다.

석진은 고개를 절레절레 저었다. 그가 이번 촬영에 합류한 이유는 하나였다.

팬들 때문이었다. 처음에는 소속사가 가장 먼저 반대했다. 귀한 몸, 다칠 수도 있는데 무슨 그런 위험한 일을 자진해서 하려 하냐는 게 그들의 지론이었다.

석진도 그에 적극적으로 동의했다. 이제 어느 정도 인지도가 쌓이면서 슬슬 정산이 되어가고 있었는데 한창 돈 벌 시기에 죽고 싶진 않았다.

하지만 석진 소속사가 '아이돌 블루블랙(BlueBlack)의 멤버 하석진은 「내가 생존왕」에 출연할 계획이 없음'을 밝혔을 때 팬들의 반발이 엄청났다.

소위 짐승돌이라 불리며 「자급자족 in 정글」에서 여러 차례 혁혁한 활약을 보인 석진이 불참한다는 걸 믿을 수 없다는 반응이 대다수였다.

그러면서 일부 코어 팬이 「자급자족 in 정글」에서 석진이 보인 모습은 죄다 연출이고 허세에 불과했냐고 성토하기 시작하자 결국 석진은 울며 겨자 먹는 심정으로 「내가 생존왕」에 출연할 수밖에 없었다.

안 그랬다가는 자신은 물론 자신 그룹의 이미지마저 허세돌로 낙인찍혀 버리기 십상이었다.

그렇지만 이건 듣도 보도 못한 경우였다.

무슨 지형을 파악하기 위해 90m 가까이 되는 높이를 오를 수 있단 말인가?

하지만 그건 한수만이 아니었다.

베어 그릴스도, 철만도 제일 먼저 정글에 발을 디디자마자 한 건 오를 수 있는 나무를 찾아낸 뒤 그 위로 올라가서 주변 지형을 파악하는 일이었다.

그들의 최종 목적지는 해변이었다.

바닷가에 제일 먼저 도착하는 팀이 최종 우승자가 되는 것으로 이미 결정이 되어 있었다.

그러는 사이 90m가 넘는 나무 꼭대기에 올라온 한수는 주변을 둘러봤다. 멀리 떨어지지 않은 곳에 움푹 파인 지형이 눈에 들어왔다.

저곳 주변에 강이 흐르고 있다는 증거였다.

그 모습을 본 다니엘이 카메라로 한수를 찍으며 다른 손으로 엄지손가락을 치켜세웠다.

"고마워요, 다니엘."

그렇게 지형지물을 확인한 뒤 한수가 나무에서 내려왔을 때 석진은 시청자들이 가장 궁금해할 질문을 제일 먼저 한수에게 던졌다.

"야! 너 진짜 어디서 그런 걸 배운 거냐?"

석진 질문에 한수가 웃으며 말했다.

"저번에도 말했잖아요. 베어 그릴스가 나오는 「Man vs Wild」에서 봤었어요. 그도 이렇게 하더라고요."

"아니, 그건 어디까지나 연출된 장면이라고! 일단 보는 건 그렇다고 치자. 문제는 그게 아니라 어떻게 따라 하느냐 하는 거지."

한수가 철판을 깔고 말했다. 텔레비전을 통해 얻은 힘이라고 이야기할 수는 없었다. 그로서는 적당히 둘러댈 수밖에 없었다.

"하니까 되던데요? 제가 이래 봬도 운동신경이 좀 좋은 편이거든요."

"정말?"

"예."

그 말에 곰곰이 생각하던 석진이 불쑥 제안을 건넸다.

"야. 그러면 너 내가 뛰고 있는 축구팀 들어올래?"

"축구팀요?"

"어, 우리 쉬는 날 틈틈이 모여서 공 차거든. 가수팀하고 배우팀, 아니면 뭐 선배팀과 후배팀. 이런 식으로 나뉘어서 공차곤 해. 어때? 생각 있어?"

한수가 흔쾌히 고개를 끄덕였다. 대학교 축구 동아리에도 들었지만 바쁜 촬영 일정 때문에 자주 못 나간 게 내심 마음에 걸렸던 한수다.

게다가 내년에는 어쩌면 휴학을 해야 할지도 몰랐다.

그렇게 되면 취미 삼아 축구를 하는 건 아예 불가능해진다고 봐야 한다. 그런 점에서 석진의 제안은 여러모로 한수에게 구미가 당겼다.

"생각 있으면 촬영 끝나고 귀국하고 나서 연락 줘."

"예, 형."

한수가 고개를 끄덕였다.

그때 석진이 재차 물었다.

"근데 너 진짜 그 「Man vs Wild」만 보고 이렇게 따라하는 거야? 요새 실내 암벽타기 같은 것도 많이들 한다며? 그런 거 해본 적 없어?"

"예, 진짜예요."

그 말에 석진이 고개를 절레절레 저었다.

몇 년 전 텔레비전에서 본 요리대회가 갑자기 생각났다.

당시에 요리대회 우승자였던 남자는 어떻게 요리를 시작하게 됐냐는 심사위원의 질문에 「미스터 초밥왕」이라는 만화를 보고 요리를 배웠다는 말을 해서 충격을 선사한 적이 있었다.

그런데 지금 한수 모습이 마치 그때 그 남자를 보는 것 같았다.

그 정도로 석진이 보기엔 납득하기 어려운 상황이었다.

"어디로 가야 할지 진로는 잡았어?"

"예, 여기서 북동쪽으로 올라가다 보면 강기슭에 맞닿을 수 있을 거 같아요. 이곳은 삼면이 바다로 이루어져 있으니까 강가에 도착해서 하류 쪽으로 계속 이동하다 보면 바다에 도착할 수 있을 거예요."

"오케이, 바로 이동하자."

석진이 힘을 내서 발걸음을 떼었을 때였다.

한수가 그런 석진을 멈춰 세웠다.

"형, 잠시만요."

"어? 왜?"

"나뭇가지는 함부로 잡지 마세요. 바닥도 꼼꼼히 살펴보시고요."

"응? 나뭇가지……."

그때 석진이 눈을 휘둥그레 떴다.

조금 전 그가 잡으려 했던 나뭇가지에 뱀 한 마리가 똬리를 틀고 있었다.

석진이 놀란 얼굴로 주춤거리며 뒤로 물러났다.

가만히 뱀을 쳐다보던 한수가 입을 열었다.

"이건 Leptophis ahaetulla라고 불리는 뱀이에요."

"뭐, 뭐라고?"

"중남미 쪽에서 주로 발견되는 뱀이에요."

"그건 중요치 않고 독은 있어?"

"예, 미량이긴 하지만 있긴 있어요. 사람을 죽일 정도는 아니지만, 고통을 느끼게 하기엔 충분하죠. 거기에 swelling, 그러니까 종창도 생길 수 있고요. 그러나 몇 시간 지나면 낫는 편이에요."

"……너 경영학부랬지?"

"예, 그렇죠. 왜요?"

"……근데 뱀에 대해 어떻게 그렇게 잘 알아?"

"여기 오기 전에 계속 스마트폰으로 공부했잖아요. 제가 또 암기력 하나는 기가 막히거든요."

정확히는 암기력이 아니라 머릿속에 자동적으로 저장이 되는 것이긴 하지만 한수가 대충 둘러대며 주의를 덧붙였다.

"어쨌든 조심하세요. 정글에서는 함부로 손을 가져다 대는 게 아니에요."

"아, 알지. 네가 나무 올라갔다 내려오는 것 보고 놀라서 그랬던 거야."

석진도 5년 넘게 「자급자족 in 정글」에서 촬영 중인 베테랑이다.

당연히 기본적으로 주의해야 할 사항은 잘 알고 있었다.

다만 한수가 워낙 기가 막히는 짓을 많이 하다 보니 자신도 모르게 당황해서 허둥지둥했던 것뿐이었다.

그러나 계속해서 이동하며 그전까지만 해도 한수를 경계하고 질시하던 석진은 조금씩 한수에게 마음을 열고 스스럼없이 대하고 있었다.

어떻게 보면 한수하고 경쟁할 마음을 사실상 저버린 것이나 마찬가지였다.

석진이 보기에 한수는 철만보다 더한 놈이었다. 그런 놈과 경쟁할 필요는 없었다. 옆에서 충분히 보조만 해도 충분했다.

만약 자신이 「내가 생존왕」에서 끝까지 버틴 뒤 바닷가에 도착하는 모습이 카메라에 담기기만 한다면 팬들의 반응은 뜨겁게 달아오를 터였다.

그러나 정글 안은 찌든 듯한 더위와 습기로 인해 이동하는 것에도 적잖은 곤욕을 치러야 했다. 이미 옷은 흠뻑 젖은 상태였고 가득 채워 왔던 수통은 어느새 깃털만큼 가벼워져 있었다.

"허억, 허억."

석진이 거칠게 숨을 내쉬었다.

한수가 그런 석진을 보며 걱정스러운 얼굴로 물었다.

"형, 괜찮으세요?"

"후, 진짜 이런 방송을 기획한 박 피디도 인간적으로 문제가 있어. 아니, 출연자 죽일 일 있나? 적당히 해야지. 이건 뭐…… 나는 아직은 괜찮은데 형준 형이 걱정이야."

"그러게요. 형준 형이 버틸 수 있을지가 걱정이네요."

그들의 우려가 무색할 정도로 형준은 철만을 보조하며 최선을 다하고 있었다.

게다가 그들은 세 팀 가운데 제일 먼저 강가를 발견한 상태였다.

강가를 발견했다는 건 하류로 내려가면 바닷가에 이를 수 있다는 의미.

그들이 기뻐할 이유로 충분했다.

그러는 사이 형준이 비어 있던 수통에 물을 한가득 담았다.

그리고 물을 허겁지겁 들이켰다.

그러다가 뒤늦게 그걸 본 철만이 다급히 형준의 수통을 뺏었다.

"야! 너 이 물이 어떤 물일지 알고 그렇게 마시면 어떻게 해!"

"아니, 왜요? 딱 봐도 깨끗해 보이잖아요."

"그랬다가? 너 세균성 이질이라도 걸리면? 그 즉시 아웃이야. 깨끗해 보이기는 하지만…… 일단 안 되겠다. 오늘 하루는 여기 근처에서 쉬어가자."

"예? 벌써요?"

"정글은 금방 해가 져. 다른 팀들도 다 쉘터 짓고 있을 거야. 평평한 곳을 찾아봐. 그리고 모닥불부터 피운 다음 물부터 끓이자."

"아, 알았어요. 형."

형준이 고개를 끄덕였다.

제일 먼저 강을 찾았다는 기쁨도 잠시 어느새 해가 뉘엿뉘엿 지고 있었다.

이곳 코스타리카는 적도 인근에 있다 보니 낮과 밤의 길이가 비슷했다.

그리고 10월 이 무렵은 우기의 끝에 해당하는 계절로, 비가 한번 쏟아지면 어마어마하게 쏟아질 뿐만 아니라 오후 5시 무렵이 되면 해가 지기 때문에 서둘러 준비를 해야 했다. 만약 비에 흠뻑 젖은 채 잠을 자게 되면 다음 날 컨디션에도 안 좋은 영향을 미칠 수 있고 또, 모기들의 공세에 시달리게 될 수도 있었다.

철만 팀이 분주하게 움직이는 사이 다른 팀들도 쉘터를 만들 준비를 하고 있었다.

정글에 낙하해서 강을 찾고 이동하는 사이 어느덧 시간이 훌쩍 지난 상태였다. 한수 역시 철만과 비슷하게 평평하면서 근처에 나무가 없는 지형을 찾기 시작했다.

우기일 때는 한번 비가 쏟아지면 천둥 번개를 동반하는데 그러다가 주변에 있는 나무에 벼락이 떨어지면 그 나무가 쪼개지며 한창 꿈나라에 빠진 자신을 덮칠 수도 있는 일이었다. 그렇게 이곳저곳을 돌아보고 있을 때 석진이 쓸 만한 장소를 찾았다.

바닥이 평평하고 반으로 부러진 나무가 지지대 역할을 해줄 수 있는 곳이었다. 석진은 아까 전 실수를 만회하기라도 하듯 근처에서 부러진 나뭇가지를 들고 와서는 바닥을 쓸기 시작했다.

뱀이나 전갈 같은 놈들이 주변으로 흘러들어오는 걸 막기 위해서였다.

반면에 한수는 근처에서 덩굴을 캐어 온 다음 미리 지급됐던 나이프로 이미 부러진 채 쓰러져 있던 가느다란 나무를 마디마디 잘라 움막의 뼈대를 만들었다.

그러고는 비아구아 잎을 뼈대 위에 올려 어설프긴 하지만 지붕을 올렸다.

그렇게 한창 집을 만드는 사이 슬슬 허기가 지기 시작했다.

인간은 3일을 굶어도 버틸 수 있다고 하지만 그래도 뭔가 먹어야 내일도 움직일 수 있을 터였다.

"아까 전 위쪽에서 카사바 나무를 본 거 같거든? 그거 좀 몇 개 캐올게."

"음, 일단 같이 가요. 그런 다음 저도 강가에서 가재라도 한 번 잡아볼까 했어요."

"가재? 잡을 수 있겠어?"

"그럼요. 그렇게 어려운 일은 아니에요. 특히 해가 지기 시작한 지금쯤에는 놈들의 움직임이 느려져서 훨씬 잡기 수월하거든요."

"좋아, 그렇게 하자."

"모닥불에 가재 구워 먹으면 꽤 맛있을 거예요. 카사바는 수통에 넣은 다음 쪄서 먹으면 될 거 같고요."

"그럼 카사바부터 구하러 갈까?"

"예."

잠시 뒤, 두 사람은 쉘터에서 얼마 떨어지지 않은 곳에서 카사바 나무를 찾아낼 수 있었다.

거기서 카사바를 두 덩어리를 캐낸 다음 곧장 강가로 이동했다.

두 사람도 철만과 형준이 강가에 닿았을 때보다 약간 늦게 강을 찾을 수 있었다.

거기서 석진도 형준처럼 물을 들이켤 뻔했지만, 한수가 한 발 앞서 말린 덕분에 한수의 수통으로 갈증을 채운 뒤 자신의 수통에다가는 강물을 담아놓고 있었다.

"다니엘, 여기 불 좀 비춰주세요."

그들에게 플래시는 지급되지 않았지만, 다니엘이 찍고 있는 캠코더에는 플래시가 장착되어 있었다.

그러나 다니엘이 고개를 저었다.

한수가 그런 다니엘을 보며 말했다.

"분명 제작진이 우리한테 준 건 파이어 스타터하고 칼 한 자루, 수통 하나가 전부예요. 그러나 다니엘도 우리 팀인 건 마찬가지고 그 캠코더 플래시도 충분히 우리 팀의 물건으로 쓸 수 있다고 생각해요. 다니엘 의견은 어떻죠?"

"……"

망설이던 다니엘이 한수가 자신도 한 팀이라고 한 말에 살짝 표정을 누그러뜨렸다. 그리고 고민 끝에 그가 고개를 끄덕였다.

지금은 예능이고 촬영이긴 하지만 지금 이것이 실제 상황이라면 어떻게 하게 될까?

아마 주변에서 쓸 수 있는 건 어떻게든 다 쓰려 하지 않을까?

다니엘은 그 예외적인 상황도 충분히 고려한 다음 고개를 끄덕인 것이었다. 그렇게 다니엘이 플래시를 비추는 사이 한수는 밤이 되며 눈에 띄게 활동이 굼떠진 가재들을 잡기 시작했다.

순식간에 여섯 마리를 낚아챈 뒤 한수는 석진과 함께 쉘터로 돌아왔다.

쉘터로 돌아오는 내내 석진은 감탄을 멈추질 못했다.

"와, 진짜 너는 지구가 멸망해도 살아남겠다."

"에이, 그 정도는 아니죠."

"인마. 농담이야, 농담. 농담인데 그렇게 진지하게 받아들이면 어떻게 하냐? 크크."

"……음, 근데 진지하게 여기서는 생존 가능한 거 알죠?"

"그럼, 너만 믿는 거 알지?"

"일단 배고픈데 잡아 온 거나 먹죠."

사냥감은 충분했다. 가재도 있고 카사바도 있었다. 허기를 달래기에 충분했다.

가만히 그 모습을 보던 다니엘이 처음으로 입을 열었다.

"잠깐 볼일 좀 보고 오겠다."

"알았어요, 다니엘."

그리고 다니엘은 쉘터에서 멀리 떨어지지 않은 곳에서 무전기로 사이먼에게 연락을 취했다.

─무슨 일이야?

"내기는 유효한 거겠지?"

─무슨 내…… 아, 누가 우승하느냐 그거? 물론이지. 근데 왜 그 꼬마한테 건 거야? 당연히 베어가 유리한 싸움인데 말이야.

"글쎄. 지금까지의 모습은 베어하고 거의 판박이더군. 그쪽 상황은 어떻지?"

─뭐? 베어하고 판박이라고? 눈이 삔 거 아니야?

"진짜다. 그쪽은?"

─음, 여기도 나쁘지 않아. 특히 미스 전이 대단해. 대장 발목 잡을 줄 알았는데 여전사가 따로 없더라고. 에블린 솔트가 생각날 정도였어.

"뭐? 에블린 솔트? 크큭, 웃기는군."

다니엘이 웃음을 터뜨렸다.

사이먼이 말한 에블린 솔트는 실존 인물은 아니었다. 가상의 인물로 영화 솔트(Salt)에 나오는 여주인공이었다. 배우는 안젤리나 졸리로 그녀는 이중 첩보 요원 연기를 훌륭하게 해 냈다. 결국, 사이먼이 한 말은 그녀에 대한 극찬이나 다름없었다.

"그럼 내일모레 보자고."

─좋아. 누가 이기는지 끝까지 두고 보겠어.

다니엘이 무전기를 끊은 뒤 쉘터로 돌아왔을 때였다.

두 사람은 식사를 끝낸 뒤였지만 다니엘의 몫을 여전히 남겨두고 있었다.

한편 푸에르타 히메네스에 위치해 있는 제작진의 베이스

캠프.

일부는 지프차로 정글 주변을 돌며 혹시 모를 상황을 대비하는 한편 일부는 이곳 호텔에 베이스캠프를 차린 채 실시간으로 상황을 지켜보고 있는 중이었다.

그런데 그들이 갖고 있는 무전기로 통신이 들어왔다.

무전기를 받은 FD 한 명이 한숨을 내쉬며 말했다.

"피디님한테 연락해 주세요. ……가 포기하겠대요."

"구조팀 빨리 보내!"

첫 번째 탈락자가 발생했다.

한수는 서바이벌을 시작하기 전 생각해 본 적이 있었다.

만약 누군가 포기하는 사람이 나온다면 누가 첫 번째가 될까?

혜윤? 석진? 아니면 형준?

그럴 때마다 항상 한수의 답은 일정했다. 아마 형준이 제일 먼저 탈락할 가능성이 컸다. 실제로 제작진이 받은 연락도 마찬가지였다. 무전을 해온 건 철만이었다.

아까 전 강가에서 그냥 물을 마신 것이 원인이었다. 그게 복통을 일으켰고 형준은 철만이 겨우 잡아 온 가재도 먹다 토한 채 계속해서 데굴데굴 구르고 있었다.

주변에서 대기 중이던 제작진은 연락을 받자마자 철만과 형준이 머무르고 있는 쉘터로 향했다.

그들은 철만이 어렵사리 만든 쉘터에 도착한 다음 형준의 상태를 살피기 시작했다. 형준의 낯빛은 좋아 보이지 않았다. 제작진을 따라온 의사가 형준의 건강을 꼼꼼히 체크했다.

잠시 뒤, 의사가 이마를 타고 흘러내리는 땀을 소매로 훔치며 말했다.

"휴, 설사병인 거 같습니다. 아무래도 캠프로 돌아가서 항생제를 투여해야 할 듯합니다."

"……철만 씨, 혼자서도 괜찮겠습니까?"

이건 팀 게임이다. 혼자 하는 만큼 부담이 더 크다.

철만이 고개를 끄덕이며 말했다.

"형준이가 끝까지 못하는 건 아쉽지만 저라도 해내야겠죠. 우리 형준이, 잘 부탁드립니다. 의사 선생님."

"제가 그런 일 하려고 여기 따라온 건데요. 걱정하지 않으셔도 됩니다."

잠시 뒤, 형준이 탈락했다는 소식이 다른 사람들에게도 알려졌다.

그 말을 들은 혜윤의 낯빛이 어두워졌다.

그녀는 직접 무전기로 캠프에 연락을 취했다.

"박 피디님! 형준 오빠는 괜찮은 거예요?"

─예, 괜찮아요. 너무 걱정 마세요. 지금 베이스캠프로 이동 중이에요. 설사병이라니까 항생제 맞고 그러면 괜찮아질 거예요.

"휴, 다행이네요. 감사합니다."

─아닙니다. 혜윤 씨는 어때요? 불편한 거 없죠?

"예, 걱정 안 하셔도 돼요. 형준 오빠, 잘 좀 부탁드려요."

혜윤이 연락을 끊자 베어 그릴스가 호기심 어린 얼굴로 물었다.

"원래 실례가 될 질문은 안 하는 편이지만 남자친구입니까?"

"예? 아니요. 무슨 말씀을 그렇게 하세요! 남자친구라뇨!"

"에, 그게 걱정하는 모습 때문에 그랬던 건데……."

"아니에요. 5년째 한 프로그램만 주야장천 계속해 왔으니까 걱정이 될 수밖에 없지 않겠어요?"

베어 그릴스가 정중한 어조로 입을 열었다.

"미안합니다."

그때 혜윤이 베어 그릴스를 빤히 쳐다보며 물었다.

"이번 대결, 누가 이길 거 같으세요?"

"당연히 제가 이기겠죠."

"그렇게 확신하시는 이유라도 있나요?"

"당연한 걸 당연하다고 말할 수밖에 없지 않을까요? 강한 수라고 했던가요? 유튜브 영상은 잘 봤습니다. 그러나 그게 연출일 가능성도 배제할 수 없겠더군요. 뭐, 군대는 다녀왔지만, 나처럼 특수부대원도 아니었죠."

" 무인도에서 낙오됐던 건 사실이에요. 연출은 단 1%도 없었어요."

"그렇다고 쳐도 이곳 코스타리카의 열대우림을 얼마나 잘 알겠습니까? 제 방송을 자주 봤다고 하는 걸 듣긴 했지만, 책이나 텔레비전으로 배우는 것하고 실전에서 경험하는 것하고는 적지 않은 차이가 나게 마련이죠."

베어 그릴스의 말은 지극히 정론이었다.

누가 들어도 반박할 수 없는, 그 말에 혜윤도 고개를 끄덕일 수밖에 없었다.

하지만 혜윤은 가만히 베어 그릴스를 바라보다가 한수를 생각했다.

처음 인도네시아에 촬영하러 가고 난 뒤 두 사람이 탄 배가 전복되며 한수와 정수아가 낙오됐다고 했을 때만 해도 과연 생존할 수 있을지 우려했었다.

죽은 게 아닌가 생각했다.

그리고 지난 5년 동안 해온 「자급자족 in 정글」도 폐지 수순을 밟을 것이라고 여겼다.

철만도, 석진도 그리고 형준도 이제 끝이었다.

두어 달에 한 번 만나 촬영하는 것도 불가능해지겠지, 라는 생각을 할 때 그들이 극적으로 구조됐다는 이야기를 들었다.

그 이후 서수마트라 섬 인근에 있는 무인도에서 함께 촬영하게 됐을 때 혜윤은 그가 어떻게 생존했고 또 구조될 수 있었는지 깨달을 수 있었다.

그때 혜윤은 생각했다. 우리 팀에 고정 멤버로 들어와도 손색이 없겠다고. 그러나 귀국한 다음 배우 정수아를 몰락시켜 버린 유튜브 영상을 보며 그녀는 깨달았다.

이 정도면 손색없는 게 아니라 오히려 다른 멤버들을 잡아먹을까 봐 우려스럽다고. 그래도 뉴질랜드 편을 찍을 때 적절하게 자신의 능력을 감추면서 팀원들을 배려하는 한수를 보며 혜윤은 그를 진짜 팀원으로 인정하기 시작했다.

그리고 걱정스러운 가운데 시작한 「내가 생존왕」 촬영.

여기 오기 전 그녀는 박 피디를 통해 네티즌들이 예상하고 있는 우승자가 누군지 미리 알 수 있었다.

네티즌들이 생각하는 우승자는 베어 그릴스가 압도적이었다.

베어 그릴스가 71%로 압도적인 1위를 차지하고 있었고 한수가 16%, 철만은 13%로 3위였다.

철만을 응원하는 「자급자족 in 정글」 팬들도 적지 않게 많았지만, 한수가 올린 유튜브 영상이 네티즌들에게 엄청난 충격을 안긴 것 덕분에 가능한 수치였다.

어쨌든 네티즌들은 베어 그릴스가 우승할 가능성이 크다고 예측하는 중이었다.

하지만 혜윤의 생각은 글쎄? 였다.

'어쩌면⋯⋯.'

코스타리카 열대우림에서의 하루가 지났다.

일찍 잠에서 일어난 한수는 쉘터에서 몸을 일으켰다.

석진과 다니엘, 두 사람은 텐트 안에서 숙면 중이었다.

애초에 모든 걸 전부 다 다큐멘터리 형태로 찍을 생각은 전혀 없었다.

시청자들에게 보이는 건 편집된 장면이다.

리얼리티로 모든 걸 찍었다가 사고라도 당한다면?

실제로 인도네시아에서 비슷한 경험을 한 적이 있었다. 결과가 좋게 마무리되었지만, 자연재해가 아니었다면 방송은 폐지됐을 것이다.

한수는 쓴웃음을 지었다.

실제로 다니엘은 텐트 안에 들어와서 자라고 손짓하긴 했지만, 한수가 그것을 거절했다.

그래도 그는 모든 걸 100% 리얼로 찍고 싶은 욕심이 있었다.

텐트에서 곤히 숙면 중인 두 사람을 깨우지 않은 채 한수는 강가로 향했다. 그리고 그는 능숙하게 가재를 잡기 시작했다.

아침 일찍 움직이기에 앞서 배를 든든하게 해둘 필요가 있었다.

이 서바이벌은 1인 생존이 아니었다.

팀 생존이 우선이었다.

그렇다면 팀원을 챙기는 것도 팀장의 몫이었다.

그렇게 가재를 두 마리 잡았을 때였다.

인기척이 느껴졌다.

고개를 돌려보니 어느새 일어난 다니엘이 카메라를 들고 자신을 촬영 중이었다.

"제가 깨웠나요?"

다니엘이 고개를 저었다.

한수는 다시 사냥에 집중했다. 그리고 가재를 단숨에 세 마리 낚아챈 다음 쉘터로 돌아왔다.

처음에만 해도 잠을 설치던 석진은 언제 그랬냐는 듯 코를 골며 깊은 잠에 빠져 있었다.

그는 모닥불을 뒤적거렸다. 어젯밤 모닥불 위에 올려뒀던 흰개미 집은 잔해만 남아 있었다.

한수는 파이어스타터를 이용해 재차 불을 피운 다음 아침 일찍 잡아 온 가재를 굽기 시작했다.

손가락 세 마디를 합친 크기의 가재들이 빨갛게 익어갔다.

그제야 잠에서 깬 석진이 부스스한 얼굴로 일어났다.

한수가 그런 석진을 보며 물었다.

"어때요? 텐트 안은 좋았어요?"

"당연하지. 너도 텐트로 들어와서 자라니까."

"에이, 그래도 서바이벌인데 최대한 리얼로 찍어봐야죠. 안 그래요?"

"제작진이 알면 너 혼날지도 몰라. 그랬다가 재규어나 뱀 같은 게 나타나면 어떻게 하려고 그러냐?"

실제로 어렸을 때 한수가 「Man vs Wild」를 봤을 때 그는 베어 그릴스가 하는 모든 거 실제라고 생각했다. 연출은 전혀 없으며 모든 상황은 100% 실제로 일어난 상황이라고 말이다.

그러나 나이가 들고 커가면서 한수는 모든 방송에는 연출이 들어가고 대본이 있어야 하며 편집이 필요하다는 걸 깨달았다.

심지어는 그가 즐겨본 레슬링도 각본과 대본, 연출이 존재하는 쇼였으니까.

그러나 시청자들은 이 방송을 보면서 리얼리티를 느끼길 원한다. 그들은 자신이 진짜 정글에 떨어지거나 무인도에 갇히면 어떻게 생존해야 할지 알고 싶어 한다.

한수는 그것을 보여주고 싶었다.

그들은 곧장 강가를 따라 하류로 이동하기 시작했다.

자그마한 가재이긴 해도 배를 든든하게 채운 덕분에 세 사람의 움직임은 힘찼다.

그러나 시간이 지나면 지날수록 다들 조금씩 지쳐가기 시작했다.

정글은 울창했고 조금이라도 잘못하면 길을 헤맬 수도 있었다.

한수 뒤를 쫓던 석진이 숨을 길게 내쉬었다.

한참 앞선 곳에서 번쩍이는 빛이 보였다. 제작진 중 누군가의 카메라 유리가 햇빛에 부딪혀 반사되는 빛일 터.

석진은 지금이라도 포기하고 저곳으로 뛰어가고 싶은 심정이었다.

점점 더 허기가 졌고 목이 말랐다.

온몸은 물에 푹 담겼다가 빠져나온 것처럼 무겁기만 했고 땀이 줄줄이 흘러나오고 있었다.

그렇지만 여기서 포기할 순 없었다. 자신이 끝까지 서바이벌 미션을 완수하길 바라는 팬들이 있기 때문이었다.

그렇게 힘겹게 발걸음을 내디딜 때 한수가 말을 꺼냈다.

"이제부터는 뗏목을 만들죠."

"뗏…… 목?"

"예, 강폭이 점점 넓어지고 있어요. 슬슬 하류에 가까워지고 있다는 의미겠죠. 형도 많이 지친 거 같고, 걸어서 가기보다는 뗏목을 타고 내려가는 게 더 빨리 내려갈 수 있을 거예요."

석진이 고개를 끄덕였다.

대답할 힘도 이젠 없었다.

그러는 사이 한수는 근처에서 나무를 고르기 시작했다. 그리고 그가 골라낸 건 발사나무였다.

1년에 4m 내외씩 자라는 것으로 다 자라면 15m 정도 되지만 비중이 0.2여서 오동나무보다도 더 가벼웠다.

그만큼 목재가 가볍기 때문에 부표나 구명용구, 장난감 등으로 자주 쓰였다.

뗏목용으로도 제격이라 할 수 있었다.

"이놈이 뗏목으로 제격이에요. 이쪽 중남미가 원산지인데 워낙 가벼워서 물에 잘 뜨거든요."

"진짜, 네 머릿속에는 무슨 백과사전 같은 게 들어 있는 거냐?"

"그 정도는 아니고요. 비슷하다고 할 수 있죠."

한수는 웃으며 발사나무를 칼로 자르기 시작했다.

그런 다음 발사나무를 적당한 길이로 다시 잘라서 하나둘 꼼꼼히 묶었다.

석진은 옆에서 발사나무 껍질을 벗겨 끈 대용으로 만들었다.

카메라를 들고 촬영하던 다니엘도 그들을 도왔다.

그렇게 뗏목을 만든 뒤 주저 없이 강가에 띄웠다.

멀리서 그것을 지켜보던 제작진들은 보트를 타고 그 뒤를 바짝 쫓았다.

실시간으로 베이스캠프에 연락이 오고 가기 시작했다.

"A팀은 막 뗏목 만들어서 강에 띄웠습니다."

"B팀도 뗏목 타고 이동 중입니다."

"C팀은 걸어서 하류로 내려가려는 모양입니다."

베이스캠프에서 대기하던 형준이 뒤늦게 정신을 차렸다.

옆에 앉아 있던 의사가 그런 형준을 보며 물었다.

"어떻게, 몸은 괜찮으세요?"

"아, 예. 좀 나았습니다. 그보다 누가 A팀이고 누가 B팀이고 누가 C팀인 겁니까?"

"예? 그, 그게 저…… 저는 잘 모릅니다."

형준이 고개를 돌렸다. 그리고 박 피디를 보며 물었다.

"피디님, 누가 이기고 있는 겁니까?"

잠시 망설이던 박 피디가 입을 열었다.

어차피 형준은 이번 촬영이 끝나면 싫든 좋든 결과를 알게 될 터였다.

미리 말한다고 해서 문제 될 일은 없었다.

"일단 철만이는 끝이다. 뗏목을 만들지 못해서 강 주변으로 걸어 내려오고 있다."

"……저 때문이군요."

형준이 입술을 깨물었다. 뗏목을 만드는 건 쉬운 일이 아니다. 그만큼 인원을 필요로 한다.

박 피디가 이번 서바이벌을 팀 미션으로 한숨은 뜻이 그거였다.

형준이나 석진, 혜윤도 서바이벌 미션을 하는 데 있어서 충분히 도움이 되어줄 수 있게 하기 위해서였다.

하지만 형준이 먼저 탈락하며 철만은 그 혜택을 제대로 누릴 수 없게 되어버렸다.

입술을 깨문 채 자신에 대한 무력감을 곱씹던 형준이 박 피디를 보며 물었다.

"A팀하고 B팀은 각각 누굽니까?"

A팀은 막 뗏목을 만들어서 띄웠다고 했고 B팀은 이미 뗏목을 타고 이동 중이라고 했다.

형준은 내심 A팀이 한수 팀이고 B팀이 베어 그릴스팀이길 바랬다.

베어 그릴스&혜윤 팀에 혜윤이 있긴 하지만 주축인 건 어디까지나 베어 그릴스였다.

반면에 한수&석진 팀에는 석진도 있고 또 「자급자족 in 정글」에 막내로 들어온 한수도 있었다.

그때 박 피디가 입을 열었다.

"A팀이 한수&석진 팀이고 B팀이 베어 그릴스&혜윤 팀이다."

그리고 대략 한 시간 정도가 지났을 무렵 연락이 왔다.

"해변에 도착 완료했습니다."

그로부터 채 몇 분이 지나기도 전에 또다시 연락이 도착했다.

"해변 도착했습니다."

그와 함께 서바이벌 팀 미션 「내가 생존왕」 최종 승자가 결정되었다.

귀국 전까지 국내 네티즌들 입방아에 떠들썩하게 오르락내리락한 주제는 설날 파일럿 프로그램으로 예정 중인 「내가 생존왕」의 우승자가 누가 되느냐 하는 점이었다.

설 연휴 파일럿 프로그램으로는 이례적이라고 할 정도로 「내가 생존왕」은 해외 로케이션 촬영이 있었고 적지 않은 돈을 써서 베어 그릴스와 그를 돕던 촬영팀까지 섭외했다.

그러나 그렇게 할 만큼 「내가 생존왕」에 대한 대중의 관심은 대단히 뜨거웠다.

매일 갑론을박이 이어졌다.

예전부터 「자급자족 in 정글」의 철만과 「Man vs Wild」의 베어 그릴스가 서바이벌 매치를 벌인다면 누가 이길 것이냐에 관한 떡밥은 존재하고 있었다.

물론 그 떡밥 같은 경우 베어 그릴스를 잘 모르는 대중들은 철만의 우세를 점친 반면 서바이벌 프로그램을 좋아하는 매니아들은 당연히 베어 그릴스가 압승을 거둘 것이라고 예상했었다.

애초에 철만이 일반인인 데 반해 베어 그릴스는 SAS 출신의 특수부대원이었기 때문이다.

아마 이번에 두 명이 서바이벌 대결을 벌인다고 했다면 당연히 베어 그릴스의 압승으로 결론이 났을 것이다.

하지만 여기 한수가 끼어들면서 상황이 복잡해졌다. 특히 그가 유튜브에 공개한 영상 때문에 토론이 과열됐고 그렇게 과열되는 만큼 화제성도 커질 수밖에 없었다.

그리고 코스타리카로 떠난 「내가 생존왕」 출연자들의 귀국 하루 전날 인천 국제공항은 그들과 인터뷰를 하기 위해 모인 기자들로 발 디딜 틈이 없을 만큼 북적거리고 있었다.

한편 촬영이 끝난 뒤 출연자들은 하루 휴가를 부여받았다.

그들이 떠난 곳은 태평양에서 가장 아름다운 섬으로 알려져 있는 까뇨 섬이었다.

이곳은 코스타리카 정부가 관리하는 보호구역으로 반경 4.8㎞ 안에서는 바다 사냥이 금지되어 있었다.

게다가 섬에 출입할 수 있는 시간도 제한되어 있는 만큼 수중 생태계가 잘 보전되어 있었다.

그곳에서 반나절 휴가를 보낸 「내가 생존왕」 팀은 곧장 공항으로 향했다.

이곳에서 그들은 베어 그릴스 그리고 그의 친구들과 작별 인사를 나눠야 했다.

한수와 석진은 지난 2박 3일 동안 함께 고생했던 다니엘과 악수를 나눴다.

과묵했던 다니엘이 손을 마주 잡으며 입을 열었다.

"정말 너 같은 녀석은 처음이었다. 덕분에 2박 3일 동안 재밌었다."

"저도요. 다니엘 덕분에 무사히 촬영을 마칠 수 있었어요. 고마워요."

"내 번호는 알고 있지? 나중에 런던 오면 한번 보자고. 특별한 일이 없으면 시간 될 테니까 꼭 연락 주고."

"예! 물론이죠."

한수가 밝게 웃었다.

다니엘도 그런 한수를 보며 미소를 지었다.

가만히 그런 두 사람을 지켜보던 사이먼이 툴툴거리며 다가왔다.

"야! 코리안 보이!"

"무슨 일이죠? 사이먼?"

"나한테는 연락처 안 물어보는 거냐?"

"필요한 사람이 먼저 알려주지 않겠어요?"

퉁명스러운 한수 대답에 눈알을 부라리던 사이먼이 한숨을 내쉬며 입을 열었다.

"그래, 너는 그럴 말을 할 자격이 충분히 있지. 아, 그건 그렇고 나중에 디스커버리에서 연락이 오면 절대 출연하지 마라."

"예? 디스커버리요? 갑자기 거긴 왜요?"

"그놈들, 돈 정말 짜게 주거든. 베어하고 우리가 재계약 논의하니까 돈 없다고 얼마나 징징거렸는지 몰라. 완전 거지가 따로 없다니까?"

"알았어요, 디스커버리는 그냥 연락 와도 무시할게요."

"그래, 그게 최고야. 어쨌든 2박 3일 동안 즐거웠다. 다음에 또 생각 있으면 연락 줘."

"그건 제가 아니라 저기 박 피디님한테 해야 하는 거 아닌 가요?"

"하하, 그냥 우리하고 촬영이 아니더라도 서바이벌 하고 싶으면 연락 달라는 거야. 생각 같아서는 너를 SAS에 추천하고 싶지만 네 국적이 사우스 코리아라서 그건 안 되겠군. 너 정도면 특급은 따놓은 건데 말이야."

한수가 멋쩍게 웃었다.

그리고 뒤늦게 베어 그릴스가 한수에게 다가왔다.

그가 손을 내밀었다.

"사이먼이나 다니엘도 이야기했지만 재밌었다. 다음에 또 이런 기회가 왔으면 좋겠군. 물론 계속 촬영하기엔 비용이 너무 많이 들어서 힘들 거 같지만."

"저도요. 즐거웠어요, 미스터 그릴스."

"베어라고 불러. 나는 널 한스라고 부르기로 마음먹었으니까."

"한스? 독일 이름 같은데요?"

"난 듣기 좋은걸? 어쨌든 다니엘이 아까 말했지만, 런던에 오면 꼭 연락 달라고. 시간을 만들어서라도 보러 갈 테니까."

"오케이, 그럼 조심히 가요."

"그래, 굿 럭."

그리고 베어 그릴스를 비롯한 영국인들이 먼저 런던행 비행기를 타고 떠났다.

이제 남은 건 국내 출연자들과 제작진들뿐이었다.

한창 베어 그릴스와 이야기를 나누고 있던 박 피디는 예능국장과 통화를 하는 듯 공손한 자세를 취하고 있었다.

혜윤은 중도 탈락한 형준 옆에 달라붙어 이야기를 나누고 있었으며 철만은 석진과 열대우림에서 겪은 일을 자랑스레 늘어놓는 중이었다.

누가 봐도 평화로워 보이는 사람들을 보며 한수는 새삼 실감할 수 있었다.

1박 3일짜리 코스타리카 열대우림에서의 서바이벌 매치가 끝이 났다는 것을.

"댈러스 공항에서 직항 타고 온댔지?"

"어. 맞아. 곧 도착할걸?"

"하암, 졸려 죽겠네. 벌써 몇 시간째 공항에서 죽치고 기다리는 건지."

"표정은 어떨까? 만족스러울까?"

기자 한 명이 고개를 끄덕이며 말했다.

"해외 촬영이 한두 푼 하는 것도 아니고. IBC가 큰마음 먹고 지른 건데 잘 뽑혔겠지."

"하긴, 요새 IBC 예능 줄줄이 망했잖아. 「자급자족 in 정글」 빼고 시청률 15% 넘는 거 하나도 없잖아."

"야, 그래도 「무작정 달려라!」가 있잖아. 그거 동남아시아에서 장난 아니라던데. 그거 때문에 홍성진 콧대가 하늘을 찌른다더라."

"동남아시아에서 인기 많아도 국내에서 찬밥이잖아. 그냥 거기 출연한 연예인들만 단숨에 한류스타 된 거지. 국내에서는 시청률 때문에 광고도 제대로 안 붙는다던데?"

그렇게 기자들이 시끌벅적하게 대화를 나누고 있을 때였다.

누군가가 입을 열었다.

"그보다 TBC로 이적한 황금사단은 어때? 당분간 쉬는 거야?"

삐쩍 마른 기자가 눈을 휘둥그레 뜨며 물었다.

"어? 아직도 소식 못 들었어? 곧 촬영 들어간다던데?"

"뭐? 어디서 촬영한대? 촬영 일정은 잡혔어?"

"전부 다 비공개야. 기획안도 제대로 나온 게 없어. 나도 우연히 들은 거야."

"그런 게 있으면 공유해야지. 응? 한번 말해봐."

"그게…… 무슨 섬에 들어가서 생활하는 거라던데. 자세하게는 몰라."

"「트루 라이즈」 후속으로 들어가는 거 맞지?"

"곧장 붙일 거 같진 않던데? 1월 중순 방영이라고 들었거든."

"1월 중순? 「트루 라이즈」 종영 일이 언제였지?"

"12월 2주 차쯤 아니었어? 10부작이니까."

"그러면…… 못해도 한 달 정도 시간이 빈다는 건데 그동안 다른 거 들어갈 게 있나?"

"그동안 준비했던 거 파일럿 몇 개 내보낼 거라고 하더라고."

그때였다.

잠자코 이야기를 듣던 TBC에 능통한 기자 한 명이 고개를 절레절레 저었다.

그는 대충 어떤 식으로 돌아갈지 알고 있었다.

다만 엠바고 때문에 아직 말을 못 할 뿐이었다.

예정대로라면 「트루 라이즈」 시즌4가 끝난 뒤 3부작으로 예능 프로그램 하나가 방영된 다음 황금사단이 만든 예능 프로그램 프롤로그가 먼저 1회 방영되고 그다음 12부작짜리 본편이 방영될 예정이었다.

실제로 황금사단이 제작하게 될 예능 프로그램은 다음 주곧장 촬영을 떠날 것으로 알려져 있기도 했다.

그렇지만 그걸 곧이곧대로 이야기할 수는 없는 노릇이었다.

특종은 누구에게도 공유할 수 없는 것이었으니까.

그러는 사이 댈러스 공항에서 출발한 대한항공 여객기가 인천 국제공항에 도착했다는 게 전광판에 떴고 얼마 지나지 않아 승객들이 하나둘 입국장으로 들어오기 시작했다.

그 이후 캐리어가 가득 실린 카트를 밀며 「내가 생존왕」 촬영팀이 속속 들어왔다.

선두에 서 있는 건 철만과 형준이었다.

그 뒤를 한수와 석진, 혜윤이 뒤받치고 있었다.

오랜 시간을 대기 중이던 기자들이 플래시를 터뜨리며 사진을 찍기 시작했다.

동시에 실시간으로 그들이 찍은 사진이 연예란을 가득 메 웠다.

그들이 귀국하기 전까지 조금 잠잠했던 네티즌들의 반응도 뜨겁게 달아올랐다.

그렇게 사진을 찍은 뒤「내가 생존왕」팀은 인천 국제공항 비즈니스센터에 마련되어 있는 기자회견장으로 곧장 발걸음을 옮겼다.

귀국했다고 해서 바로 집으로 돌아갈 수 있는 건 아니었다.

우선 회견장으로 이동해서 기자회견부터 진행해야 했다.

그렇게 출연자 다섯 명과 기획을 맡은 송 CP, 연출을 맡은 박 피디, 그리고 프로그램 메인 작가인 송 작가까지 한자리에 모였다.

그들이 자리에 앉자마자 기자들이 손을 번쩍 들어 올렸다.

박 피디가 얼굴이 친숙한 기자들 이름을 불렀다.

"촬영은 어떠셨습니까? 만족스러우십니까?"

"예, 편집을 해봐야 알겠지만, 대단히 만족스럽습니다. 설 특집 연휴에 방송을 타게 될 텐데 정말 기대하셔도 좋을 거 같습니다."

"현재「내가 생존왕」과「자급자족 in 정글」, 이렇게 두 개 프로그램을 연출 중이신데요. 힘에 부치시지 않습니까? 둘 다 해외 촬영이 빈번한 만큼 꽤 힘들 것 같은데요."

"걱정해 주셔서 감사합니다. 아직까지는 프로그램에 대한 열정으로 버티고 있습니다. 끝까지 최선을 다해보겠습니다."

"이번에 IBC에서 「Man vs Wild」를 찍던 촬영팀까지 섭외해서 코스타리카 촬영을 했다는 이야기가 있던데요. 사실입니까? 그 정도로 위험한 장면이 많았습니까?"

"모든 건 출연자의 안전을 최우선으로 해서 촬영하였고 제작진들도 주변에서 항상 출연자들을 지켜보고 있었습니다. 다만 그분들을 섭외한 건 시청자 여러분께 더 생생한 리얼리티를 보여주고자 했기 때문입니다. 덕분에 영상은 매우 만족스럽게 찍혔으며 「Man vs Wild」 못지않은 서바이벌 프로그램을 기대하셔도 좋을 거 같습니다."

송 CP와 박 피디, 그러니까 제작진에 대한 질문이 끝난 뒤 이번에는 출연자들에 대한 질문이 뒤를 이었다.

역시 주된 질문은 이번 서바이벌 미션의 승자가 누구냐는 것이었다.

그러나 미리 스포일러를 할 순 없는 노릇이었다.

민감한 질문은 넘어가며 이중에서 방송 경력이 제일 많은 철만이 기자들을 적절히 컨트롤했다.

그렇게 기자회견이 끝난 뒤 비로소 그들은 집으로 향할 수 있었다. 물론 제작진은 여전히 퇴근하지 못한 채 집이 아닌 회사로 가야 했지만 말이다.

한수도 뉴질랜드부터 연달아 이어진 촬영 때문에 오랜만에 집으로 돌아오게 되었다. 그러나 집 안은 조용했다. 부모님 모두 외출하신 듯 아무도 없었다.

텅 빈 집을 둘러보던 한수는 방 안에서 텔레비전부터 확인했다. 꽤 오랜 시간 자리를 비웠지만, 녀석은 여전히 제자리에 그대로 있었다.

'휴, 내일은 학교부터 가야겠네.'

그러나 학교에 가는 것도 잠시 곧장「하루 세끼」촬영을 해야 했다.

생각보다 고된 일정에 한수는 쓴웃음을 지었다.

그것도 잠시 그는 텔레비전을 켠 뒤 남아 있는 피로도를 쓰기 시작했다.

농땡이를 피울 생각은 없었다.

자신이 좋아서 시작한 일이었다.

이왕 그렇게 된 이상 최고의 자리에 올라설 생각이었다.

며칠 동안 한수는 귀국했는데도 불구하고 정신없이 바쁘게 지내야 했다.

일단 대학교에 가서 교수님들과 면담을 가진 뒤 그동안 들지 못한 강의를 따라잡기 위해 계속 공부를 해야 했고 또 시간이 빌 때는 구름나무 엔터테인먼트로 가서 3팀장과 앞으로의 촬영 일정 및 스케줄 관련해서 이야기를 나눠야 했다.

3팀장은 계속해서 섭외가 쏟아지는 중이라면서 즐거운 비명을 질렀지만 한수 입장에서는 몸이 열 개여도 부족할 만큼 정신없이 바빴다.

어째서 잘 나가는 아이돌이 밴 안에서 쪽잠을 자고 또 활동하는가 싶었는데 다 그럴 만한 이유가 있었다.

그래도 한수는 국내에서만 돌아다니면 되고 아직 섭외만 들어온 상황이라 덜 바쁜 편이었다.

그렇게 한동안 미뤄둔 공부에 집중하고 있을 무렵 연락이 왔다.

그에게 연락해 온 건 며칠 뒤 촬영하기로 한 「하루 세끼」의 제작진이었다.

한수는 그들과 통화를 나눈 다음 택시를 잡아타고 강남으로 향했다.

강남에 있는 한 한식집에서 기다리고 있으니까 지금 바로 와줬으면 한다는 게 그들의 이야기였다.

그리고 목적지에 도착한 뒤 안으로 들어갔을 때 한수는 자신을 촬영 중인 카메라와 「하루 세끼」의 감독 황 피디 그리고 그의 든든한 오른팔인 이 작가를 만날 수 있었다.

영문도 모른 채 고개를 두리번거리다가 한수가 의자에 앉았을 때였다.

"이번 촬영에 함께 가기로 한 분도 곧 오실 거예요. 잠시 기다려 주세요."

황 피디가 나긋한 목소리로 웃으며 말했다.

그리고 얼마 뒤, 그들이 앉아 있던 방문이 열렸다.

윤환일 거라고 생각하며 일어서려 했던 한수가 멈칫했다.

방문을 열고 들어온 건 윤환이 아니었다.

실물로는 처음 보는, 낯선 사람이 서 있었다.

CHAPTER 3

　문을 열고 들어온 건 한수보다 키가 더 크고, 더 어려 보이는 젊은 남자였다.

　그를 본 박 피디가 환하게 웃으며 말했다.

　"승준 씨, 어서 와요. 길 찾느라 많이 헤맸어요?"

　"아뇨, 어렵지 않게 찾을 수 있었습니다. 이분은…… 그 「자급자족 in 정글」에 나온 강한수 씨 맞으시죠?"

　어색해하던 한수가 먼저 자리에서 일어났다. 그리고 손을 내밀며 말했다.

　"처음 뵙겠습니다. 강한수입니다."

　"신인 배우 이승준입니다. 잘 부탁드립니다."

　그가 고개를 꾸벅 숙이며 말을 덧붙였다.

"아, 제가 더 어립니다. 말 편히 하셔도 됩니다."

"예? 아, 알았어. 몇 살이야?"

"저 올해 스물하나입니다."

"신인 배우라고 했지?"

"예, 드라마 하나 찍은 게 전부입니다. 「왕관의 무게」라고 아실지 모르겠지만⋯⋯."

한수가 고개를 갸웃했다.

자신이 기억하는 게 맞는다면 드라마 「왕관의 무게」에는 윤환도 출연한 것으로 알고 있다.

"혹시 환이 형하고⋯⋯."

아무래도 윤환은 양반은 못 될 성품인 듯했다.

말이 끝나기도 전에 문을 벌컥 열고 한 사람이 더 들어왔다.

선글라스로 자그마한 얼굴을 반 이상 가린 그는 윤환이었다.

"늦어서 죄송합니다. 어? 승준이 너는 여기 왜 있냐?"

방 안을 두리번거리던 윤환이 승준을 보고는 고개를 갸웃거리며 물었다.

"예? 아, 그게 저도 황 피디님이 부르셔서⋯⋯."

자리에 앉기도 전에 윤환이 황 피디를 쳐다보며 물었다.

"황 피디님, 설마 저하고 한수랑 승준이, 이렇게 셋이서 촬영하는 겁니까?"

"예, 맞습니다. 이렇게 세 분을 모시고 촬영을 진행할 생각입니다."

"……음, 솔직히 애들 앞에서 이런 말 하는 건 좀 그렇긴 한데 황 피디님, 톱스타도 번호표 뽑고 대기 중이라던데 네임밸류에서 너무 밀리는 거 아닙니까?"

황 피디가 그 말에 웃으며 대꾸했다.

"걱정 안 하셔도 됩니다. 우리에겐 한류스타 윤환 씨가 있지 않습니까?"

"아, 아니. 제 얼굴에 금칠을 해주셔도…… 휴, 일단 이야기나 들어보죠."

윤환이 한수 옆에 자리했다.

한수 옆에 승준이 앉았고 맞은편에는 황 피디와 이 작가가 자리를 잡았다.

"승준아, 냉수 좀 한 잔 줘라."

"예, 형님."

로봇처럼 바로 칼같이 대답한 뒤 승준이 찬물 한 잔을 담아서 윤환에게 건넸다.

냉수를 벌컥벌컥 들이켜던 윤환을 보며 한수가 물었다.

"아까 승준이가 「왕관의 무게」 때 알게 된 사이라던데 맞아요?"

"어, 맞아. 그때 저 녀석이 단역으로 나온 적이 있었어. 그리고 녀석이 워낙 살갑게 굴다 보니 친해지게 됐는데…… 황 피디님, 무슨 생각이세요? 원래 톱스타만 줄줄이 뽑으시잖아요. 아니, 방송 컨셉은 도대체 뭐예요? 그때 기획안을 보긴 했지만, 여전히 아리송해서요."

황 피디는 여전히 미소를 잃은 채 말했다.

"너무 걱정 안 하셔도 됩니다. 저는 세 분 모두 캐릭터가 대단히 뚜렷해서 이 조합이면 충분할 거라고 생각합니다. 그보다 일단 식사부터 드시면서 이야기하시죠. 정말 여기 예약하느라 어려웠습니다. 국내에서 세 손가락 안에 드는 한정식집입니다."

"휴, 알았어요. 황 피디님만 믿고 따라가야죠. 괜히 황금사단이 아닐 테니까요."

"하하, 제 얼굴에 금칠을 해주시는군요. 그리고 아까 하신 말 중에 톱스타가 번호표 뽑고 기다린다는 건 루머였습니다."

윤환이 눈을 동그랗게 뜨며 물었다.

"네? 기사도 몇 차례 떴던데요?"

"하하, 저도 그 톱스타가 누군지 궁금하네요. 이게 제가 지상파에서 케이블로 옮겨서 그런지 떡밥을 던져도 물고기가 물질 않더라고요."

"흐음, 그렇군요."

그러는 사이 흑임자죽부터 시작해서 정갈하게 잘 조리된 한정식이 차곡차곡 그들이 앉아 있는 테이블 위에 깔리기 시작했다.

한수는 젓가락을 들어 반찬 하나를 집어 먹어봤다.

'와…… 대단하네.'

요리 맛이 장난 아니었다.

이 정도면 오랜 시간 한정식만 고집해온 외골수 숙수가 만들었다고 봐야 했다.

이 한정식집의 숙수가 누굴지 그 정체가 궁금했다.

그렇게 차곡차곡 쌓이는 요리를 보며 황 피디가 입술을 떼었다.

"여기 나오는 요리들 보이시죠? 이 정도 퀄리티까지는 아니어도 저는 한식 위주의 식단을 시청자 앞에 보이고 싶습니다. 사실 가정식이어도 크게 상관은 없어요. 그래서 하루 한 끼밖에 못 챙겨 먹는 직장인들이 하루 세끼를 챙겨 먹게 해주고 싶어요."

"음, 그게 「하루 세끼」의 기획 의도겠군요."

"예, 맞습니다. 그러려면 요리를 잘하는 분이 필수적인데 그래서 우선 한수 씨를 섭외했습니다. 한수 씨, 가능하시겠죠?"

황 피디가 한수를 바라봤다.

윤환이 손사래를 치며 말했다.

"「자급자족 in 정글」에서도 그렇고 한수가 요리를 꽤 하는 건 사실이지만 이런 요리를 만들어 내는 건 어려운 일 아닐까요?"

"아뇨. 저는 한수 씨가 이 정도는 아니어도 꽤 괜찮은 한정식을 차릴 수 있다고 믿고 있습니다. 실제로 제가 아는 몇몇 쉐프에게도 여쭤봤는데 한수 씨 칼 쥐는 솜씨나 요리하는 솜씨가 예사롭지 않다고 하더라고요."

"그런가요?"

"예, 김경준 쉐프님께서도 한수 씨 요리를 극찬하시더라고요. 그러면서 프랑스 현지에서 요리를 배운 것 같다고 말씀하셨을 정도니까요."

"……너 프랑스 갔다 와본 적 있어?"

한수가 그 말에 고개를 저었다.

지난번부터 계속해서 오고 가는 이야기였다.

그가 어떤 나라의 전통요리를 만들 때마다 사람들은 자꾸 그 나라에서 살다 온 적이 있냐고 캐묻는 적이 많았다.

바나나잎으로 생선찜을 만들었을 때는 브라질에서 살다가 왔냐는 이야기를 들었던 적도 있었으니까.

"흠, 어쨌든 그건 그렇다 치고 촬영지는 어디죠?"

"우리가 촬영할 장소는 여수시 삼산면 초도리에 있는 초도라는 곳입니다."

"초, 초도? 거기가 어딘데요?"

"여수요?"

"예, 여수에서 남서쪽으로 77㎞ 떨어진 곳에 있는 섬입니다. 그렇게 큰 섬은 아니고요. 대략 이백 명 남짓 살고 있는 것으로 알고 있어요. 여러분은 그 집 주민의 집 한 채를 빌려서 그곳에서 생활하며 그곳에서 나는 재료들로 요리를 해야 합니다."

"……잠깐만요. 그곳에서 뭐가 나는데요?"

"밭에는 보리, 콩, 고구마, 파 등이 있고요. 낚시를 할 줄 안다면 갈치, 고등어, 민어, 참돔, 벵에돔, 감성돔 등을 잡을 수 있고요. 통발로 군소나 해삼, 전복, 문어 같은 것도 얻을 수 있겠고. 그밖에 김, 미역, 톳, 청각, 거북손도 충분히 먹을 수 있습니다."

"……말만 들어보면 뭔가 거창해 보이는데 일단 낚시를 잘해야 한다는 거네요?"

"예, 제가 알기로 윤환 씨가 상당한 낚시 마니아라던데요? 그리고 한수 씨도 낚시를 잘하고요."

"……승준이, 너는?"

가만히 이야기를 들으며 묵묵히 눈앞에 놓인 접시들을 비우던 승준이가 고개를 푹 숙였다.

"죄송합니다, 형님. 대신 먹는 건 잘할 수 있습니다!"

"……."

윤환이 떨떠름한 얼굴로 승준을 바라봤다.

그것도 잠시 그가 한숨을 길게 내쉬며 황 피디를 쳐다봤다.

"좋아요, 촬영은 얼마나 하죠?"

"일단 3차로 나뉘어 움직일 생각인데요. 한번 갈 때마다 4박 5일에서 5박 6일 정도 촬영한다고 보시면 됩니다."

"후, 초도라고요? 초도…… 들어보지도 못한 곳이군요."

"서울에서 요리해 먹을 거면 방송 만드는 의미가 없지 않겠어요? 하하."

왠지 모르게 황 피디 웃음이 거슬리는 윤환이었다.

만약 이곳 한식집의 요리가 맛이 없었으면 진작에 험한 말이 터져 나왔을 것이다. 그렇게 윤환은 부글거리는 속을 진정시키며 요리를 음미하기 시작했다.

정식 요리를 다 먹는데 소요된 시간은 두 시간 정도였다.

그 시간 동안 황 피디는 윤환, 한수 그리고 승준에게 자신이 생각하고 있는 컨셉과 기획 의도, 그리고 이 방송을 통해 보여주고자 하는 모습 등을 설명했다.

처음에만 해도 우려스러워하던 윤환은 거듭된 황 피디 설득에 고개를 끄덕이고 말았다.

한수는 그 모습을 보며 황 피디의 진짜 힘은 바로 저 언변이지 않나 하는 생각이 들었다.

그 정도로 그는 사람을 휘어잡는 힘을 갖고 있었다.

그렇게 대화가 끝나갈 무렵 황 피디가 한수를 보며 말했다.

"한수 씨, 사실 제가 이 집을 약속 장소로 고른 이유가 있어요."

"예? 그게 무슨 말씀이세요?"

"제가 이곳 숙수님과 오래전부터 알고 지낸 사이에요. 그래서 며칠 전 약속 장소로 이곳을 잡으면서 제가 기획 중인 프로그램 이야기를 했거든요."

"예."

"그러니까 숙수님께서 우리 고유의 한식을 알리려고 하는 제 노력이 보기 좋다고 하시면서 요리사를 누구로 쓰려 하는지 모르지만, 그 사람이 원한다면 자신의 요리법 몇 가지를 전수해 주실 수 있다고 하시더라고요."

그 말에 한수가 놀란 얼굴로 황 피디를 바라봤다.

지금 황 피디가 한 말은 엄청나게 실력이 뛰어날 것으로 예상되는 이곳 숙수가 자신에게 요리 비법을 알려주려 한다는 것이었다.

웬만한 레스토랑이나 맛집을 가보면 비법은 외부인에게 절대 발설할 수 없을뿐더러 때론 억만금을 줘도 팔 수 없다고 하는 곳이 대부분이다.

실제로 한수도 성욱에게 컵스테이크 위에 뿌리는 비법 소스에 대한 로열티로 적지 않은 돈을 받고 있었다.

그런데 그 비법을 대수롭지 않게 알려준다는 건 정말 웬만해서는 하기 힘든 결심이었다.

"어때요? 생각 있어요?"

한수는 냉큼 고개를 끄덕였다.

그러나 한 가지 걱정인 게 있었다.

여태껏 한수는 요리를 「퀴진 TV」를 통해 배웠다. 「퀴진 TV」를 보면 머릿속에 그에 관한 지식과 경험 등이 차곡차곡 쌓이는 형태였다.

그 덕분에 한수는 남들이 몇십 년 노력해서 얻어낸 결과물을 손쉽게 획득할 수 있었다.

만약 이 텔레비전이 없었으면 한수가 이렇게 다방면에 두루두루 재능을 보이는 건 불가능했을 것이다. 그러나 텔레비전을 통해 배우는 게 아니라 누군가 이렇게 직접 가르쳐 주는 경험은 이번이 처음이었다.

대학교에서 몇 차례 강의를 듣긴 했지만, 그것과 이것은 전혀 다른 이야기였다. 누군가의 비법을 배우기 위해서는 그에 대해 어느 정도 기본은 갖추고 있어야 한다는 의미였다.

그렇지만 머릿속에 쌓여 있는 이 방대한 지식을 생각해 보면 이곳 숙수의 비법을 배우는 것도 충분히 가능할 것 같았다. 다만, 익히는데 기존에 텔레비전을 통해 배웠던 것보다 조금 더 오랜 시간이 걸린다는 점이 문제였지만, 그렇게 한수는 황 피디 뒤를 쫓아 주방으로 향했다.

주방은 뜨거운 열기로 후끈거리고 있었다.

성큼성큼 발을 내디딘 황 피디는 늙수그레한 숙수 앞에 멈춰 서서 공손히 고개를 숙였다.

"오늘도 정말 맛있게 잘 먹었습니다. 공 숙수님."

"허허, 잘 드셨다니 다행이군. 다른 손님들도 만족스러워하던가?"

"그럼요. 다른 누구도 아니고 공 숙수님 요리이신걸요. 아, 그리고 제가 소개해 드릴 사람이 있습니다. 지난번 말씀드렸던 그 프로그램, 거기서 요리를 담당할 사람입니다. 한수 씨, 공 숙수님이십니다."

그때 가만히 공 숙수를 바라보던 한수가 고개를 갸웃거렸다.

공 숙수의 표정도 묘하게 바뀌었다.

가만히 한수를 위아래로 훑어보던 공 숙수가 혹시 하는 얼굴로 물었다.

"너 설마 한수냐? 강한수?"

"하, 할아버지? 할아버지께서 여기 숙수셨어요?"

중간에 낀 황 피디가 고개를 갸웃거렸다.

두 사람을 번갈아 쳐다보던 황 피디가 공 숙수를 보며 물었다.

"혹시 아는 사이십니까?"

"허허, 잘 알고 있지. 어릴 때부터 부모 속만 썩이던 내 친구 손주거든.”

“……예?”

공 숙수를 본 한수도 충격 그 자체였다.

그가 아는 공 숙수는 그냥 동네에서 작은 음식점을 하는 할아버지였다.

그래서 할아버지가 예전에 한식을 만들어드렸을 때 자신의 친구를 소개시켜 준다고 했을 때도 쉐프가 될 생각이 없다고 하면서 거절했던 것이었다.

그런데 설마하니 그 할아버지 친구가 이렇게 뛰어난 맛을 뽐내는 한식집의 숙수일 줄이야.

그때 공 숙수가 눈살을 찌푸리며 물었다.

“그런데 이 녀석이 요리를 한다고?”

“아, 예. 그렇습니다. 숙수님.”

“……자네 프로그램 말아먹을 일 있나? 이 녀석이 무슨 요리를 한다고 그래?”

그 말에 한수가 멈칫거렸다.

어렸을 때 요리를 가르쳐준다는 할아버지 때문에 몇 번 요리를 배웠지만, 그때마다 번번이 괴이한 요리만 만들어 냈던 게 한수였다.

그 이후 요리의 재능이 전혀 없다며 학을 뗐던 게 바로 공 할아버지였다.

그런데 그랬던 자신이 「하루 세끼」에서 매번 요리를 하게 될 요리사가 되었다고 하니 공 할아버지가 놀랄 수밖에 없었다.

그러나 할아버지처럼 텔레비전을 안 보는 공 할아버지다 보니 전후 사정을 모른 채 황 피디를 보며 소리쳤다.

"황 피디! 한식을 알리겠다는 게 자네 기획 의도 아니었나?"

공 숙수의 불호령이 떨어졌다.

황 피디는 안절부절못하며 공 숙수를 쳐다봤다.

그때 한수가 나섰다.

결자해지(結者解之)라는 옛말이 있다.

여기서는 자신이 나서서 매듭을 푸는 게 맞았다.

"할아버지, 오해하지 마세요."

"오해는 무슨. 네 요리 실력을 내가 뻔히 아는데! 그래놓고 널 요리사로 데려가겠다는 건 예능 소재로 써먹겠다는 의미가 아니겠느냐."

"그런 거 아니에요. 아, 그리고 보니 꽤 오래전에 우리 할아버지가 공 할아버지한테 이상한 이야기 한 적 있지 않아요?"

한수 질문에 공 숙수가 곰곰이 생각에 잠겼다.

그러던 공 숙수가 묘한 눈으로 한수를 보며 말했다.

"그러고 보니 네 할애비가 이상한 이야기를 한 적이 있긴 있었지. 네가 어느 날 집에 와서 요리를 만들었는데 그 요리 맛이 일품이었다고 말이다. 나는 네 할애비가 노망이 났다고 생각했었는데…… 설마 그게 진짜라고 말하고 싶은 게냐?"

"정 못 미더우시면 여기서 테스트해 보셔도 되고요."

"음, 그래. 한번 네 요리 실력을 보자꾸나. 얼마나 실력이 있길래 그렇게 말할 수 있는 건지 알아봐야겠다. 만약 네 실력이 형편없으면 요리 비법을 알려주기는커녕 다신 황 피디 얼굴을 안 볼 게다."

워낙 성미가 대쪽 같은 분이다.

그렇지만 한수는 자신 있었다.

실제로 그는 「퀴진 TV」로 한식도 여러 차례 배웠다.

개중에는 오랜 시간 궁중 요리사로 일해온 요리사가 진행한 프로그램도 있었고 또 어떨 때는 「전국팔도 우리 맛 겨루기 대회」에서 우승한 한식 명장의 요리법을 배운 적도 있었다.

한수가 앞치마를 두르는 모습을 지켜보던 공 숙수가 입을 열었다.

"네 할애비가 그런 말도 했다. 우리 손자가 궁중요리를 해왔다고. 어디서 누구한테 배운 건지는 모르겠지만 한번 제대로 된 궁중요리를 만들 수 있나 보자꾸나. 궁중요리를 할 줄 안다면 신선로도 만들 수 있겠지?"

그 말에 한수가 고개를 끄덕였다.

가만히 한수를 바라보던 공 숙수가 물었다.

"신선로를 만들 때 가장 주의해야 할 점은 무엇이냐?"

"모든 재료의 맛이 조화를 이루어야 한다는 겁니다."

"음, 기본은 되어 있구나. 그럼 한번 보자꾸나."

한정식집인 만큼 주방에 신선로 그릇은 구비되어 있었다.

한수는 신선로 그릇을 하나 꺼낸 다음 빠른 속도로 재료를 다듬기 시작했다.

황 피디를 쫓아왔던 카메라맨이 한수에게 앵글을 맞췄다.

제일 먼저 한수가 시작한 건 신선로 육수를 내는 일이었다.

육수는 신선로 안에 들어갈 온갖 재료들이 조화를 이룰 수 있게 해야 하기 때문에 가장 신중하게 다뤄야 했다.

한수는 커다란 통에 양지 부위 소고기와 무, 대파, 통마늘을 넣고 센 불로 삶기 시작했다.

타타다닥—

그렇게 물이 끓는 사이 한수가 빠른 속도로 칼을 다뤘다.

가만히 그 모습을 지켜보던 공 숙수가 눈에 이채를 띄며 한수를 쳐다봤다.

자신이 아는 그 한수가 맞나 싶을 정도로 모든 동작에 군더더기가 전혀 없었다.

그 이후 한수는 밑 재료를 준비하는 한편 새우전, 광어 전, 지단을 연달아 만들어 냈다.

숙달된 요리사라 할 만큼 한수의 칼놀림은 정확했고 속도도 빨랐다.

끓는 물에서 삶아지던 양지와 무를 꺼내서 자른 뒤 살짝 데쳐냈다.

그 이후 육수를 우려내기 시작하며 한수는 이제 고명을 준비했다.

그렇게 밑 재료를 전부 준비한 한수는 차곡차곡 신선로 안에 궁중 신선로 방식대로 맨 아래에는 삶아 익힌 양지와 무를, 그 위에는 어류를 담고 맨 위에는 지단과 버섯, 소고기 완자, 견과류 등으로 색깔을 맞춰 고명을 쌓아 올렸다.

그러자 알록달록하게 색깔이 살아 예쁘장한 신선로 하나가 금방 완성됐다.

공 숙수는 살짝 놀란 얼굴로 한수를 쳐다봤다.

불과 몇 년 사이에 자신이 알던 한수는 온데간데없어졌고 웬 베테랑 요리사가 이 자리에 서 있었다.

누가 봐도 어엿한 요리사가 되었다고 할 만큼 한수의 성취는 눈부셨다.

그러나 가장 중요한 건 역시 맛이었다.

소리를 내며 타오르는 숯불을 바라보던 공 숙수가 육수를 국자로 퍼서 신선로에 부은 다음 보글보글 끓인 뒤 하나둘 고명부터 시작해서 차근차근 음식을 맛보기 시작했다.

그렇게 요리를 맛보던 공 숙수가 가볍게 탄성을 냈다.

그것도 잠시 그는 자신이 주방에 데리고 있는 요리사들을 불러모았다.

"다들 한번 맛보거라."

공 숙수 말에 너도나도 할 것 없이 숟가락을 신선로에 가져
갔다.

그리고 맛을 본 그들이 눈을 휘둥그레 떴다.

"스, 스승님께서 하신 것입니까?"

"정말 맛있습니다."

"재료가 한데 어우러진 맛이 일품인 듯합니다."

한수가 요리하는 모습을 본 요리사는 한입 맛을 본 뒤 입을
다물지 못했다.

믿어지지 않는 맛이었고 또, 엄청난 요리였다.

그것을 증명하듯 한수가 요리하는 걸 못 본 요리사들은 이
신선로를 공 숙수가 직접 요리한 것으로 착각하고 있을 정도
였다.

그들이 터뜨리는 감탄사를 듣던 공 숙수가 제자들을 뒤로
물렸다.

그런 다음 공 숙수가 황 디피를 바라보며 말했다.

"내가 아집에 빠져 있었구먼. 한수가 이렇게 요리를 잘할
줄은 생각지도 못했네. 오늘 무례를 사과하네. 그런 의미에서
오늘 요리값은 받지 않겠네."

"예? 아닙니다. 괜찮습니다, 공 숙수님."

"나를 더 부끄럽게 할 생각인가?"

"……알겠습니다."

황 피디가 고개를 숙였다.

그렇지만 고개를 숙인 그의 얼굴에는 환한 미소가 가득 어려 있었다. 뜻밖에도 방송 프롤로그로 써먹기 좋은 최고의 장면을 벌써 하나 만들어 낸 것이었다.

이것을 본 시청자들이 어떤 반응을 내보일지 기대됐다.

그때였다.

공 숙수가 꺼낸 말이 그런 황 피디를 일깨웠다.

"한수야, 너 방송 일은 그만두고 내게 본격적으로 요리를 배워보는 게 어떻겠냐?"

"예?"

놀란 건 한수만이 아니었다.

황 피디, 그도 입을 쩍 벌린 채 공 숙수와 한수를 번갈아 쳐다보고 있었다.

"예?"

처음 한수가 공 숙수 제자로 들어가면 어떻게 하나 걱정했던 황 피디는 한시름을 덜 수 있었다. 한수의 태도가 완강

했기 때문이다. 한수는 쉐프가 될 생각이 없다고 거듭 밝혔고 결국 공 숙수가 한발 물러설 수밖에 없었다.

그러나 보통 저 나이쯤 되면 갖는 고집을 누구보다 잘 알고 있는 게 바로 황 피디였다.

이번 방송이 끝나고 공 숙수에게 한수가 엄청 시달리는 모습이 눈앞에 훤히 그려졌다. 그러나 그건 훗날 일이고 지금 당장 걱정 안 해도 되는 일이었다.

황 피디는 여수터미널에서 이번 「하루 세끼」 출연자들이 오길 목 놓아 기다리고 있었다.

여수에서 초도로 가는 여객선은 매일 두 번밖에 없었다.

오전 7시 40분과 오후 1시 40분. 그리고 현재 시간은 오후 1시였다.

지금쯤 출연자들이 터미널에 도착해야만 했다.

그때 저 멀리 하얀색 카니발 밴 한 대가 보였다.

그리고 밴이 황 피디 앞에 멈춰섰다. 밴에서 내린 건 승준이었다. 간편한 복장에 모자를 눌러쓴 승준은 의욕이 넘쳐 보이고 있었다.

그러나 황 피디는 승준을 보며 황당해할 수밖에 없었다.

"너, 그, 그건 뭐냐?"

"예? 아, 이 녀석은 루나라고 합니다."

승준이 머쓱하게 웃었다.

그는 혼자 온 게 아니었다. 케이지에 고양이 한 마리를 데려온 상태였다.

이걸 어떻게 해야 하나 고민하던 황 피디는 하는 수 없이 촬영에 데려가기로 마음먹었다. 고양이 한 마리가 함께 그림에 어울리는 것도 나쁘지 않을 것 같았다. 그리고 승준이 온 지 얼마 되지 않아 스타크래프트 밴 한 대가 추가로 들어왔다.

이번에 들어온 밴은 구름나무 엔터테인먼트의 것이었다.

3팀장과 윤환, 한수가 밴에 타고 있었다.

그런데 캐리어를 둘이 합쳐 3개나 가져온 상태였다.

황 피디가 심각한 얼굴로 두 사람을 보며 물었다.

"뭘 이렇게 많이 가져오셨어요? 고작해야 4박 5일 머무를 텐데…….."

윤환이 퉁명스러운 얼굴로 말했다.

"제 거 아닙니다. 이 녀석이 챙겨온 거예요."

"한수 씨? 도대체 이게 다 뭐죠?"

"아, 그게 향신료예요. 아무래도 맛을 내려면 이런 건 좀 필수적이다 보니. 그리고 또, 한식을 보여주고 싶다 하셨는데 물고기만으로는 그게 한계가 있다 보니까…….."

"예? 흐음, 일단 이건 압수한 다음 저희가 꼭 필요하다고 하는 것만 지급해 드리겠습니다. 어디까지나 제가 원하는 건 여러분이 이곳에서 직접 사냥해 잡은 것들로 생활하는 모습을 보고 싶은 거지……."

"그러면 「하루 세끼」가 「자급자족 in 초도」가 되어버리는 거 아닌가요?"

논리정연한 한수 말에 황 피디가 머뭇거렸다.

"아닙니다. 어디까지나 저는 힐링 프로그램을 만들고자 하는 거지 그렇게 위험한 프로그램을 따라 하려는 게 아니에요. 그리고 「자급자족 in 정글」은 하루 세끼 꼬박꼬박 챙겨 먹는 것도 아니잖습니까?"

"……알겠습니다."

결국, 한수는 또다시 캐리어 수색을 당해야 했다. 그리고 그는 준비해 온 소고기와 돼지고기를 송두리째 뺏길 수밖에 없었다.

그래도 다행인 건 채소는 하나도 빼앗기지 않았다는 것이었다.

고기를 빼앗긴 건 억울한 일이었지만 채소만 있다면 천연 조미료를 만들어 내는 게 충분히 가능했다.

그렇게 어느 정도 정리정돈이 이루어진 뒤 「하루 세끼」 제작진과 출연자들은 여객터미널로 향했다.

그리고 초도로 가는 배를 잡아탈 수 있었다.

그러나 여수에서 초도까지 걸리는 시간은 세 시간, 그동안 지옥 같은 멀미가 시작됐다.

한수나 윤환은 세상만사 평안한 듯 멀쩡해 보였지만 승준은 도저히 멀미를 견디지 못한 채 그대로 뻗어버린 상태였다.

야옹~

그때 한수가 케이지 안에 있는 승준의 고양이를 바라봤다.

사파이어처럼 빛나는 파란색 눈동자에 큼지막한 터키 쉬앙고라 수컷이었다.

"루나라고 했지? 잘 지내보자."

야옹~

말귀를 알아들은 듯 녀석이 화답했다.

그리고 얼마나 지났을까?

세 시간 넘는 항해 끝에 나로도와 손죽도를 지난 배가 서서히 초도 대동리 선착장에 다다랐다.

서울에서 이곳까지 오는데 걸린 시간은 편도로 6시간 30분.

긴 여정에 출연자들은 물론 제작진들까지 지친 상태였다.

그러나 허투루 시간을 보낼 수는 없었다. 출연자들이 먼저 캐리어를 내려놓은 뒤 제작진들이 챙겨온 촬영 장비들까지 합심해서 옮기기 시작했다.

그렇게 십여 분이 넘게 움직인 끝에야 그들은 짐을 모두 다 내릴 수 있었다.

한편 육지에 발을 디딘 덕분인지 승준의 혈색은 눈에 띄게 좋아진 상태였다. 승준은 한 손에는 캐리어를, 한 손에는 케이지를 든 채 앞장서서 걷기 시작했다.

그렇게 해안선을 따라 꽤 오랜 시간 걸은 뒤 그들은 앞으로 4박 5일 머무르게 될 그들만의 보금자리에 도착할 수 있었다.

하지만 보금자리를 본 순간 윤환의 얼굴이 잔뜩 구겨졌다.

언뜻 보기엔 평범한 양옥이었지만 내부가 말이 아니었다.

그 흔한 전자레인지는커녕 가스레인지마저 없었고 라면이나 과자 등 심심할 때 챙겨 먹을 부식도 전혀 찾아볼 수 없었다.

무엇보다 가장 큰 문제는 심심함을 달래줄 텔레비전마저 없다는 것이었다. 그나마 위안이 되는 건 GIGA 인터넷은 아니지만 3G 인터넷이라도 잡힌다는 점이었다.

그리고 마당 옆에는 텃밭이 있었고 그 마당에는 둥그스름한 부뚜막과 아궁이 두 개가 어설프게 만들어져 있었다.

"아니, 황 피디님! 이런 곳에서 어떻게 요리를 해 먹습니까?"

"그냥 가스레인지에 요리해 먹는 건 의미가 없잖아요. 제 생각에는 여러분이 아궁이 가마솥에다가 요리를 해 먹는 게 제격일 거 같아서요."

"……"

윤환이 그 말에 한숨을 토해냈다. 그리고 가만히 한수를 바라봤다. 지금 이 상황에서 가장 도움이 되어줄 수 있는 건 역시 한 명뿐이었다.

바로 요리 담당인 한수였다.

"한수야, 저기에다가도 요리할 수 있지?"

"예, 그럼요. 문제는 먹을 게 전혀 없다는 거죠."

윤환이 주변을 두리번거리는 동안 한수도 세간을 대충 파악한 상태였다.

문제는 지금 당장 끼니를 때울 만한 게 아무것도 없다는 점이었다.

"아, 그리고 이건 여러분이 앞으로 여기서 생활하는 동안 유용하게 쓰일 물건들입니다."

그리고 황 피디가 윤환에게 큼지막한 고무대야를 내밀었다.

고무대야 안에는 통발 네 개와 낚싯대가 들어 있었다.

"이 정도면 충분하시겠죠?"

"아니, 황 피디님! 당장 끼니부터 때워야 하는데……."

그때였다.

한수가 그런 황 피디를 향해 웃으며 말했다.

"예, 충분하죠."

아직 황 피디는 자신에 대해 제대로 알지 못하고 있는 게 분명했다.

황 피디는 2000년 KBS 26기 공채에 합격해서 피디가 됐고 곧장 ABS 토요 예능 연출을 맡았다.

그때만 해도 그는 이름 없는 피디에 불과했고 그가 맡은 프로그램도 타사의 프로그램을 따라 했다는 비난을 받으며 불과 1년 만에 종영하고 말았다.

그 이후 두 차례 더 실패하며 쓰디쓴 고비를 겪었지만, 당시 ABS 최고의 피디로 손꼽히던, 지금은 TBC 예능국 본부장이 된 강석훈 본부장 밑에서 연출을 배우며 자신의 재능을 본격적으로 꽃피우기 시작했다.

그러면서 황 피디는 7년 가까이 장수하며 국민 예능이라는 타이틀을 거머쥔 「원더풀 새러데이 −밥 좀 먹자!」를 연출하게 된다.

그 이후 황 피디는 ABS 예능국 차장 프로듀서까지 오르게 되었지만 「원더풀 새러데이 −밥 좀 먹자!」 연출을 관두고 갑작스럽게 TBC로 이적을 강행했다.

그런 황 피디가 지상파인 ABS를 떠나 TBC로 이직한 것에 대해서는 여러 가지 이야기가 있었는데 가장 신빙성이 높은 건 역시 서로가 생각하는 연봉의 차이가 매우 컸다는 점이었다.

아무래도 ABS는 지상파다 보니 황 피디에게 많은 돈을 연봉으로 챙겨줄 수 없었고, 황 피디는 지난 7년 동안 자신이 세운 공적을 인정하지 않는다고 받아들인 것이다.

그런 상황에서 황 피디보다 1년 먼저 TBC로 자리를 옮긴 강석훈 본부장이 적극적으로 황 피디를 회유했고 황 피디는 구설수에 시달리며 TBC로 이직하게 됐다.

그런 뒤 그가 처음 맡게 된 프로그램이 바로「하루 세끼」였다.

이직한 후 처음 만들게 된 예능 프로그램, 그렇다 보니 그를 끌어들인 강석훈 본부장은 물론 TBC의 사장과 임원들도 황 피디가「원더풀 새러데이 −밥 좀 먹자!」의 뒤를 이어 또 다른 국민 예능 프로그램을 만들어 낼 수 있을지 주목하고 있었다.

그러나 한류스타 윤환을 빼면 나머지 둘은 신인에 가까울 정도로 이름값이 떨어졌고 게다가 외딴 섬에서 촬영을 한다고 하니 다들 알게 모르게 근심을 한가득 안고 있는 상태였다.

어쨌든 그런 상황인데도 불구하고 황 피디는 자신만만 해하고 있었다. 100% 성공한다고 확신할 수는 없지만, 자신이 가려 뽑은 출연자들 간 케미가 적합하게 맞아떨어졌기 때문이다.

그렇게 자신만만하게 초도까지 온 건 좋았다.

이제 황 피디가 기대한 그림은 먹을 것이 없어서 좌절하다가 집 옆에 자그맣게 해둔 텃밭에 가서 배추나 무로 시래깃국을 해 먹는 출연자들 모습이었다.

'어? 한수 씨가 낚시를 그렇게 잘하나?'

황 피디가 고개를 갸웃거렸다.

고무대야에 통발 네 개와 낚싯대 두 개만 던져줬는데도 저렇게 싱글벙글하는 걸 납득하기가 어려웠다.

그러는 사이 윤환은 낚시를 전혀 할 줄 모르는 승준에게 낚시하러 갔다 올 동안 해야 할 일을 빠짐없이 알려주기 시작했다.

"일단 장작 먼저 패놓고, 청소 좀 해두고 있어. 그리고 불도 피워두고."

"예, 형님."

"그거만 해도 네가 할 일은 다 한 거니까 부담 없이 있어. 궁금하면 다 끝내놓고 보러 오든가."

"예, 그럴게요."

낚싯대와 통발, 뜰채를 들고 한수와 윤환은 선착장 쪽으로 내려가기 시작했다.

가만히 그 모습을 보던 승준은 제일 먼저 한쪽에 쌓여 있는 통나무를 가져다가 똑바로 세웠다.

카메라 스태프가 그 모습을 조금 더 가까이 잡았다.

그때 긴 소매가 거슬리는지 승준이 웃옷을 벗었다.

"야! 그거 협찬이야."

매니저가 뭐라 투덜거렸지만, 승준은 아랑곳하지 않고 웃옷을 벗어 옆에 걸어둔 다음 도끼를 집어 들었다.

그런 다음 통나무를 가만히 응시하던 승준이 곧장 도끼를 그대로 내려쳤다.

쩌저적―

단숨에 성인 여성 허리둘레만 한 통나무가 반으로 쪼개졌다.

그 모습을 조마조마하게 보던 여성 작가들이 눈을 빛냈다.

곳곳에서 감탄사가 터져 나왔다.

"와우."

힘쓰는 일은 승준이가 다 하면 된다더니 그 말은 사실이었다.

반 팔 틈으로 보이는 근육이 불끈불끈하고 있었다.

그 이후로도 승준은 별로 힘든 기색 없이 장작을 계속 쪼개 놓았다.

가만히 승준을 지켜보던 카메라 스태프가 조심스럽게 물었다.

"승준 씨, 어렸을 때 장작 패본 경험 있어요? 뭘 그렇게 잘해요? 전혀 초보자 같지 않은데요?"

"아, 그게……."

머뭇거리던 승준이 입을 열었다.

"어렸을 때 부모님이 이혼하시고 할아버지 집에서 혼자 지냈거든요. 그런데 할아버지 집이 강원도 산골이었어요. 거기엔 보일러가 없어서 매번 장작을 패서 땔감으로 써야 했거든요. 안 그러면 한겨울에는 얼어 죽을 수도 있었기 때문에 부지런히 패야 했어요."

"아, 그랬구나."

"방송에서는 처음 이야기하는 거예요."

승준이 멋쩍게 웃어 보였다.

그것도 잠시 그는 계속해서 장작을 쪼갰다.

묵묵히 말도 없이 일하는 그 모습은 근면 성실했다.

카메라 스태프도 그런 승준을 찍으며 눈을 빛냈다. 스물한 살 젊은 나이에 큰 키, 배우를 할 만큼 훤칠하게 잘생긴 얼굴.

그러나 어렸을 적 있었던 불우한 어릴 적 가정사. 그런데도 씩씩하게 자란 모습, 그리고 농땡이 한 번 피우지 않고 근면 성실하게 일하는 것까지.

이런 캐릭터는 100% 먹히고, 언젠가는 반드시 뜬다고 봐야 했다.

어쩌면 미래에 대배우가 될지도 모를 신인배우를 지금 자신이 찍고 있는 것일지도 몰랐다.

반면에 한수는 조금 가늠이 어려웠다.

훈남이긴 했지만 잘생긴 건 아니었고 몸이 좋은 것도 아니었다.

가정사는 평범한 편이었고 사람을 잡아끄는 매력도 크게 두드러지지 않았다.

그런데도 황 피디는 그런 한수를 제일 먼저 섭외했다.

자신이 보지 못한 무언가를 그는 보고 있다는 것이었다.

그리고 그는 실제로 고무대야에 통발 네 개와 낚싯대만 던져줬는데도 불구하고 오히려 밝게 웃어 보였다.

그걸로 충분히 낚시해서 시작부터 배부르게 만찬을 즐길 수 있는 거라고 생각한 걸까?

문득 지금 선착장으로 간 한수 팀은 어떻게 촬영이 진행되고 있을지 궁금했다.

그는 진짜 물고기를 낚았을까?

그 시각 윤환과 한수는 촬영팀과 함께 선착장을 향해 걸어가고 있었다.

윤환이 앞서 걸으며 한수에게 물었다.

"한수야, 너 진짜 가능하겠어?"

"예? 뭐가요?"

"낚시 말이야. 이곳 바다가 어떤지, 입질이 올지 안 올지, 아무것도 모르는데…… 너무 무턱대고 도전하는 거 아니야?"

윤환의 걱정은 응당 당연한 것이었다.

그 걱정에 한수가 웃으며 말했다.

"아까 선착장으로 들어올 때 슬쩍 방파제 쪽을 봤어요."

"그래서?"

"거기에 낚시꾼들이 꽤 많더라고요."

"음, 그랬어?"

승준보다는 멀미가 덜했지만, 윤환도 초도 인근에 이를 무렵에는 적지 않게 고생을 했었다.

왜 하필이면 이런 곳에서 촬영해야 하는지 황 피디를 원망하기도 했었다.

그러는 터라 주변을 제대로 못 봤는데 한수는 그 상황에서 용케 방파제 쪽을 훑어본 모양이었다.

그때 한수가 재차 말을 이었다.

"무엇보다 오늘 입질이 좋은가 보더라고요. 쉴 새 없이 건져 올리더라고요."

"음, 알았어. 일단 한번 가보자."

그때 성큼 앞서나가던 윤환이 걱정스러운 얼굴로 입을 열었다.

"막상 우리가 가니까 막 물때 놓치고 그러는 건 아니겠지?"

"그럴 리가요. 정 없으면 시래깃국이라도 해 먹으면 되죠. 아까 보니까 황 피디님은 내심 그걸 원하던 눈치더라고요."

그 말에 황 피디가 찔끔거리는 게 보였다.

윤환이 눈을 부라렸다.

그러는 사이 그들은 선착장에 도착할 수 있었다.

오늘 들어올 배는 더 이상 없었다.

선착장 바로 옆 정자에 앉아 있는 할머니들이 촬영팀을 반겼다.

"아이고, 서울에서 온 그 촬영팀이구먼."

"오느라 고생 많았어."

"낚시하러 가는 겨?"

한수가 고개를 숙여 보이며 말했다.

"예. 아까 보니까 저쪽 방파제에 사람들이 많이 모여 있으시길래요. 낚시가 꽤 잘되는 건가 싶어서요."

"시방 이맘때면 뱅에돔이나 감성돔이 잘 잡히긴 허지."

"용케 포인트를 알았구먼. 저쪽 방파제가 여기 초도에 있는 포인트 중 하나긴 하제."

"어머님, 여기 근처에 통발을 설치할 만한 곳은 없을까요?"

뒤에 있던 윤환이 불쑥 나서서 물었다.

그러자 할머니들이 윤환을 알아보고는 눈을 휘둥그레 떴다.

"어머나! 이게 누구야!"

"갑동이 아빠 아녀!"

한때 윤환이 출연한 드라마 배역을 들먹이며, 슈퍼스타를 발견한 소녀 떼처럼 달려드는 할머니들 때문에 윤환이 어쩔 줄 몰라 하고 있을 때였다.

한수는 통발과 낚싯대, 그리고 떡밥을 잔뜩 짊어진 채 방파제로 발걸음을 뗐다.

황 피디가 촬영팀 일부를 남겨둔 뒤 재빠르게 그 뒤를 따라붙었다. 그러면서 한수에게 물었다.

"한수 씨, 진짜 오늘 낚시하려고요?"

"예, 그래야죠. 낚시 안 할 거면 여기까지 올 이유가 없죠."

"……어떻게, 고기는 많이 잡힐 거 같아요?"

"한겨울이면 몰라도 지금이면 적잖게 잡힐 거 같긴 한 대요?"

"으음."

"아, 그보다 피디님, 부탁이 하나 있어요."

"예? 부탁이 뭔가요?"

"이번에 고기 좀 많이 잡으면 제가 가져온 돼지고기나 소고기랑 바꿔주실 수 없을까요?"

"어, 음…… 좋아요. 문제 될 건 없죠."

"여기 근방에서는 육류를 구하기가 힘드니까요."

"대신 벵에돔하고 참돔, 감성돔 같은 돔 종류만 가능합니다. 아, 또 크기도 4자는 넘어야 합니다."

여기서 4자라는 건 그 크기가 40㎝를 넘겨야 한다는 이야기다.

즉 피라미는 용납하지 않겠다는 무언의 선전포고나 다름없었다.

그러나 한수는 대수롭지 않은 얼굴로 고개를 끄덕였다.

그 뒤 그는 방파제에 낚싯대를 드리우고 있는 낚시꾼들에게 다가갔다. 그리고 잠시 멈춘 채 큰소리로 외쳤다.

"죄송합니다. 물고기는 잘 잡힙니까?"

한수를 돌아본 몇몇 낚시꾼들이 고개를 끄덕였다.

황 피디가 기겁하며 한수를 돌아봤다.

"한수 씨, 그렇게 크게 떠들어도 됩니까?"

"감성돔 같은 녀석들은 예민하긴 한데 발소리에 민감하지 사람 목소리에는 크게 민감해하지 않아요."

"그, 그래요?"

"그렇다고 해서 계속 떠드는 건 예의에 안 맞는 일이긴 하죠. 아, 피디님 이따 촬영할 때 가급적이면 많이 안 움직이시는 게 좋아요. 그러면 바닷속에 있는 놈들이 눈치채고 찌를 안 물 게 뻔하거든요."

"음, 알겠습니다."

황 피디가 고개를 끄덕였다. 그리고 촬영팀에 신신당부하는 사이 한수가 개중 한 명에게 다가갔다. 그리고 통발을 어디에다가 설치하면 좋을지 묻기 시작했다.

낚시꾼은 한수에게 쓸만한 포인트 몇 곳을 추천해 줬다. 그리고 한수는 우선 통발부터 설치했다. 통발 안에는 촬영팀이 미리 넣어둔 고프로가 함께 들어 있었다.

그렇게 통발까지 설치해 둔 다음 한수가 슬그머니 낚시꾼들 사이에 끼었다.

그동안 계속해서 할머니들한테 시달리던 윤환이 뒤늦게 합류했다.

이제는 세월을 낚아야 하는 시간이었다.

윤환이 밑밥을 넉넉히 뿌린 다음 낚싯바늘에 지렁이를 끼

우기 시작했다.

그런 다음 낚싯대를 던져 찌낚시를 시작했다.

옆에 앉아 있던 한수도 바늘에 지렁이를 끼워 넣었다.

황 피디는 꼼꼼하게 그 장면을 카메라에 담았다.

그러는 사이 한수도 낚싯대를 수면 깊숙한 곳에 던져넣었다.

이제 남은 건 물고기가 떡밥을 물고 올라오길 기다리는 것 뿐이었다.

황 피디가 침을 꿀꺽 삼켰다.

방송을 흥하게 하려면 여기서 물고기가 잡혀선 안 됐다.

첫날부터 진수성찬을 만들어서 먹으면 시청자들이 함께 응원할 여유가 싹 사라진다.

시청자들이, 어떻게든 딱 한 번, 딱 한 번만 참돔이나 감성돔을 잡았으면 좋겠다, 이런 응원을 할 수 있게 해줘야만 했다.

그러려면 지금 물고기가 잡혀서는 안 되는 것이었다.

그때였다.

황 피디가 눈을 크게 떴다.

동시에 한수가 입을 열었다.

"여기 물 좋네요."

그러고는 한수가 낚싯줄을 감았다가 풀며 실랑이를 하기 시작했다.

그것을 보는 황 피디의 얼굴은 새파랗게 질려 있었다.

그때 한수가 낚싯대를 들어 올렸다.

4자가 약간 안 되어 보이는, 금속광택을 띤 회흑색 물고기가 대롱대롱 매달려 있었다.

3자짜리 감성돔이었다.

"······."

떨떠름한 얼굴로 자신을 쳐다보는 황 피디를 향해 한수가 말했다.

"피디님, 요샌 사이다가 대세예요."

옆에 있던 윤환이 그런 한수를 향해 엄지손가락을 번쩍 치켜들었다.

옆에서 3자짜리 흑돔을 낚아채던 낚시꾼 한 명이 웃으며 말했다.

"낚시 좀 많이 다니시나 보네."

"아버지께서 워낙 낚시를 좋아하셔서요."

"그래? 아, 그러고 보니 우리는 여기서 좀만 더 잡다가 이따 갯바위로 포인트를 바꿔볼 생각이야. 어때? 자네도 따라갈 텐가?"

"정말요? 어디 갯바위인데요?"

"저기 아래쪽에 석머리라고 있어. 반대쪽에 보이나?"

지금 그들이 낚시 중인 방파제 반대편에 자그마한 방파제가 하나 더 있었는데 그 끄트머리에 툭 튀어나온 부분이 있었다.

그 앞에 포말 지대가 형성되어 있었는데 지금 낚시꾼이 가리키는 건 그 포말 지대를 지척에 두고 있는 갯바위였다. 이곳 초도에서는 석머리라고 불리는 곳이었다.

확실히 갯바위는 방파제보다 대형어가 잡힐 가능성이 더 크다.

복잡한 수중구조와 물이 원활하게 흘러서 조류소통이 용이하기 때문이다.

다만 섬 갯바위낚시는 뱃삯이 추가되기 때문에 비용이 꽤 비싼 편이었다.

베테랑 낚시꾼들은 확실한 조과를 거둘 수 있어서 갯바위를 선호하지만, 그것도 돈이 있을 때나 누릴 수 있는 사치였다.

한수가 머뭇거리며 물었다.

"돈이 없는데 괜찮은가요?"

"원래 같이 가기로 한 영감이 있었는데 몸이 아프다고 지금 민박집에서 골골대고 있거든. 자네만 좋다면 문제없지."

"저야 그럼 감사하죠. 아, 일단 피디님한테 한번 여쭤볼게요."

"피디? 어디 방송국에서 촬영이라도 온 건가?"

"예, TBC라고 케이블 방송입니다."

"……자네 연예인이야?"

한수가 웃으며 말했다.

"어, 지금은 연예인이라고 할 수도 있을 거 같습니다."

"그러고 보니 옆에 사람은 낯이 익은데……."

한창 할머니들한테 시달렸던 윤환은 혹시 모를 상황을 대비해서 선글라스를 끼고 있었다. 그랬기에 얼굴이 잘 보일 리가 없었다.

그가 윤환을 유심히 지켜보는 사이 한수가 황 피디에게 물었다.

이야기를 들은 황 피디가 고개를 끄덕였다.

갯바위낚시는 그도 생각하고 있는 그림 중 하나였다.

다만 비용도 비용이지만 안전상의 문제 때문에 해야 하나 말아야 하나 고민하고 있었다.

그런데 여기서 일단 한수가 해보겠다고 하니 한 번 정도는 시켜봐도 될 듯했다.

안전장비만 철저하게 갖추고 한다면 말릴 이유는 없었다.

첫 3자짜리 감성돔을 낚아챈 뒤 삼십여 분이 지났다.

물이 좋다고 했지만 좀처럼 찌가 가라앉지 않았다.

그때 옆에서 낚싯대를 드리우고 있던 윤환의 낚싯대 찌가 물속에 푹 가라앉았다.

힘 좋은 놈이 잡힌 게 분명했다.

윤환도 오랜 시간 취미로 낚시를 즐겨온 낚시꾼이었다.

적절하게 밀고 당기기를 하며 윤환이 첫 번째 물고기를 낚아챘다.

아까 전 낚시꾼이 잡은 놈과 같은 흑돔이었다.

다만 그 크기는 3자여서 조금 아쉬웠다.

그때 아까 한수보고 갯바위낚시를 가자 했던 낚시꾼이 짐을 챙기고 일어나기 시작했다. 멀리 떨어지지 않은 곳에서 통통배가 다가오고 있었다. 그들을 갯바위 근처에 내려줄 바로 그 배였다.

"자자, 움직이자고."

"예, 선생님."

한수도 낚싯대를 챙겨 들었다.

윤환이 그런 한수를 보며 격려했다.

"한수야, 많이 좀 잡아 와. 그래야 배부르게 저녁 챙겨 먹지. 안 그래?"

"예, 그래야죠."

"우리 이러다가 저녁도 못 먹고 이 짓 할 수 있어. 알지? 아니, 황 피디님도 생각해 보니 너무하시네요. 프로그램 제목이 「하루 세끼」인데 저녁부터 벌써 굶기려 드시네."

"예? 제가 언제요. 집에 배추도 있고 무도 있고 계란도 있고. 먹을 게 얼마나 많은데요."

"소고기하고 돼지고기, 둘 다 뺏어가셨잖아요!"

"당연히 그건 압류죠. 이곳 초도에서는 구할 수 없는 거잖아요."

"……됐습니다. 저는 한수만 믿으렵니다. 한수가 4자짜리 감성돔하고 참돔하고 열 마리씩 잡아 올 겁니다. 그럼 그거 반은 지금 냉장고에 넣어둔 돼지고기하고 소고기하고 바꿔먹을 생각입니다."

"……."

황 피디는 떨떠름한 표정으로 윤환을 쳐다봤다.

그러나 마음 한구석에 스멀스멀 불안이 차오르고 있었다.

왠지 모르게 한수가 진짜 저 갯바위에 가서 수십 마리의 물고기를 잡아 올 것만 같았다.

그러는 사이 방파제 가까이 다가온 통통배가 멈춰섰다.

낚시꾼 세 명이 통통배 위에 올라탔고 한수도 뒤따라 통통배에 올랐다. 그리고 선장과 이야기를 나눈 한수가 카메라 스태프에게 손짓을 보냈다. 그렇게 카메라 스태프도 통통배에 올라탔다.

모두 다섯 명.

그렇게 방파제 반대편으로 이동했을 때 선장이 구명조끼를 하나씩 건넸다.

갯바위 위에서 낚시하기 위해서는 구명조끼가 필수적이었다.

구명조끼를 입은 뒤 그들은 본격적인 갯바위낚시를 시작했다.

한수도 찌낚시를 시작했다.

한편 카메라 스태프는 꼼꼼히 그 장면을 담아내기 시작했다.

이제 남은 건 물고기가 잡히길 기다리는 것뿐이었다.

윤환은 먼저 집으로 향했다.

그가 잡은 건 3자짜리 흑돔 한 마리였다.

그 이후 몇 차례 찌가 가라앉긴 했지만, 미끼만 먹고 빠져 나가기 일쑤였다.

결국, 한수가 뭔가를 해내길 바랄 수밖에 없었다.

집에 도착하자 활활 타고 있는 장작불이 보였다.

승준이 열심히 불을 지피고 있었다.

"승준아, 나 왔다."

"형님, 오셨습니까? 어? 뭐 잡으신 겁니까?"

윤환이 자랑스럽게 물고기 두 마리를 승준에게 보였다.

둘 다 3자짜리로 하나는 감성돔, 하나는 흑돔이었다.

"이건 한수가 잡은 거고 이게 내가 잡은 거다."

"와, 대단하시네요. 근데…… 왜 형님 혼자 오세요?"

승준 말에 윤환은 조금 전 있었던 일을 대략이나마 이야기했다.

가만히 이야기를 듣던 승준이 눈을 휘둥그레 떴다.

"개, 갯바위 위에서 낚시를요?"

"어, 그래. 좀 더 잡아 오겠다고 하더라고."

"대단하네요…… 잡을 수 있을까요?"

윤환은 곰곰이 생각했다.

가능할까? 불가능할까?

고민하던 윤환이 옆에 서 있는 황 피디를 보며 물었다.

"황 피디님은 어떻게 생각하세요?"

"글쎄요. 어렵지 않을까요?"

그러나 그의 목소리는 자신이 없었다.

윤환이 어깨를 으쓱하며 말했다.

"저는 잡아 올 거 같은데요?"

"월척이요?"

"예, 못해도 한두 마리나 세 마리 정도 잡아 오지 않을까요? 3자 말고 4자짜리요."

"……하하, 가급적 안 그랬으면 좋겠네요."

"아까 한수가 하는 말 못 들으셨어요? 너무 답답하면 요즘 시청자들 잘 안 봐요. 요샌 사이다가 최고예요."

"그, 그래도. 완급조절이라는 게 있는 건데. 아, 일단 지켜보도록 하죠. 만약 한수 씨가 자신의 힘으로 그렇게 잡아 온다면 저도 인정하겠습니다."

"그래요. 한번 기다려 보자고요."

윤환이 활짝 웃었다.

그렇게 한수가 돌아오기 전까지 윤환과 승준은 활활 타오르는 장작불에 가마솥을 올려 밥부터 짓기로 했다.

고기반찬이나 생선 반찬이 아니더라도 밥은 해 먹어야 했다.

한수는 늦어도 일곱 시 전에는 귀가하기로 되어 있었다.

한수가 귀가하기 전까지 남은 시간은 두 시간 남짓.

그래도 그 정도면 나름 기대해 볼 만했다.

윤환이 승준을 보며 물었다.

"너 가마솥으로 밥 지을 줄 알아?"

"예, 할 줄 압니다."

"못할 줄…… 어, 할 줄 알아?"

"예, 어릴 때 강원도 산골에서 살았거든요. 할아버지가 만드는 방법을 틈틈이 옆에서 배우긴 했어요. 중학생일 때는 제가 직접 짓기도 했고요."

"이야, 역시 황 피디님이네! 이것도 알고 섭외하신 거 맞죠? 어떻게 딱딱 필요한 사람만 섭외하셨대?"

황 피디가 머리를 긁적였다.

승준이 어릴 때 할아버지와 단둘이 강원도 산골에서 산 건 섭외 이전부터 알고 있던 사실이지만 가마솥 밥도 지을 줄 안다는 건 미처 몰랐던 일이었다.

어쨌든 모든 게 계획과 전혀 다르게 돌아가고 있었다.

그가 보여주고자 한 앞부분 그림은 어촌에 와서 허둥지둥 거리며 적응 못 하는 현대인의 모습이었다.

그리고 처음에는 시래기에 나물 같은 것으로 허름하게 끼니를 때우며 고생하는 거였다.

실제로 그는 「원더풀 새러데이 ─밥 좀 먹자!」에서도 출연자를 괴롭히기로 악명이 높았다. 오죽했으면 그 당시 출연자들이 밥 좀 배부르게 먹는 것이 소원이라고 했을까.

그러나 현재 상황은 자신이 그리고 있는 모습과 전혀 반대로 돌아가고 있었다.

또, 그 사건의 중심에는 강한수라는, 생각했던 것보다 더 무시무시한 존재가 존재하고 있었다.

결국, 가마솥 밥은 승준이 하는 동안 윤환은 할 일이 없어졌다.

따분한 얼굴로 집 구석구석을 둘러보던 윤환은 작은 방 안으로 들어갔다. 그리고 그는 벽장 구석진 곳에 웅크린 채 잠들어 있는 루나를 발견할 수 있었다.

"이 자식은, 주인이 말이야. 고양이도 안 돌보고 있어."

호기심이 든 윤환이 슬그머니 손가락을 내밀어서 루나의 콧등을 꾹꾹 누르기 시작했다.

그러자 잠에서 깬 루나가 주춤거리더니 뒤로 물러났다.

하아악—

그리고 낯선 소리가 울렸다.

뒤늦게 그 소리를 들은 승준이 다급하게 소리쳤다.

"형님, 잘못하면 물거나 할퀼 수……."

방문을 열어젖힌 승준은 눈앞에 벌어진 참상에 입술을 뗄 수 없었다.

루나가 윤환의 검지를 앙증맞게 깨물고 있었다.

"야! 얘 좀 떼어내 봐!"

승준은 윤환과 루나 사이에 끼어들어 루나를 떼어냈다.

그러나 여전히 루나는 경계를 늦추지 않고 있었다.

몸을 낮게 숙인 채 윤환을 노려보고 있었다.

둘 사이에 오고 가는 신경전을 보며 황 피디가 입가에 미소를 지었다. 생각외로 저 루나라는 고양이가 여러모로 도움이 되어주고 있었다.

이런 소소한 에피소드들은 시청자들이 볼 때 미소를 짓게 할 만했다.

그것도 잠시 황 피디는 갯바위에서 슬슬 돌아올 준비를 하고 있을 한수를 생각했다.

그가 도대체 얼마나 많은 물고기를 잡았을지 기대 반 걱정 반이었다.

'한 세 마리 정도 되려나? 아니지, 일곱 마리 정도? 여섯 마리? 도저히 가늠되질 않네.'

머리를 긁적이던 황 피디가 입술을 깨물었다.

일단 기다려봐야 했다.

그런 다음 후회해도 늦지 않았다.

그러는 사이 갯바위낚시가 끝이 났다. 대략 2시간 30분 정도 이어진 낚시였다.

저 멀리 다가오고 있는 통통배가 보였다.

선장이 환하게 웃으며 암초 위에서 낚시 중이던 낚시꾼들을 향해 소리쳤다.

"다들 월척은 건지셨는가?"

"선장님 덕분에 손맛 제대로 봤시다."

"괜히 이곳이 낚시꾼의 천국이라 불리는 게 아니군요. 하하, 선장님 덕분에 호강 좀 하다 갑니다."

낚시꾼들이 덕담을 주고받았다.

가만히 그들과 대화를 나누던 선장이 한수를 바라봤다.

원래 타기로 했던 낚시꾼 대신 통통배에 올라탄 연예인이었다. 카메라를 짊어진 스태프까지 탄 걸 보면 방송에 나올 프로그램을 촬영하는 것으로 짐작 중이었다.

그가 얼마나 잡았을지도 선장의 관심사 중 하나였다.

"젊은이는 입질 좀 많이 느꼈는가?"

"예, 선장님하고 여기 계신 분들 덕분에 체면치레는 하게 생겼습니다."

한수가 고개를 꾸벅 숙였다.

그런 다음 그는 이곳에 올 때 가져온 살림통 안을 슬쩍 비춰주었다.

그리고 그것을 본 선장이 눈을 휘둥그레 떴다.

"허허."

한참 뒤 선장은 헛웃음을 터뜨리고 말았다.

그렇게 갯바위낚시를 끝내고 통통배에서 내린 뒤 한수는 카메라 스태프와 함께 집으로 향했다.

어느새 해가 어둑어둑 지고 있었다.

더 늦기 전에 저녁을 준비해야 했다. 슬슬 허기가 지고 있었다.

그리고 그는 살림통을 짊어진 채 집 안으로 들어왔다.

한수를 계속해서 찍고 있던 카메라 스태프들도, 마당에서 그가 오길 기다리고 있던 황 피디와 작가들이 반색하며 한수를 반겼다.

"오셨어요?"

"많이 잡으셨어요?"

"갯바위낚시는 어땠어요?"

그리고 동시에 문을 열고 윤환과 승준이 뛰쳐나왔다.

그들 모두의 시선은 한수가 짊어진 살림통에 집중되어 있었다.

한수가 일단 살림통을 내려놓았다. 윤환과 승준이 한수에게 벼락처럼 달려들었다.

황 피디는 숨을 죽인 채 그 장면을 바라봤다. 아마 이 장면이 편집한다면 1화의 마지막 장면이 되어줄지도 몰랐다.

어쩌면 어획량에 따라 한수가 살림통을 짊어지고 여기 들어오는 장면이 될 수도 있겠지.

그런 만큼 분위기를 더욱더 끌어올려야 했다.

그것은 윤환이 기가 막히게 만들어줄 터.

자신은 앉아서 떨어지는 떡만 주워 먹으면 그만이었다.

이미 영화, 드라마, 예능 등 모든 방면에서 빼어난 윤환은 황 피디의 그런 생각을 읽기라도 한 듯 살림통은 들추지 않은 채 한수에게 다가가서 물었다.

"어때? 많이 잡았나?"

한수가 웃으며 입을 열었다.

"제가 누구입니까? 하하. 기대하셔도 좋아요."

"아, 더는 못 참겠다. 황 피디님, 저 이거 바로 확인합니다."

"좋아요. 확인해 주세요."

덩달아 카메라 감독이 윤환 뒤로 이동해서 살림통을 줌인했다.

그리고, 윤환이 살림통을 들췄다.

동시에 비명이 터져 나왔다.

CHAPTER
4

윤환은 믿을 수 없다는 얼굴로 한수를 바라봤다.

처음에는 물고기가 몇 마리 없는 줄 알았다.

그래서 조금 실망했다.

기대가 크면 실망도 큰 법이랬던가?

오늘 그 격언을 또 새삼 느끼고 있었다.

그러다가 묘한 게 보였다.

살림통 사이로 물고기 꼬리가 삐죽 튀어나왔다.

붉은빛이 감도는 꼬리였다.

이 정도면 한두 마리밖에 못 잡았다고 해도 대형 어종임이 분명했다.

그렇다면 소고기나 돼지고기와 바꿔먹을 수도 있다는 이야기였다.

윤환이 눈을 번뜩이며 황 피디를 향해 물었다.

"황 피디님! 아까 4자짜리 잡으면 돼지고기나 소고기하고도 바꿔준다고 하셨죠?"

"예, 제가 그러긴 했죠."

"몇 그램하고 바꿔주시는 겁니까?"

"음, 4자면 100g 하고 바꿔드리겠습니다."

윤환이 사 온 건 국산 한우였다. 그것도 마블링이 눈부시게 아름다운 1++ 등급짜리였다.

그런데 100g이면 생각한 것보다 양이 너무 적었다.

그래도 4자짜리 돔인데 그건 너무한 것이었다.

윤환이 툴툴거리며 말했다.

"시청자들도 보는데 너무 짜신 거 아닙니까? 좀 더 많이 쳐주시죠."

고민하던 황 피디가 말을 이었다.

"좋습니다. 그럼 150g까지 해드리죠."

"……괜찮을까?"

"뭐, 문제없어요."

한수는 흔쾌히 고개를 끄덕였다.

황 피디 눈동자가 불안한 듯 흔들거렸다.

그것도 잠시 황 피디가 한수를 보며 말했다.

"한수 씨, 그럼 그 살림통 안 좀 봅시다. 몇 마리나 잡아
온……."

그때 승준이 슬쩍 살림통을 들춰봤다.

그러고는 그가 기겁하며 뒤로 물러났다.

"헉."

"왜 그래? 뭐 때문이야?"

윤환이 눈매를 좁혔다.

승준이 조심스러운 목소리로 대답했다.

"그게…… 게슴츠레한 눈동자로 저를 노려보고 있어
서……."

"눈동자는 많아?"

"마, 많던데요. 모, 못해도 여섯 개가 넘……."

"잠깐만. 여섯 개가 넘는다는 건 세 마리, 아니지. 뭐야? 최
소 여섯 마리 이상은 된다는 거야?"

윤환이 폴짝거렸다.

경망스러운 그 움직임을 뒤로 한 채 한수가 살림통을 열어
젖혔다.

카메라가 그것을 보다 줌인했다. 그리고 살림통을 본 카메
라 감독이 눈을 휘둥그레 떴다.

"마, 말도 안 돼."

"말이 안 되긴 했어."

"그러니까."

"와, 진짜 어신인가? 뭔 찌가 그렇게 낚싯대를 드리웠다 하면 바로 가라앉지?"

"포세이돈의 가호를 받는다거나 뭐 용왕님의 아들이라거나 그런 거 아니야? 낄낄."

근처 민박집에서 회를 떠먹던 낚시꾼들이 웃음을 토해냈다.

그들은 아까 전 갯바위에서 한수와 낚시를 했던 바로 그 낚시꾼들이었다.

그들은 2시간 30분가량 했던 갯바위 위 낚시를 다시 한번 상기시켰다.

이상하게 한수만 운이 좋은 건지 아니면 그쪽에 물고기가 몰리기라도 한 건지 낚싯대를 던졌다 하면 찌가 가라앉기 일 쑤였다.

번번이 참돔, 흑돔, 벵에돔 등을 건져 올리는 한수를 보며 한 낚시꾼은 진짜 어신을 만났다면서 기도를 드릴 정도였다.

그렇게 낚시가 끝나고 통통배를 타고 돌아갈 때 살림통을 본 선장도 기겁할 수밖에 없었다. 살림통 안에 들어 있는 물고기가 눈으로 헤아릴 수 없을 만큼 많아서였다.

너무 많이 잡은 게 아니냐고 물어봤지만, 한수의 태도는 단호했다.

애초에 돼지고기와 소고기를 못 먹게 하고 4자가 넘는 돔을 잡아 와야 바꿔준다고 한 황 피디의 잘못이었다.

그래서 오기가 생겨 낚시에 집중했고 한수는 생각지도 못한 월척을 기록할 수 있었다.

어쨌든 그렇게 살림통이 공개된 뒤 황 피디가 물고기 수를 헤아리기 시작했다.

아까 전 꼬리가 삐죽 튀어나와 있던 건 7자짜리 참돔이었다.

몸길이 72㎝.

평소 낚시를 좋아하는 조명감독마저 혀를 내두를 정도로 무지막지하게 큰 놈이었다. 그놈을 빼면 나머지는 대부분 4자짜리였다. 그렇게 해서 돔만 보자면 모두 열한 마리였다.

그 밖에 고등어가 한 마리가 포함되어 있었다.

황 피디는 혀를 내둘렀다. 이건 자신이 생각했던 그림이 전혀 아니었다. 그가 얼떨떨한 얼굴로 한수를 쳐다보다가 조심스럽게 입을 열었다.

"저, 강한수 씨. 나, 낚시 경력이 얼마나 되죠?"

한수는 머릿속으로 셈을 셌다.

그가 본 「월척 TV」에서 나온 수많은 낚시 고수들.

그들의 경력을 다 합치면 몇 년이 될까?

못해도 족히 몇백 년은 넘어갈 게 분명하다.

그것도 잠시 한수가 웃으며 대답했다.

"이제 한 달 좀 넘었어요."

그 말은 사실이었다.

실제로 한수가 낚시를 처음 해본 건 인도네시아에서 황새치를 잡은 것이었으니까.

7자짜리 참돔을 포함해서 열한 마리의 돔을 잡았다.

그 밖에 고등어도 한 마리 껴 있었다.

거래를 시작한 건 윤환이었다.

일단 7자짜리는 뺐다.

괜히 아깝게 소고기나 돼지고기하고 바꿀 수 없었다.

이건 회를 떠서 먹을 생각이었다.

그 대신 4자짜리 돔 중 일곱 마리를 소고기 그리고 돼지고기와 교환했다.

덕분에 소고기 600g과 돼지고기 450g을 추가로 확보할 수 있었다.

그때 가마솥을 확인하던 한수가 눈을 휘둥그레 떴다.

지어진 지 얼마 안 된 고슬고슬해 보이는 밥이 윤기를 좌르

룩 흘리고 있었다.

"이 밥은 누가 한 거예요?"

"그거 승준이가 한 거야. 어때? 괜찮지?"

"괜찮다마다요. 밥 당번은 승준이가 도맡아 해도 되겠는데요?"

승준은 그 말에 눈을 끔뻑였다.

"요리는 형이 하시는 거 아니에요?"

"요리는 내가 할 테니까 밥은 네가 하라고. 이 정도면 굳이 내가 안 해도 되겠는데?"

"예, 알겠습니다!"

승준이 씩씩하게 대답했다.

한수는 본격적으로 요리 준비에 나섰다.

오늘 한수가 만들기로 한 건 매운탕과 고등어구이 그리고 제육볶음이었다. 값비싼 소고기는 내일 잔뜩 구워 먹을 생각이었다.

「자급자족 in 정글」이나 「내가 생존왕」에 비하면 「하루 세끼」는 천국이나 다름없었다.

이렇게 먹을 게 풍족한 환경은 생각조차 해본 적이 없었기 때문이다.

어쨌든 한수는 곧장 요리에 나섰다.

일단 제일 먼저 살아 있는 참돔을 기절시킨 뒤 한수는 7자짜리 참돔의 피를 빼낸 다음 비늘을 벗겨내기 시작했다. 그런 뒤 배를 반으로 가르고 내장을 제거했다.

옆에서 심부름하던 승준은 그 모습에 가볍게 탄성을 토해냈다.

"와, 형. 일식집에서 일한 적 있어요?"

"뭐, 배운 적은 있지."

한수는 의문스러운 말을 남긴 채 포를 떴다.

머리와 몸통뼈는 매운탕거리로 남겨둔 채 포를 뜬 살덩어리에 남은 잔뼈를 제거했다.

그러자 손바닥 두 개를 합친 덩어리가 두 개 나왔다.

그 이후 그는 잘 벼려진 칼로 회를 뜨기 시작했다.

그 모습을 보며 황 피디는 감탄을 멈추지 못했다.

무슨 일식집 요리사를 보는 것처럼 회 뜨는 솜씨가 예술이었다.

"와, 완전 쥑이네."

"일식집에서 아르바이트한 거 아니야?"

수군거리는 소리를 뒤로 한 채 한수는 깔끔하게 회를 떠냈다.

살점은 거의 붙어 있지 않았다.

정말 예술적인 경지의 회 뜨기였다.

"한번 드셔보실래요?"

"그래? 먹어도 돼?"

한수가 흔쾌히 고개를 끄덕였다.

머뭇거리던 윤환이 젓가락을 가져갔다.

그것도 잠시 그가 황 피디를 빤히 보며 물었다.

"황 피디님, 이거 드시고 싶으시죠?"

꿀꺽—

황 피디가 침을 삼키며 말했다.

"뭐, 주, 주신다면 당연히 먹어야죠."

"혹시 와사비 없어요? 간장은 있는데 와사비가 없어서……."

황 피디가 눈매를 좁혔다.

그것도 잠시 그가 스태프를 닦달하기 시작했다. 그리고 그는 이곳에 오면서 챙겨온 물건들 사이에서 가까스로 고추냉이를 찾아낼 수 있었다.

"이건 어디까지나 물물교환인 겁니다."

"회 한 점에 와사비, 이걸로 퉁치죠."

"예? 고작 그거 한 점에……."

"피디님도 4자 돔 한 마리에 소고기 100g만 주려 하셨잖아요. 그 소고기도 제가 사 온 건데 말이죠."

"……좋습니다."

황 피디가 미간을 구겼다.

그것도 잠시 그는 한수가 직접 뜬 회 한 점을 집었다.

그리고 고추냉이를 살짝 푼 간장에 그대로 회를 찍어 삼켰다.

동시에 미끄럼틀을 탄 듯 회가 꼴깍 넘어갔다.

쫄깃하고 고소한 맛이 느껴진 것도 잠시 입안에 남아 있는 건 아무것도 없었다.

황 피디가 눈을 휘둥그레 떴다.

이게 바로 자연산 참돔을 생으로 떠서 먹는 그 맛이었다.

도시에서는 절대 느낄 수 없는 맛.

누구는 회를 떠서 일식 아니냐고 할지 모르지만 어디까지나 이건 도시에서 즐길 수 없는 자연 그대로의 맛이었다.

아마 텔레비전으로 이 장면을 본다면?

누구라도 침이 꼴깍 넘어갈 게 분명했다.

그렇게 한 점을 먹고 난 뒤 황 피디는 고민하고 갈등해야 했다.

더 먹고 싶었다.

그렇지만 윤환의 태도는 강경해 보였다.

게다가 다른 스태프들 눈치도 보였다.

자신은 한 점 먹었지만, 그들은 아직 한 점도 먹지 못했으니까.

그때 한수가 남아 있는 돔을 마저 회 뜨기 시작했다.

그렇게 회를 뜬 다음 그것을 제작진에게 건넸다.

"다들 드시면서 하세요. 저희 찍느라 밥도 제대로 못 드셨다고 들었어요."

황 피디는 냉큼 접시에 담긴 회를 받아들었다.

그런 다음 제작진들과 함께 회를 나눠 먹기 시작했다.

곳곳에서 감탄사가 절로 나왔다.

윤환이 퉁명스러운 목소리로 말했다.

"야. 그걸 왜 줘? 조금 더 딜해 보려 했는데."

"괜찮아요, 정 부족하면 내일 또 잡으면 되죠."

윤환은 그 말에 멋쩍게 웃었다.

그 이후 그들은 마저 회를 먹고 난 뒤 남아 있는 재료들로 매운탕을 끓이기 시작했다.

그 이후 고등어는 숯불에 노릇하게 구워냈고 아까 전 물물교환으로 받은 돼지고기로 제육볶음까지 만들었다.

순식간에 차려진 진수성찬을 보며 황 피디가 혀를 내둘렀다.

그는 뒤늦게 깨달았다.

자신이 잘못 판단한 게 하나 있었다.

그건 한수의 능력이었다.

자신에게 맡겨진 모든 일을 척척 해내고 있었다.

어떻게 보면 무서우리만큼 한수는 예능에 최적화되어 있었다.

정말 멋진 장면을 여러 개 뽑아낼 수 있지만, 어떻게 보면 그것 때문에 정작 방송으로 뽑아낼 거리가 많지 않을지도 몰랐다.

어느 정도 역경과 고난을 겪어야 하는데 한수는 그것마저 없는 일로 만들어버릴 정도니까.

그것도 잠시 황 피디는 이것도 이것 나름대로 괜찮다는 판단을 내렸다.

아까 전 한수는 그런 말을 했다.

요즘 시청자들은 고구마보다 사이다를 원한다고.

게다가 황 피디가 원하는 건 출연자들이 자유자재로 움직이는 방송이었다.

괜히 연출과 대본에 얽매이게 하고 싶은 생각은 전혀 없었다.

그가 생각하는 궁극적인 예능의 끝은 바로 다큐멘터리라고 생각하고 있었으니까.

그렇게 한수와 윤환, 승준은 황 피디의 바람과 다르게 첫날 저녁을 배부르게 채울 수 있었다.

그리고 다음 날 아침, 한수가 일찍 잠에서 깼다.

얼마 지나지 않아 승준도 일어났다.

슬슬 아침을 준비해야 했다.

세 사람이 먹을 건 충분했다.

그렇게 두 사람이 아직 깨지 않은 윤환을 내버려 둔 채 아침을 준비할 때였다.

"계십니까?"

누군가 방문했다.

한수에게는 무척 낯익은 얼굴이었다. 그리고「하루 세끼」의 첫 게스트였다.

한수가 얼떨떨한 얼굴로 그를 쳐다봤다.

그는 철만이었다.

"형님이 여기는 어쩐 일로……."

"어쩐 일이긴. 막둥이 보러 왔지."

막 불을 지피려고 장작을 꺼내오던 승준도 철만을 보고는 고개를 숙였다.

"처, 처음 뵙겠습니다. 이승준이라고 합니다!"

"어, 그래."

철만이 재차 말을 꺼내려 할 때였다.

"아이씨, 여기 왜 이렇게 멀어요?"

캐리어를 끌고 또 한 명이 들어왔다.

그는 형준이었다.

형준이 툴툴거리며 마당에 들어왔다.

한수가 그를 보고는 눈을 휘둥그레 떴다.

철만에 형준까지?

그렇다면 석진하고 혜윤까지 온 걸까?

그러나 이곳 초도는 육지하고의 거리가 꽤 멀다.

더군다나 지금 그들이 머무르고 있는 곳은 방 두 칸짜리 옛 날에 지어진 구식 가옥이었다.

여자 게스트가 올 경우 문제가 되는 건 잠을 잘 수 있는 공 간이 부족하다는 것과 그녀의 프라이버시를 보호하는 게 어 렵다는 점이었다.

그래서일까?

혜윤의 모습은 보이지 않았다.

그리고 석진도 없었다.

한수가 철만을 보며 물었다.

"철만 형하고 형준 형, 이렇게 두 분이 게스트인 거예요?"

형준이 캐리어를 옆으로 밀어두며 말했다.

"어. 또 올 사람 있어?"

"아, 아뇨. 저는 황 피디님이 「자급자족 in 정글」 멤버 전부 다 초대하신 줄 알았거든요."

그 말에 황 피디가 앞으로 나섰다.

"원래 계획은 그러려고 했는데 혜윤 씨는 여성분이라서 보 류했고요. 석진 씨는 해외 촬영이 있으셔서 못 불렀어요."

"아, 그래서 두 분이구나."

한수가 고개를 끄덕였다.

그 밋밋한 반응에 형준이 눈을 부라렸다.

"왜? 여성 게스트가 안 와서 아쉬워?"

"뭐, 딱히 그런 건 아니지만……."

그때 바깥이 시끌벅적해서일까? 윤환이 부스스한 머리카락에 꾀죄죄한 몰골로 문을 열고 나왔다.

"뭐가 이렇게 시끄러워?"

"환이야, 오랜만이다?"

"어? 형? 형이 여기 어쩐 일이야?"

"황 피디님이 게스트로 와달라 했거든."

"황 피디님하고 아는 사이였어?"

"아, 보는 건 이번이 처음이야. 그냥 우리 회사에 섭외 좀 하고 싶다고 연락하셨던데?"

윤환이 황 피디를 보며 물었다.

"이 두 분은 왜 부른 거예요?"

"한수 씨하고 친분이 있는 분들로 게스트를 찾아보니까 이 두 분 아니면 임태호 씨인데 태호 씨는 워낙 섭외가 어려워서요. 그래서 이 두 분으로 했어요."

"우리하고 친분이 있는 사람들로 섭외를 하는 거군요."

"예, 그래야 분량을 더 뽑죠. 모르는 사람 불러봤자 서로 데면데면하면서 말도 안 할 게 뻔하니까요."

"그건 그렇긴 하죠. 어쨌든 두 분, 여기까지 오느라 고생 많으셨어요."

"뭐, 황 피디님 말로는 우리보고 「자급자족 in 정글」 찍은 경험을 바탕으로 너희 도와달라 하던데……. 어, 음, 그냥 놀다가 가도 되겠는데?"

슬쩍 구석구석을 훑어보던 철만이 눈매를 좁혔다.

그도 그럴 게 자신이 딱히 도울 게 없었다.

텃밭에는 여러 가지 채소들이 충분했고 한쪽에는 어젯밤 한수가 잡고 바로 포를 뜬 다음 겨울바람에 말린 참돔이 한가득 있었다.

황 피디가 그 말에 식은땀을 소매로 훔치며 대답했다.

"하하, 저도 일이 이렇게 될 줄은 생각지도 못했네요. 처음에는 한수 씨를 비롯해 이분들이 꽤 고생 좀 할 줄 알았는데 여기서 몇십 년은 산 분들처럼 일을 척척 하셔서……."

그때 승준이 가마솥 아래서 훨훨 타던 장작을 빼냈다.

밥이 다 된 듯했다.

한수가 어색하게 서 있는 철만과 형준을 보며 말했다.

"시장하실 텐데 밥부터 드시죠. 저희 막 아침 준비 중이었어요."

황 피디는 마당 한쪽에 자리한 평상 위에 가득 쌓이고 있는 요리들을 바라봤다.

반건조시킨 참돔으로 만든 참돔찜, 어제 남은 양념으로 재웠다가 아침 일찍 뜨거운 불에 볶아낸 제육볶음, 아침 일찍 일어나서 절여둔 배추에 온갖 양념을 쓰삭쓰삭– 하더니 순식간에 만들어 낸 배추겉절이에 마당에 있던 꽈리고추로 만든 꽈리고추조림, 그리고 닭장에서 꺼낸 달걀로 만든 계란말이까지.

이건 무슨 아침상이 임금님 수라상보다 더한 수준이었다.

그리고 끝으로 소고기와 무를 이용해 만든 소고기뭇국까지 한수가 가져오자 상다리가 부러질 것처럼 음식이 가득 찼다.

가만히 한수가 한껏 솜씨를 부려 차려낸 밥상을 보던 철만은 당혹스러운 얼굴로 입을 열었다.

"한수야, 너 이거 촬영 끝나면 우리 집 들어와서 살지 않을래?"

"예?"

철만은 결혼 12년 차 유부남이다.

갑작스러운 말에 한수가 의아해할 때 철만이 말을 덧붙였다.

"우리 아내보고 너한테 요리 좀 배우라고 하게. 와, 이게 다 뭐냐?"

"어제 마음씨 좋은 분들 덕분에 갯바위에서 낚시했거든요. 그때 잡아 온 생선으로 만든 거예요. 소고기나 돼지고기는 물물교환으로 받았어요."

철만은 안쓰러운 눈길로 황 피디를 쳐다봤다.

황 피디는 이미 정신이 반쯤 나가 있는 상태였다.

지난번 한식집에서 한식의 대가라고 불리는 숙수한테 칭찬을 받고 비법 레시피를 전수받는 걸 봤을 때부터 느낀 거였지만 한수의 요리 실력은 진짜배기였다.

"캬, 이거 죽인다. 한수야, 진짜 너 요리 잘한다."

"형님, 혹시 자취 중이시면 저도 함께 살면 안 될까요?"

"안 돼. 부모님하고 같이 지내는 중이야."

"그럼 제가 살고 있는 오피스텔로 이사 오시는 건 어떠세요?"

승준의 아부에 한수는 웃으며 맛있게 차린 아침 식사를 즐기기 시작했다.

역시 요리사의 가장 큰 행복은 자신이 만든 요리를 다른 사람들이 맛있게 먹어줄 때 나오는 것이었다.

그렇게 배부르게 먹었는데도 불구하고 음식이 조금 남았다.

한수가 슬쩍 황 피디를 쳐다봤다.

그는 입과 표정이 따로 놀고 있었다.

표정은 지금 자신에게 닥친 이 위기를 어떻게 극복해야 하나 고민하는 것처럼 심각했는데 입에는 침이 가득 고여 질질 흘러내릴 정도였다.

한수가 남은 음식을 정리하려 할 때였다.

황 피디가 한수를 보며 말했다.

"한수 씨. 그거 참돔찜, 조금만 먹어봐도 될까요?"

"예? 이거 다 먹고 거의 부스러기만 남았는데요?"

한수가 만든 요리 중 가장 인기가 많은 건 참돔찜이었다.

쫄깃쫄깃하고 고소한 그 맛이 일품이었기 때문이다.

그밖에 제육볶음도, 꽈리고추조림도, 소고기뭇국도 전부 다 진수성찬이어서 우열을 가리기 힘든 건 마찬가지였다.

"괜찮아요. 이 정도면 충분해요."

다급히 평상으로 넘어온 황 피디가 새 젓가락 하나를 들고 참돔찜 부스러기를 집어먹기 시작했다.

그것도 잠시 그는 가마솥에 남은 밥을 박박 긁어다가 이것 저것 남은 요리를 집어 먹었다. 그러자 스태프들도 하나둘 눈치를 보다가 참전하기 시작했다.

아수라장이 된 평상을 보며 윤환이 말했다.

"저렇게 내버려 둬도 되냐? 점심은 어떻게 하게? 군식구들 도 늘었잖아."

윤환은 슬쩍 철만과 형준을 쳐다봤다.

철만은 윤환보다 세 살 형이었지만 윤환은 그것에 아랑곳 하지 않고 자기 할 말을 하고 있었다.

그러나 철만은 그런 윤환이 익숙한 듯 퉁명스러운 목소리 로 대꾸했다.

"원하는 거 말해. 밥값은 하고 가야지. 안 그래? 형준아?"

"뭐, 그, 그건 그렇죠. 이렇게 얻어먹었는데 밥값은 해야죠.

뭐 하면 되죠?"

윤환이 한수를 슬쩍 쳐다봤다.

한수가 결정하라는 의미였다.

한수는 곰곰이 생각에 잠겼다.

이곳은 섬이다. 그리고 육지사냥을 할 만한 건 없다.

바다 사냥에 의존해야 한다.

즉, 여기서 밥값을 하는 유일한 방법은 낚시뿐이다.

아니면 요리를 하거나 장작을 패거나 집안일을 해야 한다.

일단 형준은 낚시를 못 하니까 제외한다고 쳐도 철만이 문제다.

한수가 황 피디를 쳐다보며 물었다.

"황 피디님, 낚시 말고 먹을 걸 구하는 다른 방법은 없을까요?"

"어, 가장 좋은 건 낚시이긴 한데요. 낚시 말고 갯바위 근처에서 거북손이나 미역, 톳, 청각 같은 걸 채취해도 되긴 하죠."

"음, 됐네요. 일단 승준이는 원래 하던 대로 장작 패고 불 피우고, 그거 위주로 하면 될 거 같고요. 환이 형하고 철만 형하고 둘 중 누가 낚시를 더 잘하세요?"

"낚시가 잘하고 못하고가 있어? 뭐 그날 운에 맞춰 가는 거지."

윤환과 철만, 둘 다 낚시를 좋아하는 낚시꾼들이다.

한수가 황 피디를 보며 물었다.

"낚싯대 남는 거 없을까요?"

"⋯⋯."

황 피디가 머리를 굴렸다.

낚싯대는 몇 개 더 여벌로 가져온 게 있다.

문제는 이들 세 명이 낚시할 경우 그들이 얼마나 조과를 올리느냐 여부다.

어제 한수 혼자 잡아 온 생선이 무려 열네 마리다. 고등어 한 마리까지 포함하면 열다섯 마리다.

이들이 1회차 촬영하는 동안 풍족하게 생활할 수 있을 만큼 많은 생선을 잡아 왔다.

자신이 과하게 책정해서 돼지고기와 소고기로 바꾸게 했기에 망정이지 안 그랬으면 이들은 여기서 허송세월을 보냈을 게 분명하다.

그러니까 딜을 해야 했다.

"여벌은 있죠. 단."

"단, 뭐죠?"

"하루 대여하는 비용, 참돔으로만 다섯 마리에요."

철만이 그 말에 눈을 휘둥그레 떴다.

"⋯⋯피디님! 그게 말이 돼요?"

하루 대여 비용이 참돔 다섯 마리란다.

형준도 어처구니없어하며 황 피디를 쳐다봤다.

그 눈빛에 황 피디도 억울한 표정을 지어 보이며 말했다.

"어쩔 수가 없어요. 두 분도 어제 오셔서 보셨어야 했어요. 한수 씨가 첫날 네 시간인가 낚시해서 열다섯 마리를 잡았다니까요? 저는 시래기로 대충 국 해서 밥해 드실 줄 알았는데…… 첫날부터 참돔회에 고등어구이에, 말이 돼요?"

"아니, 왜 피디님들은 죄다 출연자들 고생 못 시켜서 안달이에요! 우리가 정글에서 피디님들 때문에 얼마나 고생하는지 알아요? 황 피디님이나 박 피디님이나 다들 이상한 분들이시네. 한수야, 됐다. 낚싯대 대여 안 해도 돼. 나는 형준이하고 거북손하고 청각? 뭐 그런 거 따갖고 오마. 그 대신 오늘도 어제만큼 낚시해 와라."

"예, 그럴게요."

한수가 환하게 웃었다.

그러나 그 환한 웃음은 황 피디에게는 지옥의 악마가 실실 웃는 것처럼 느껴졌다.

만약 오늘도 한수가 어제처럼 열다섯 마리가 넘는 생선을 잡아 온다면?

그러면 어떻게 될까?

아마 당분간 낚시도 안 나갈 테고 집에서 허송세월을 보내며 농땡이를 부릴 게 분명했다.

괜히 심술이 생긴 황 피디가 조연출을 향해 물었다.

"야! 태풍 언제 온대?"

"네? 태풍은 여름에 오죠. 무슨 겨울에 태풍이……."

"아니면 비바람이라도 불게 해! 그래야 낚시를 못 할 거 아니야!"

그러는 사이 형준은 설거지를 말끔하게 끝냈고 승준은 장작을 패기 시작했다.

그리고 한수는 윤환과 함께 다시 낚시하러 갈 채비를 했다.

그때 한수가 철만을 보며 말했다.

"아, 혹시 모르니까 살림통 하나 챙겨가세요."

"어? 이건 왜? 아, 여기 담아오라고?"

"그것도 있고. 제가 어제 통발도 네 개 설치해 뒀거든요. 거기 옆에다가「하루 세끼」팻말 꽂아뒀으니까 쉽게 확인하실 수 있을 거예요. 한번 그것도 둘러보세요."

"알았어. 그것도 둘러보고 올게."

"아니다. 함께 보러 가실래요?"

철만은 흔쾌히 고개를 끄덕였다.

그리고 그들은 제작진들과 함께 선착장으로 향했다.

선착장으로 걸어가며 철만은 아까 전에는 캐리어를 끌고 카메라를 신경 쓰며 올라오느라 미처 둘러보지 못한 섬 주변을 바라봤다.

한수와 윤환, 형준도 덩달아 섬 주변을 두리번거렸다.

넘실거리는 새파란 바다와 구름 한 점 없는 깨끗한 하늘, 그리고 환한 햇빛이 그들의 마음을 뻥 뚫리게끔 하고 있었다.

가만히 먼 바다를 바라보던 그들은 곧장 선착장 옆 방파제로 향했다.

그곳에는 한수가 어제 설치해 둔 통발이 곳곳 포인트마다 설치된 상태였다.

한편 방파제에는 이미 적지 않은 낚시꾼들이 나와서 낚싯대를 드리우고 있었다. 몇몇은 큼지막한 참돔이나 벵에돔 등을 살림통 안에 넣어두고 있었다.

그러는 사이 한수는 푯말을 꽂아 표시해뒀던 통발 중 하나를 끄집어냈다.

황 피디는 조마조마한 심정으로 그것을 바라봤다.

하지만 통발 안은 텅 비어 있었다.

그 흔한 군소 한 마리 보이지 않았다.

"이건 비었네요."

그때였다.

형준이 불쑥 통발 하나를 들어 올렸다.

그리고 그것을 본 황 피디가 그대로 주저앉았다.

형준이 꺼낸 통발 안에 문어와 해삼, 군소 같은 것들이 넘실거리고 있었다.

그뿐만이 아니었다.

통발 안에는, 이곳 초도의 특산품 중 하나이기도 한 전복도 들어 있었다.

형준이 얼떨떨한 얼굴로 사람들을 쳐다봤다.

한수는 그런 형준을 보며 엄지손가락을 번쩍 치켜들었다.

반면에 황 피디는 얼굴을 감싸 쥐었다.

첫날은 아니지만, 통발을 처음 건지는 날부터 저렇게 득실득실하게 먹거리들이 넘쳐난다는 건 좋은 일이 아니었다.

어디까지나 그는 출연자들이 고통받는 모습을 보고 싶었으니까.

그래야 그 위기를 극복할 때 더 큰 희열을 느낄 수 있기 때문이다.

하지만 이건 뭐 촬영을 처음 시작한 날부터 「하루 세끼」 출연자들은 금수저였다.

하지만 아직 통발 두 개가 더 남아 있었다.

그때였다.

한수가 형준을 보며 말했다.

"형이 다른 통발 두 개도 건져보시는 게 어때요?"

"응? 내가? 왜?"

"그냥 왠지 형이 건지면 좋은 게 더 나올 거 같아서요."

"……무슨 미신 같은 거냐?"

"아니면 아닌 거고, 맞는다면 좋은 거죠. 하하."

머뭇거리던 형준이 고개를 끄덕였다.

그리고 그는 근처에 있는 또 다른 통발 하나를 건져 올리기 시작했다.

카메라 스태프가 앵글을 가득 줌인해서 통발 모습을 촬영했다.

그리고 동시에, 형준이 미간을 좁혔다.

"야, 이거 엄청 묵직한데?"

"그래요?"

잠시 뒤, 형준이 통발을 간신히 끄집어냈다.

황 피디가 외마디 비명 소리를 냈다.

통발 안에 전복 여러 마리가 들어 있었다.

한두 개가 아니었다.

'하느님, 맙소사. 아니, 왜…….'

한수가 씨익 웃었다.

그리고 형준을 보며 또 다른 통발도 가리켰다.

"형, 저것도 부탁해요."

형준은 이번에는 자신감을 갖고 또다른 통발도 건져 올렸다.

이번에도 통발 안에 전복이 들어 있었다.

게다가 전복만이 아니었다.

3자짜리 작은 참돔도 한 마리 통발 안에 쏙 들어가 있는 상태였다.

"와, 이게 참돔이라는 거죠?"

형준은 해맑은 어린아이처럼 환하게 웃었다.

반면에 그것을 보는 황 피디의 얼굴은 썩어가고 있었다.

형준이 철만과 함께 제작진이 미리 빌려둔 통통배를 타고 근처 갯바위로 이동해서 거북손과 홍합, 청각 등을 뜯는 사이 한수는 윤환과 함께 방파제에서 다시 한번 낚시를 시작했다.

하지만 오늘 입질은 영 시원찮았다.

황 피디는 그것을 보며 한숨을 길게 내쉬었다.

오늘 낚시마저 대성공하면 그가 원하는 그림은 실패였다.

차라리 물고기가 가급적이면 적게 잡히길 하는 바람이었다.

그러나 신이 그를 버린 걸까?

슬슬 집에 돌아가려고 하는 사이 한수의 낚싯대가 연신 휘어지기 시작했다.

찌가 가라앉으며 속속 돔들이 미끼를 물었다.

그렇게 집에 돌아가기 직전 두 시간 남짓한 시간 동안 잡은 것보다 더 많은 생선을 한수는 낚아 올릴 수 있었다.

그렇게 해서 잡은 물고기가 모두 다섯 마리였다.

거기에 윤환이 잡은 3자짜리 감성돔 한 마리까지.

모두 여섯 마리를 낚아 올렸다.

철만과 형준도 묵묵히 자신이 할 일을 했다. 그리고 거북손, 청각, 홍합 등을 수북하게 가져왔다.

두 시간 동안 말없이 거북손과 청각을 뜯고 홍합을 캤다고 하더니 그게 사실인 듯했다. 원래 개그맨 출신인 두 명이 말없이 일했다고 하던데 그것을 증명하는 것만 같았다.

그동안 집에 있던 승준은 한수가 요리하는 걸 돕기 위해 장작불을 지피고 가마솥 밥도 훌륭하게 해둔 상태였다.

그때 가만히 한수를 보던 황 피디가 불쑥 입을 열었다.

"원래는 조금 적응하신 다음 하려 했는데 오늘부터 바로 시작해야겠네요."

"예? 뭘 시작하신다는 거죠?"

"미션이요. 이제 매일 한 끼는 제작진이 요구하는 요리를 만들어 내셔야 합니다."

까다로운 주문.

한수가 황 피디를 바라보며 물었다.

"그럼 오늘은 뭐죠?"

"마침 흰살생선을 잡으셨으니 어선 어떻겠습니까?"

"어선? 어선은 배 아닌가요?"

승준이 눈을 휘둥그레 뜨며 황 피디를 바라봤다.

황 피디가 머뭇거리다가 승준 매니저를 돌아봤다.

승준 매니저가 쩔쩔매며 편집을 요구했다. 그러나 이런 건 살려줘야 했다.

한수가 승준을 보며 입을 열었다.

"그 어선 말고 궁중요리 중에 어선이라고 있어. 정말 만들기 까다로운 음식이고."

한수는 눈매를 좁혔다.

궁중요리 어선(魚膳)은 민어, 대구, 도미 등 흰 살 생선의 살만 넓게 뜬 다음 각종 채소를 넣고 말아 쪄낸 전통 음식이다.

어선을 만들려면 민어나 도미 같은 흰 살 생선을 얇고 넓적하게 포를 뜨는 기술이 필요하고 각종 채소를 볶거나 양념한 다음 생선포 위에 올려 동그랗게 말아야 한다.

그런 다음 찜통에 10분 정도 쪄내야 하는데 한식 요리 기능사 출제 요리 가운데 하나다.

요리에 능숙한 사람일지라도 쉽지 않은 스킬을 요구할뿐더러 재료도 많이 들어가는 만큼 시간 소요도 만만치 않다.

"설마 지금 당장 만들라는 건 아니겠죠?"

"한수 씨가 한식 기능장만 되었더라면 바로 만들어달라 했을 텐데 그건 좀 아닌 거 같고, 그래도 어선에 필요한 채소도 준비해 드려야 하니 저녁에 한 번 부탁드리겠습니다."

한수가 고개를 끄덕였다.

시간만 넉넉하다면 만드는 건 어렵지 않다.

일단 한수는 점심부터 준비하기 시작했다.

이곳 요리사는 자신이다.

자신이 요리하지 않으면 남은 넷이 쫄쫄 굶어야 한다.

승준이 한수를 보조하고 나섰다.

그가 척척 채소를 가져오는 사이 한수는 오늘 잡아 온 돔과 통발에서 건진 전복, 문어, 해삼 그리고 철만과 형준이 고생해서 캐온 거북손, 청각, 홍합 등을 늘여놓았다.

그것을 보는 황 피디의 얼굴이 일그러졌다.

오늘도 어제처럼 재료가 푸짐했다.

그가 그린 그림과는 정반대였다.

반면에 한수는 이것으로 뭘 만들지 고민 중이었다.

'음, 문어는 살짝 데친 다음 회로 만들고 거북손하고 홍합은 된장찌개로 써먹고 참돔 넉 자짜리는 문어하고 회로 내놓으면 되겠네. 나머지는 저녁을 대비해서 비축해 두면 될 듯하고.'

머릿속으로 구상을 끝낸 뒤 한수가 곧장 요리를 시작했다.

처음 만들기 시작한 건 된장찌개였다.

승준이 된장을 퍼오자 한수는 미리 준비되어 있던 채소를 다듬었다.

송송송-

한수가 칼춤을 출 때마다 채소들이 깔끔하게 잘려나갔다.

한 치의 오차도 없이 눈부신 속도로 잘려나가는 채소를 한 군데 모은 다음 한수는 팔팔 끓는 물에 된장을 풀었다. 그러고 나서 갖은 채소, 다듬어둔 홍합, 거북손 등을 함께 넣었다.

된장찌개는 완성.

그 시간 동안 손을 놓고 있던 건 아니었다.

한수는 손질한 문어를 살짝 데친 다음 회로 잘라냈다.

그러고 나서 참돔 몇 마리를 어제와 같은 방식으로 비늘을 벗기고 내장을 빼낸 다음 포를 뜬 뒤 회로 떴다.

개중 가장 큰 참돔은 어선을 만들기 위해 미리 양념에 재워뒀다.

눈 깜짝할 사이에 요리가 끝이 났다.

현란한 그 손놀림에 카메라 감독은 마치 춤을 추는 듯 움직이고 있었다.

어떤 식으로든 그림이 잘 나올 게 뻔했기 때문에 카메라 감독은 촬영이 끝나자 눈살을 찌푸렸다. 이걸 본 편집팀이 여기서 뭘 하겠는가?

그냥 그대로 이 영상을 가져다 쓰면 그만이었다.

거기에 자막 몇 줄 입히면 끝이겠지.

시청자들이 치킨을 먹는 것도 잊은 채 집중시킬 만큼 현란한 테크닉이었다.

그렇게 순식간에 점심 요리가 끝났다.

구수하고 홍합, 거북손 등이 들어가 영양가 높은 된장찌개에 갖은 나물 무침, 겉절이, 그리고 문어 숙회와 감성돔회까지.

산해진미가 따로 없었다.

개중에서도 오늘은 특히 바다 요리에 집중이 되어 있었다.

가만히 요리를 하나하나 살펴보던 윤환이 한수를 돌아보며 물었다.

"진짜…… 너, 연예인 때려치우고 내 전담요리사 할래?"

만약 한수의 이런 요리 실력을 알았더라면 그에게 연예인을 시키지는 않았을 것이다. 무조건 그 자리에서 계약서를 찍은 다음 요리사를 시켰을 터.

아쉬움이 진하게 묻어났다.

그러는 사이 점심 식사가 시작됐다.

다들 한 자리에 둘러앉은 채 제일 먼저 숟가락을 들고 된장찌개로 돌격했다.

한국인에게 빠질 수 없는 게 바로 국 요리였고 제일 먼저 손이 가는 것도 국물이었다.

그들은 홍합이나 거북손 건더기를 건져내며 된장찌개를 후루룩 삼켰다.

"크으으."

"소주가 땡긴다."

"와, 국물 엄청 시원하네."

"대박이다. 대박."

각기 다른 반응들.

그러나 그 반응이 의미하는 바는 같았다.

그렇게 된장찌개를 맛본 뒤 그들은 갖은 요리들을 먹기 시작했다.

윤환은 문어 숙회를 초고추장에 푹 찍은 뒤 한입에 삼켰다. 두툼한 문어 다리가 입에 들어가자 쫄깃쫄깃하면서도 초고추장 덕분에 새초롬한 맛이 느껴졌다.

형준은 참돔회를 고추냉이를 푼 간장에 찍어 입에 넣었다.

그것도 잠시 순식간에 사라져 버린 참돔회에 형준이 눈을 끔뻑거렸다.

철만은 겉절이를 집었다. 아삭아삭한 그 맛이 밥도둑이 따로 없었다.

승준이 감성돔회를 삼켰다.

어제는 참돔, 오늘은 감성돔.

그날그날 즐기는 별미가 남달랐다.

행복하기 이를 데 없었다.

그렇게 배부른 한 끼 식사가 또 끝이 났다.

둘째 날, 점심도 최고의 만찬이었다.

잠시 출연자들이 쉬는 사이 제작진끼리 긴급회의가 열렸다.

황 피디는 지난 이틀, 세 끼 동안 출연자들이 만들어 먹은 요리를 생각했다.

첫째 날부터 문제가 발생했다.

낚시해 온 한수가 돔을 열네 마리 잡아 오더니 그날부터 만찬이 이어졌다.

첫날 저녁은 가마솥 쌀밥에 제육볶음에 참돔회였다.

둘째 날 아침은 참돔찜, 제육볶음, 배추겉절이, 꽈리고추조림, 계란말이와 소고기뭇국이었다.

그리고 오늘 둘째 날 점심은 문어 숙회와 감성돔회, 그리고 홍어와 거북손을 넣은 된장찌개였다.

진수성찬이 아닌 날이 없었다.

적어도 하루 정도는 맨밥에 시래깃국, 거기에 몇 가지 마른 나물 반찬 이렇게 먹길 바랐는데 그런 게 없었다.

이건 제작진의 뒤통수를 세게 후려치는 그런 것이었다.

황 피디가 조연출을 보며 물었다.

"여기 원래 낚시가 이렇게 잘 돼?"

"그렇지는 않답니다. 그런데 요 며칠 조업이 잘 되고 있다더라고요. 그래서 낚시꾼들도 요새 부쩍 많이 찾아온다고 합니다."

"휴, 그럼 운이 따라줬다는 건데 그런 거야?"

"예, 아무래도 그거밖에는 딱히 설명할 말이……."

"해결 방안을 한번 말해봐. 어떻게 해야 할까?"

카메라 감독이 황 피디를 보며 말했다.

그 역시 황금사단의 일원이었다.

"그냥 이대로 가도 되지 않을까? 굳이 「원더풀 새러데이
–밥 좀 먹자!」에 얽매일 필요 있어? 그때 시청자들은 출연자
들 괴롭히는 걸 좋아하긴 했지만 지금 시청자들이 그럴 거라
는 보장은 일단 없잖아. 그리고 신선한 프로그램 하고 싶어서
TBC로 옮긴 거 아니었어? 굳이 구태의연하게 움직이지 말자
고. 괜히 옛날 거 답습할 필요는 없어."

"음……."

황 피디가 그 말에 고개를 끄덕였다.

굳이 옛날식으로 갈 필요는 없었다.

새 술은 새 부대에 담으라고 했다.

「원더풀 새러데이 –밥 좀 먹자!」의 성공 방식을 따를 필요
는 없었다.

오히려 이번에는 각박한 현실에 지친 시청자들을 위로해
줄 겸 힐링 컨셉으로 가는 것도 나쁘지 않았다.

"좋아. 내 실수야. 그럼 앞으로 강한수 씨가 얼마나 잘 해내

는지 그걸 포인트로 잡아보자고."

"음, 오늘이 키포인트겠는데?"

"응? 왜?"

황 피디가 고개를 갸웃거렸다.

"어선 말이야. 그거 한식 요리 기능사 출제 요리라던데? 그 것도 엄청 만들기 까다로운 거래."

"응? 진짜?"

황 피디가 당황하자 카메라 감독이 말을 덧붙였다.

"그래. 아까 한수 씨도 되게 심각해 하던데? 그 참돔 가 장 큰놈, 미리 포 떠놓은 것도 어선 만들려고 준비해 둔 거 라던데?"

"······나는 그냥 공 숙수님이 그거 한번 미션으로 내보라길 래 그런 거뿐인데······."

"자, 잠깐만. 그럼 한수 씨가 어선을 만들어 내면."

조연출이 대답했다.

"한수 씨가 적어도 한식 요리 기능사 시험을 통과할 만한 자격이 된다는 거겠죠."

그리고, 저녁 시간이 되었다.

카메라 감독이 한수에게 초점을 맞췄다.

동시에 한수가 요리를 시작했다.

어선(魚膳)은 조리가 매우 까다롭다.

한식 요리 기능사 출제 요리 중 하나로 정말 만들기 어렵다. 어선을 만들기 어려운 건 정말 손이 많이 가는 요리이기 때문이다.

재료가 정말 많이 들어갈 뿐만 아니라 어선을 만드는 데 있어서 손재주도 중요해서다.

한식 요리 기능사 시험에서 어선을 만드는데 주어지는 시간은 50분.

그러나 시간제한은 없으니 한수는 천천히 조리를 시작했다. 이미 참돔은 넓게 포를 떠서 소금, 후춧가루를 뿌린 다음 물기를 없애둔 뒤였다.

그는 제일 먼저 달걀을 노른자와 흰자를 나누었다.

그런 다음 소금을 넣고 잘 저어 체에 내린 뒤 지단을 부쳤다. 그와 동시에 오이는 돌려 깎기를 해서 채를 썰고 볶아내기 시작했다.

현란한 요리 솜씨에 카메라 감독이 또 한 번 춤을 췄다.

그러나 한수는 쉴 새 없이 계속해서 양손을 움직였다.

제작진이 준비해 준 표고버섯은 물에 불려 있었다. 그는 기둥을 뗀 다음 포를 떴다. 그 뒤 표고버섯도 양념해서 볶아냈고 잘 펴둔 생선 살에 녹말가루를 골고루 뿌렸다.

그 이후 그동안 볶아뒀던 각종 채소를 그 위에 올린 다음 둥글게 말기 시작했다.

마치 김밥처럼 새하얀 생선 살 안에 색색의 채소들이 말렸다. 그 이후 한수는 둘둘 말린 어선을 가마솥에 넣어 그대로 쪄냈다.

시간을 체크하고 있던 황 피디가 혀를 내둘렀다.

재료 밑 준비부터 어선이 완성될 때까지 걸린 시간은 사십 분 남짓.

이건 무슨 한식 요리 기능사 시험에 나가도 합격할 수 있는 수준이었다.

잠시 뒤 찜이 모두 끝났고 한수가 가마솥에서 어선을 꺼냈다. 그런 다음 그것을 칼로 자르고 새하얀 접시 위에 하나둘 담았다.

흰 살 생선포 안에 형형색색 피어오른 각종 채소가 아름답게 빛을 뿜어내고 있었다.

카메라 감독은 그것을 재차 줌인했다.

윤환이 황 피디를 쳐다보며 물었다.

"피디님, 이거 먹어도 됩니까?"

"잠시만요. 카메라로 일단 좀 찍고요. 기다려 보세요!"

윤환이 눈살을 찌푸렸다.

"아니, 한번 무슨 맛인지 궁금하니 그렇죠. 이게 그 궁중요리라면서요?"

"한식 조리사 자격증 시험 때 종종 나오는 거예요."

"뭐? 그런 요리를 시킨 거였어?"

윤환이 황 피디를 노려봤다.

황 피디가 땀을 뻘뻘 흘렸다.

그때 카메라 감독이 사인을 보냈고 황 피디가 다급히 말했다.

"자, 한번 드셔보시죠."

다들 젓가락을 가져갔다.

그 이후 하나씩 집어 입에 넣었다.

도톰하니 부드러운 생선 살이 제일 먼저 씹혔고 그 뒤 갖은 채소가 함께 어우러져 나왔다.

다들 가볍게 탄성을 흘렸다.

맛도 예술이었다.

한수도 하나를 집어 먹어봤다.

「퀴진 TV」에 한식 명장이 나와 만드는 걸 봤고 그것을 그대로 재현했지만 정작 실제로 먹어본 적은 없었다.

하지만 자신이 본 그 모습 그대로 재현시킬 수 있었다.

그렇게 하나씩 집어먹고 보니 어선이 두 개 딱 남았다.

황 피디가 간절한 눈동자로 한수를 바라봤다.

제작진 중에서 누군가 요리를 평해줄 사람도 필요했다.

그리고 황금사단 중에서 제일 짬밥이 많은 황 피디와 카메라 감독이 어선 하나씩을 집어먹었다.

"와……."

"이게 어선 맛이구나."

그들도 탄성을 토해냈다.

그렇게 첫날 미션이 끝이 나고 한수는 재차 저녁 식사를 준비했다.

저녁 식사는 소고기 숯불구이였다.

어제 참돔을 주고 바꿔놓은 소고기를 굽기로 한 것이었다.

이번에는 윤환이 나섰다.

그리고 윤환이 맛깔나게 소고기를 구워냈고 그들은 또 한번 배부르게 포식할 수 있었다.

철만이 볼록 부른 배를 두드리며 말했다.

"와, 여기 무슨 천국이 따로 없다."

"그러게요. 진짜 포상 휴가받아서 나온 기분인데요?"

"하, 그러고 보니 오늘 금요일 아니야?"

"맞죠, 어? 여기 텔레비전 없어요?"

형준은 부리나케 텔레비전을 찾아 헤맸다.

하지만 이곳은 텔레비전이 없다는 게 가장 큰 문제였다.

결국, 가장 화면이 큰 휴대폰을 쓰던 승준이 DMB를 잡았다.

그리고 그들은 방에 둘러앉아 「자급자족 in 정글」을 보기 시작했다.

여기 모여 있는 다섯 명 중 세 명이 「자급자족 in 정글」 출연자였다.

본방사수는 필수였다.

오늘 「자급자족 in 정글」에도 한수의 활약상은 대단했다.

시청자들의 반응도 그에 맞춰 열광적이었다.

그렇게 한 시간이 후딱 지나갔다. 그리고 예고편이 나왔다.

이번 예고편에서는 드디어 철만과 한수가 황새치잡이에 나서는 모습이 그려졌다.

지난 5년 동안 틈틈이 도전했던 황새치잡이.

과연 황새치를 잡아낼 수 있을지 없을지 예고편은 아슬아슬한 곳에서 딱 끊어버렸다.

시청자들의 아우성이 기사 곳곳에 실시간으로 달렸다.

–와, 어떻게 여기서 끊냐? xxx

–스포) 얘네 낚시 실패함 ㅅㄱ

┗ 뭐야? 제작진이냐?

┗ ┗ 제작진 아니면 아닥하셈 ㅡ_ㅡ

┗ 쟤 제작진 아님. 어그로임.

ㅡ근데 진짜 이쯤 했으면 잡아야 하는 거 아니냐?

ㅡ잡는다고 해놓고 조작한 거면 다신 안 봄.

┗ 설마 조작을 하겠냐? ㅡㅡ; 생각이 없는 거냐?

ㅡ왜? ABS에서도 조작 떴던데?

┗ ㄹㅇ?

┗ 리얼버라이어티라면서 대놓고 잠수부가 미끼에 물고기 끼워줬다더라.

┗ ┗ 설마 쟤네도 그랬겠냐?

ㅡ일단 다음 주 봐야 안다는 거지.

ㅡ잡았을까? 못 잡았을까?

ㅡ딱히 먹을 것도 얼마 없는 거 같던데.

ㅡ다음 주 언제 오냐.

ㅡ아, 꿀잼. 강한수 진짜 개잘함 ㄹㅇ.

ㅡ정글 적응력 역대 최고인 듯. 이 정도면 고정으로 박아야 하는 거 아님?

┗ 이미 장철만이 막둥이 취급하면서 고정으로 취급하던데?

ㅡ다음 주, 빨리 와라.

ㅡ나 예고편 다시 돌려봤는데 얘네 잡았음. ㅅㄱ

∟ 어그로 작작 좀. 아이디라도 바꾸고 달던가 __ __.

그러나 대부분의 댓글에는 공통점이 하나 있었다.

바로, 다음 주가 어떨지 궁금하다는 것이었다.

다음 날 아침 철만과 형준은 선착장으로 향했다.

첫날 게스트는 그렇게 아침 일찍 여객선을 타고 여수로 떠났다.

이제 2박 3일째 되는 날.

그들은 똑같은 일상을 시작했다.

윤환은 낚시가 끝난 뒤 등산을 종종 다녀오곤 했고 승준은 틈틈이 고양이를 돌봤다.

한수도 승준이 데려온 고양이의 매력에 푹 빠졌다.

분명히 고양이는 도도하고 사납다고만 들었는데 승준이 데려온 고양이는 엄청나게 사람에게 비비적거리는 그런 녀석이었다.

실제로 지금도 루나는 꼬리로 한수 이곳저곳을 스치며 지나다니고 있었다.

한수가 승준을 보며 물었다.

"고양이는 보통 분양가가 얼마나 해?"

"글쎄요. 가정분양으로 받으면 얼마 안 하고요. 샵에서 분양받으면 꽤 비싸죠."

"음, 키우는 데 돈은 많이 들어가?"

"아뇨, 안 아프면 그렇게 많이 안 들어요. 그래도 기본적으로 매달 모래값하고 사룟값은 들어가요. 거기에 간식값도 적지 않고요."

"그렇구나. 음, 진짜 귀엽네."

졸지에 한수는 그렇게 집사가 되어가고 있었다.

그리고 가볍게 아침 한 끼를 때운 다음 황 피디가 두 번째 미션을 내놓았다.

두 번째는 월과채였다.

그런데 이건 한수가 친할아버지한테 한번 만들어드린 적 있는 궁중요리였다.

제작진이 구해다 준 애호박으로 한수는 간단하게 월과채를 만들어 냈다.

그 이후 쓱쓱 몇 가지 요리를 더해냈다.

황 피디는 이미 반쯤 포기한 상태였다.

뭘 해도 한수가 다 해낼 것이라고 생각이 되었다.

그렇게 1회차 방송 촬영이 끝났다.

4박 5일 촬영이었고 게스트는 딱 1회 방문했다.

여수로 돌아갈 때 물어보니 몇몇 게스트를 섭외하려 했지만, 워낙 서울에서 거리가 멀다 보니 대부분 꺼렸다고 들었다.

그 대신 2회차에는 승준의 지인이, 3회차에는 윤환의 지인이 출연한다고 해서 기대감을 높였다.

그렇게 「하루 세끼」 4박 5일 1회차 촬영이 끝났고 그들은 서울로 돌아올 수 있었다.

서울로 돌아왔지만, 여전히 그들은 정신없이 바빴다.

물론 가장 정신없이 바쁜 건 윤환이었다.

그는 밀어뒀던 스케줄을 부지런히 소화해야 했고 그러는 한편 해외에도 왔다 갔다 해야 했다.

곳곳에서 그를 찾는 팬들이 즐비했다. 일단 윤환은 한류스타였기 때문이다.

그러는 사이 한수는 그동안 미뤄뒀던 학업에 집중했다.

부지런히 공부하며 중간고사 때 구멍 난 학점을 메워야 했다.

하지만 계속 이런 스케줄이 계속되다 보면 당분간은 휴학을 해야 할지도 모르겠다는 생각을 하고 있었다.

「하루 세끼」 촬영이 끝난 이후에도 곳곳을 자신을 찾는 사람들이 많았기 때문이다.

그리고 무엇보다 학교에 갈 때마다 알아보는 사람이 많아서 거동이 힘들 정도였다.

지금도 그랬다.

"저, 혹시……."

"강한수 아닙니다. 잘못 보셨어요."

"예? 강한수라고 물어본 적 없는데요?"

"아, 그럼 무슨 일로."

"강한수 씨 맞으시죠?"

"……아닙니다."

한수는 급히 자리를 떠났다.

그리고 그는 버스를 타고 한국대학교입구역으로 향했다.

집으로 돌아가려 할 때였다. 3팀장에게서 연락이 왔다.

"한수야, 지금 어디야?"

"저요? 집 가고 있어요."

─그럼 잘됐네. 지금 회사 잠깐 들어와 줄 수 있어?

"왜요? 이번 학기 끝날 때까지 더는 스케줄 소화 못 해요. 이러다가 저 진짜 학사경고 맞게 생겼다니까요?"

─아니, 그게 아니라 다른 이유가 있어.

"……뭔데요?"

─일단 와봐. 그럼 끊는다.

한수가 눈매를 좁혔다.

무슨 일인지 모르겠지만 이렇게 회사로 부르는 걸 보니 중요한 일이 생긴 게 분명했다.

하는 수없이 한국대학교입구역에서 내린 한수는 지하철을

타고 회사가 있는 강남으로 향했다.

그러면서 한수는 스케줄을 확인했다.

10월 2주 차부터 3주 차까지 연달아 뉴질랜드와 코스타리카 촬영이 있었다.

그리고 11월 둘째 주에는 「하루 세끼」 촬영을 해야 했다.

그래도 다행인 건 2회차 촬영은 한수의 기말고사 일정을 배려해서 12월 셋째 주에 하기로 했다는 점이었다.

중간고사는 못 봤지만, 기말고사는 볼 수 있게 된 것이었다.

그렇게 12월 셋째 주에 「하루 세끼」 2회차 촬영을 하고 1월 첫째 주에 3회차 촬영을 하기로 되어 있었다.

그래야 12월 둘째 주에 「트루 라이즈」 시즌4가 종영되면 3부작짜리 짧은 예능 프로그램이 끝나고 「하루 세끼」가 방송을 탈 수 있기 때문이다.

그러는 사이 강남역에 도착한 한수는 회사로 들어갔다.

3팀장이 한수를 반겼다.

그리고 다짜고짜 말을 꺼냈다.

"너 「자급자족 in 정글」이 개편된다는 거 알고 있었어?"

"아, 그거요? 얼핏 들었던 거 같긴 같아요."

예전에 들은 기억이 있었다. 시간대를 금요일에서 토요일로 바꾸는 걸로 알고 있었다. 황금사단이 만드는 예능 프로그램을 피하기 위한 꼼수라는 말도 있긴 했다.

"그것 때문에 회사로 들어오라고 하신 거예요? 전화로 하셔도 충분한데."

"그건 당연히 아니지."

"그럼요? 무슨 일이에요?"

회의실로 향하며 3팀장이 말했다.

"너한테 좋은 일이야. 인마."

"네? 무슨 일인데요?"

3팀장이 회의실 문 앞에 멈춰 서서 한수를 보며 입을 열었다.

"축하한다."

"예?"

"너 첫 광고 계약 들어왔다."

"……정말요?"

한수의 인지도는 아직 낮은 편이다.

「숨은 가수 찾기」, 「자급자족 in 정글」에 나오고 있지만, 반짝인기일 뿐이다.

그래서 광고 촬영은 먼일이겠거니 생각했는데 벌써 첫 광고 계약이 들어온 것이었다.

그러나 기뻐하는 것도 잠시 한수가 3팀장을 바라보며 물었다.

"무슨 광고인데요?"

이제 중요한 건, 어떤 광고냐 하는 것이었다.

한수는 3팀장을 쳐다보며 물었다.

"무슨 광고에요?"

"왜? 이상한 광고일까 봐 걱정돼?"

3팀장이 실실거리며 웃었다.

한수가 눈매를 좁혔다.

"아니, 뭔지 알아야 마음의 준비를 하죠."

"걱정 마. 너한테 단독으로 들어온 거야."

"예? 단독이요? 환이 형하고 같이 찍는 게 아니고요?"

한수가 고개를 갸웃거렸다.

설마하니 단독 촬영일 거라고는 생각지도 못하고 있었다.

그렇다 보니 더욱더 의문스러울 밖에 없었다.

도대체 누가 자신을 섭외한 건지 궁금했다.

"누군데요? 무슨 광고길래 절 섭외했대요?"

"긴장하지 말고 회의실에 들어가 봐."

한수가 회의실 안으로 들어갔다.

회의실 안에는 정장을 빼입은 남자 두 명이 앉아 있었다.

한수가 3팀장과 함께 들어오자 그들이 자리에서 일어섰다.

3팀장이 먼저 입을 열었다.

"기다리게 해서 죄송합니다. 한수야, 인사드려."

"아, 처음 뵙겠습니다. 강한수라고 합니다."

그들이 한수에게 손을 내밀며 인사를 건넸다.

"반갑습니다. TBWA KOREA의 PD 장 대리입니다."

"EBS 담당 AE 유 차장입니다."

TBWA는 미국 뉴욕에 본사를 두고 있는 국제 광고회사로 TBWA KOREA는 대한민국에 설립한 지사다.

AE는 Account Executive의 준말로, 광고회사나 홍보대행사의 직원으로 고객사와의 커뮤니케이션을 담당하는 한편 광고나 홍보 활동을 지휘하는 사람을 일컫는다.

한수는 유 차장이 담당하는 곳이 EBS라는 말을 듣자마자 자신의 첫 광고 계약이 어떤 성격의 것인지 알아차릴 수 있었다.

"수험서 광고겠군요."

"예, 맞습니다. 아, 박 팀장님이 아직 이야기를 안 하셨나 보군요."

"한수만 나오는 광고는 이번이 첫 계약이거든요. 그렇다 보니 직접 듣는 게 더 나을 거라고 생각했습니다."

3팀장이 싱긋 웃어 보였다.

유 차장이 미소를 지으며 한수를 바라봤다.

CD보다 작은 얼굴에 전형적인 꽃미남인 건 아니지만 키가 크고 훤칠하게 생긴 게 사람들로부터 호감을 살 수 있는 인상이었다.

광고 모델로 제격이었다.

"장 대리님은 어떠세요?"

장 대리도 한수를 빤히 쳐다봤다.

요즘 예능계에서 뜨고 있는 기대주 중 한 명이다.

이미 「숨은 가수 찾기」에서 연달아 두 번 우승하며 자신의 진가를 확실히 드러냈고 「자급자족 in 정글」에서도 빼어난 생존 기술을 보이며 일약 인기가 올라가고 있다.

게다가 그는 역대급 불수능이었던 작년 수능에서 유일하게 만점을 받았을 뿐만 아니라 한국대학교 경영학과에 수석으로 합격했다.

점점 더 교육열이 치열해지는 가운데 수험서 광고 모델로 이 정도 스펙은 최고나 다름없었다.

장 대리는 한 달 전을 떠올렸다.

그때부터 EBS가 야심하게 준비한 새로운 수험서의 광고 컨셉을 정했고 효과적으로 이 컨셉을 표현해 줄 수 있는 광고 모델을 선정하기 시작했다.

무엇보다 사교육의 시장잠식을 막고 공교육 활성화를 위한 일이다 보니 신중에 신중을 기해야 했다.

그렇게 해서 선정된 게 모두 3명이었다.

A안의 모델은 국내외에 여러모로 인지도가 높은 톱스타 이선우, 게다가 그는 몇 년 전 종영한 드라마에서 서번트 신드롬을 겪고 있는 수학 천재 역할로 나오며 인기를 끌기도 했다.

B안의 모델은 보이그룹 블루블랙(BlueBlack)의 멤버 양훈이

었다. 그는 아이돌인 만큼 여학생들에게 인기몰이할 가능성이 농후했다.

그리고 C안으로 선정된 모델이 강한수였다.

A안이나 B안 모델 모두 광고료가 비쌀 뿐 아니라 EBS가 원하는 공익광고 모델의 이미지에 적합한지 의문이었기 때문이다.

그렇게 여러 차례 있었던 프레젠테이션 이후 최종 선정된 모델이 바로 강한수였다.

우선 A안이었던 이선우는 드라마 시청률이 저조했다는 점이 문제로 꼽혔고 B안이었던 양훈은 그가 소속되어 있는 그룹 블루블랙(BlueBlack)이 대표적인 짐승돌 이미지를 갖고 있다는 게 맹점이었다.

그 대신 C안 강한수는 인지도가 낮은 편이지만 수학능력시험에서 만점을 받았고 거기에 수험생이라면 누구나 가고 싶어 하는 한국대학교 경영학부에 입학한 점, 그리고 한 달 정도가 지났을 무렵 계속해서 꾸준히 방송에 얼굴을 내비치며 가장 큰 약점이었던 인지도가 높아진 게 유용하게 작용했다.

무엇보다 한수는 기자들과의 인터뷰에서 EBS를 통해 수험 공부를 했다고 밝힌 바가 있었다.

그것은 한수를 광고 모델로 써먹기에 가장 적합한 요인이라 할 수 있었다.

"저도 좋죠. 처음에는 이선우 씨로 가려 했는데 강한수 씨가 요새 부쩍 뜨는 추세잖아요. 앞으로 잘 부탁해요. 강한수 씨."

"아, 예. 감사합니다."

한수가 환하게 미소를 지었다.

그리고 EBS 담당 AE 유 차장이 계약서를 내밀었다.

이미 기본 조건은 다 합의가 된 상태였다.

광고료는 3개월에 2천만 원.

그렇게 많은 금액은 아니었다.

특A급 스타들이 광고료로 1년에 8억 원을 받고, B급 연예인들도 광고료로 1년에 2-3억을 벌고 있다는 걸 감안하면 적은 금액이었다.

그러나 한 가지 특이사항이 있었다.

그건 EBS가 새로 내놓는 수험서의 판매량이 광고 모델인 한수 덕분에 긍정적인 효과를 거둘 경우 추가적인 인센티브를 지급할 수 있다는 것이었다.

원래 허용되지 않는 조건이지만 이건 3팀장이 아득바득 우겨서 성사시킨 것이었다.

3팀장은 앞으로 한수가 계속 예능 프로그램에 나오는 이상 그의 인지도가 계속해서 올라갈 것으로 예상하고 있었고 자연스럽게 그가 광고를 찍은 수험서의 판매량도 호조를 보일 게 분명했기 때문이다.

"그럼 3개월 동안 잘 부탁드립니다."

"저야말로 잘 부탁드립니다."

한수가 고개를 꾸벅 숙였다.

광고 계약이 체결됐다.

3개월짜리 단발성 계약이었지만 판매량이 좋으면 추가 계약도 언제든지 가능한 구조였다.

아직 EBS나 TBWA KOREA에서도 한수를 섭외하긴 했지만, 그에 대해 썩 신뢰감을 깊게 가지지 못하고 있다는 의미이기도 했다.

그러나 그런 평가를 쉽게 뒤집는 게 바로 한수의 능력이었다.

3팀장도 그걸 알고 있기 때문에 일부러 광고료를 조금 깎아가면서 그런 조건을 내건 것이었다.

윤환의 일로 워낙 바쁜 탓에 「하루 세끼」 촬영 현장까지는 따라가지 못했다.

그러나 한수가 「하루 세끼」 촬영장에서 어떤 일을 해냈는지는 전해 들어 알고 있었다.

해신이 강림한 것처럼 번번이 물고기를 낚아댔고 또 한편으로는 남들은 쉽게 따라 할 수 없는 궁중요리를 연거푸 해냈다던가?

한수가 찍은 방송 가운데 실제로 방송된 건 「스타 플러스 라

디오」1편과「숨은 가수 찾기」2편,「자급자족 in 정글」1화부터 3화까지다.

여전히「자급자족 in 정글」수마트라 무인도 편이 7화 더 남아 있고 그밖에「자급자족 in 정글」뉴질랜드 편이 8부작, 그밖에 설 연휴 파일럿 프로그램인「내가 생존왕」2부작이 남아 있다. 거기에 TBC가 야심 차게 내놓은「하루 세끼」9부작도 1월 초 방영 예정이다.

그동안 쌓아둔 것들이 어느 순간 폭발한다면?

그리고 그것들이 다 함께 뭉쳐 시너지를 만들어 낸다면?

그렇게 되면 한수의 위치는 지금과는 무척 많이 바뀌어 있을 게 분명했다.

3팀장은, 그렇게 확신하고 있었다.

광고 촬영은 4일 뒤로 예정이 되어 있었다.

한수는 유 차장이 내민 콘티를 재차 확인했다.

기본적인 광고 촬영 컨셉은 골방에 갇힌 채 인터넷 강의만 들으면서 공부를 죽어라 해도 성적이 오르지 않는 수험생이, EBS에서 새로 출제한 수험서로 일약 성적이 오르는 형식을 취하고 있었다.

그렇게 한수가 기말고사를 치르고 1학년 1학기를 마무리하는 사이 로드 매니저한테서 연락이 왔다.

드디어 오늘 첫 촬영이 있는 날이었다.

그는 로드 매니저가 모는 밴을 타고 촬영장으로 향했다.

촬영장에는 이미 한창 광고 준비가 진행되고 있었다.

곳곳에 카메라가 가득 했고 새하얀 배경의 세트장에는 고등학교 교실에 있을 법한 책상과 EBS에서 새로 만든 수험서 등이 책장에 꽂혀 있었다.

처음 보는 촬영장 모습에 한수가 신기한 듯 주변을 두리번거렸다.

그때 오늘 광고 촬영을 맡은 감독이 한수를 손짓으로 불렀다.

"강한수 씨? 오늘 광고 촬영 맞지?"

"아, 예. 강한수입니다."

"그래. 그냥 지 감독님 이렇게 부르면 되고. 뭐, 그보다 중요한 건 우리 가급적 NG 내지 말고 빠르게 가자고. 그게 서로 편할 거 아니야. 어차피 별거 없는 촬영이기도 하고. 안 그래?"

"예, 알겠습니다."

한수가 고개를 끄덕였다.

그러자 곧장 촬영이 시작됐다.

첫 번째 신은 한수가 골방에 틀어박힌 채 통조림 당하며 열심히 공부 중인 장면이었다.

한수는 세트장 책상에 앉아 열심히 인터넷 강의를 보며 문제풀이에 집중했다. 가만히 그 모습을 찍던 지 감독이 NG 사인을 내보냈다.

"컷! 한수 씨, 너무 열심히 풀지 마. 그랬다가 광고 보는 사람들이 그 참고서 사서 보면 어쩌려고 그래?"

농담 섞인 지 감독 말에 한수가 멋쩍게 웃었다.

"아, 예."

연이어 2차 촬영에 돌입했다.

한수가 어렵사리 공부하는 모습이 카메라 앵글에 잡혔다.

열심히 인터넷 강의를 보며 공부를 하지만 성적은 점점 하향곡선을 그리고 있었다.

"오케이! 그럼 다음 컷으로 넘어가자고."

총 열 장짜리 그림으로 된 콘티에서, 첫 번째와 두 번째 그림이 끝났다.

이제 세 번째 그림으로 그려진 콘티를 표현할 차례였다.

한수가 EBS에서 새로 출제한 수험서를 집어 드는 신이었다.

스태프 한 명이 한수에게 동선을 다시 한번 보여줬다.

한수는 고개를 끄덕여 보인 뒤 그가 움직인 대로 세트장 옆으로 이동했다.

나중에는 CG로 세트장 사이에 공간을 두고, 한쪽은 골방 다른 한쪽은 공부방으로 변경될 터였다.

그렇게 움직인 한수가 책장에서 수험서를 뒤적거리기 시작했다. 엄청나게 많은 수험서에 곤혹스러워하던 한수가 눈에 잘 보이는 곳에 비치된, EBS에서 새로 출제한 수험서를 꺼내 들었다.

"자세 좋고, 표정 나쁘지 않고. 좋아. 계속."

그리고 한수는 책상에 앉아 집중하며 EBS에서 내놓은 수험서를 풀이했다. 동시에 한수는 아까보다 훨씬 더 빠른 속도로 문제를 풀어나갔다.

지 감독이 오케이 사인을 보냈다.

첫 광고 촬영이라는 말을 들었기 때문에 걱정이 많았는데 이렇게 수월하게 척척 촬영해낼 줄은 미처 예상 못 한 일이었다.

지 감독이 한수를 보며 물었다.

"생각보다 연기가 좋은데?"

"예? 연기요?"

한수가 고개를 갸웃거렸다.

"그래. 수능 만점자 아니었어? 그런 것 치고는 아까 골방 컷, 완전 예술로 뽑혔어."

한수가 지 감독 말에 쓴웃음을 지었다.

그가 골방 컷을 그렇게 훌륭하게 찍을 수 있었던 건 연기를 잘해서가 아니었다.

경험에서 비롯된 것이었다.

애초에 한수는 처음부터 수능 성적이 좋았던 게 아니었다. 텔레비전을 얻은 뒤 생긴 능력 덕분에 수능 성적이 크게 오른 것이었다.

물론 한수도 적잖게 노력을 하긴 했지만, 텔레비전의 힘이 컸다는 걸 부정할 수는 없었다.

그 덕분에 한수는 자신의 실제 생활에 입각해서 제대로 연기를 펼쳐 보일 수가 있었다.

그러나 이게 다른 CF 광고 촬영이었으면 아마 연기하는 게 쉽진 않았을 것 같다는 생각이 들었다.

열 개밖에 안 되는 신인데도 불구하고 감정을 이입해서 연기한다는 건 정말 어려운 일이었다.

하루라도 빨리 더 많은 채널을 확보해서 영화나 드라마 쪽 능력도 얻고 싶었지만, 여전히 그건 요원한 길이었다.

그러기 위해서는 확보해야 할 채널이 아직도 일곱 개나 더 남아 있었다.

그뿐만이 아니라 지상파나 종합편성채널(종편) 바로 아래 위치해 있는 만큼 저것을 얻기 위해서 또 어떤 특수 조건을 필요로 할지 그것도 아직은 알 수 없는 일이었다.

"고생했어. 한수 씨. 처음치고는 제법 잘하네. 다음에 또 보게 되면 보자고."

처음에만 해도 쿨병 걸린 것처럼 조금 까칠해 보이던 지 감독이었지만 실제로 그는 대단히 프로페셔널한 감독이었다.

지 감독이 옆에서 모니터링을 하고 있던 한수에게 악수를 건넸다.

한수도 웃으며 그 손을 마주 잡았다.

그렇게 생각보다 이른 시간에 광고 촬영을 끝내고 이제 집으로 돌아가려 할 때였다.

3팀장에게서 재차 연락이 왔다.

ㅡ한수야, 촬영 끝났다며?

아마 로드 매니저가 이야기한 모양이었다.

"예, 끝났어요. 무슨 일 있으세요?"

ㅡ너 황 피디하고 뭔 일 있었냐?

"예?"

한수가 고개를 갸웃거리며 반문했다.

그러자 3팀장이 반색하며 말했다.

ㅡ황 피디 의욕이 남다른가 봐.

"무슨 일 있어요?"

ㅡ「하루 세끼」 끝나고 연달아 촬영 예정 중인 게 있는데 너 섭외하고 싶댄다.

"정말요?"

한수가 눈을 휘둥그레 뜨며 물었다.

그리고 3팀장이 한 말은 사실이었다.

CHAPTER
5

　촬영이 끝나자마자 한수는 구름나무 엔터테인먼트로 돌아
왔다.

　비좁은 회의실에는 선객이 와 있었다.

　황금사단의 황 피디와 그의 오른팔 이 작가 그리고 황금사
단의 제2 피디이기도 한 유 피디도 함께하고 있었다.

　그 건너편에는 구름나무 엔터테인먼트의 본부장과 3팀장,
그리고 TBC의 한석주 CP에 강석훈 본부장까지 자리하고 있
었다.

　회의실에 자리하고 있는 사람들 면면만 봐도 보통 섭외 건
이 아님을 알 수 있었다.

　그때 한수가 들어오자 3팀장이 반색하며 그런 한수를 반

겼다.

대부분 죽 쑤고 윤환만 유일하게 몸값 이상으로 해내던 3팀에서 한수는 떠오르는 샛별이었고 그렇다 보니 3팀장이 가장 아낄 수밖에 없었다.

"어서 와."

3팀장이 한수를 반길 때 TBC 강석훈 본부장이 웃으며 입을 열었다.

"한수 씨, 어서 와요. 황 피디한테 이야기 들었어요. 이번「하루 세끼」촬영에서 황 피디가 단단히 혼 좀 났다고 하더라고요."

"예? 아, 그게 저는 그냥 최선을 다한 거뿐인데……."

"하하, 걱정 말아요. 저는 오히려 한수 씨가 기대 이상으로 해줘서 고마우니까. 그건 그렇고 여기 오면서 박 팀장님한테 이야기는 대충 전해 들었을 거예요. 그렇죠?"

"아, 예. 황 피디님께서「하루 세끼」끝나고 곧장 촬영에 들어가실 건데 그 프로그램에 섭외하고 싶다고, 그렇게 알고 있습니다."

"음, 이제부터는 황 피디가 직접 이야기하는 게 낫겠네. 아니면 유 피디가 이야기할래?"

황 피디가 먼저 대답했다.

"일단 제가 먼저 말씀드리겠습니다."

한수가 황 피디와 유 피디를 번갈아 쳐다봤다.

강석훈 본부장이 유 피디보고 이야기하라고 하는 건 어쩌면 유 피디가 새로 런칭할 프로그램을 연출하려는 것일지도 몰랐다.

"우선 이번 프로그램 연출은 제가 아니라 유 피디가 맡을 예정입니다."

한수가 고개를 끄덕였다.

"프로그램 가제는「한식당」으로 정했습니다."

"「한식당」?"

한수가 고개를 갸웃거렸다.

「한식당」이라는 건 한국 레스토랑을 일컫는 말인데 그것으로 무슨 프로그램을 연출하려 하는 건지 궁금했다.

그 모습에 유 피디가 말을 이었다.

"이번에「하루 세끼」촬영 중에 한수 씨가 요리하는 모습을 보고 문득 떠오른 아이템이에요. 그래서 조금 날림으로 기획안을 짜서 본부장님하고 국장님한테 보여드렸는데 두 분 다 대단히 만족스러워하셔서요. 황 피디님께서도 한번 연출해 보라고 밀어주시기도 했고요."

유 피디가 얼굴을 발갛게 물들였다.

수줍어하는 것도 잠시 유 피디가 당차게 말을 이었다.

"기본적인 컨셉은 외국에서「한식당」을 열어서 장사를 하는 거예요. 그리고 외국인에게 우리 한식을 알리고 싶어요."

황 피디가 이끄는 황금사단의 프로그램은 공통점이 있다.

여행을 좋아하고 요리를 좋아하며 힐링을 선호한다는 것이다.

그건 「원더풀 새러데이 −밥 좀 먹자!」에서도 나타났고 그 이후 「하루 세끼」에서도 고스란히 보이고 있었다.

이번 「한식당」도 마찬가지다.

유 피디가 계속해서 말을 이었다.

"그러려면 일단 요리를 할 줄 아는 분이 필요했고, 서버도 필요하고, 요리 보조도 필요하고, 그래서 이 세 분 섭외를 먼저 생각했어요. 그랬는데 요리사는 한 분밖에 안 떠오르더라고요."

"그게 접니까?"

한수 말에 유 피디가 고개를 세차게 끄덕였다.

한수가 머뭇거리다가 조심스러운 목소리로 물었다.

"제가 아직 인지도가 낮은 편이라서요. 그래도 괜찮을까요?"

「자급자족 in 정글」에서 한수가 가장 많이 활약한 건 맞지만 애초에 「자급자족 in 정글」은 5년째 장수하고 있던 프로그램이다.

더군다나 장철만은 작년 IBC에서 연예대상을 받기까지 했다. 박영식 피디가 굳이 한수의 이름값에 얽매이지 않았던 건 그런 이유에서였다.

「숨은 가수 찾기」도 비슷하다. 한수가 연달아 두 편에서 우승을 차지했지만, 그때마다 나온 가수들의 이름값은 쟁쟁했다.

한류스타 윤환.

국보급 보컬리스트 임태호.

「하루 세끼」도 비슷하다.

한수도 이번 「하루 세끼」에서는 메인급으로 올라왔지만 어디까지나 프로그램을 이끌어나가는 중심에는 한류스타 윤환이 있었다.

그런데도 황 피디는 TBC 내에서 적잖게 잔소리를 들어야 했다.

위험부담이 큰 선택을 했다는 것 때문이었다.

한류스타 윤환을 빼면 나머지 두 명은 사실상 알짜배기 신인이나 다름없었으니까.

한 명은 예능에 몇 번 나와 이름을 알린 배우도, 가수도, 개그맨도 아닌 어정쩡한 인물이었고 다른 한 명은 드라마 「왕관의 무게」에 단역으로 한 번 출연한 적 있는 신인 무명 배우였다.

「트루 라이즈」 시즌4 성적이 잘 나왔더라면 걱정이 덜 했을 텐데 그런 것도 아니었다.

이미 「트루 라이즈」 시즌4는 시청률이 1.5% 나오며 처참하게 박살이 났고 반대로 「자급자족 in 정글」은 승승장구하고 있었다.

몇몇 임원은 「자급자족 in 정글」에 출연 중인 사람을 굳이 데려와서 써야 할 만큼 인재가 없냐고 항변했다는 이야기도 있었다.

유 피디가 걱정스러워하는 한수를 보며 말을 꺼냈다.

"저는 괜찮다고 생각해요. 특히 한수 씨 요리라면 외국에서 한식을 입맛에 안 맞아서 못 먹는 분들도 잘 드실 수 있을 거라고 생각하거든요."

"음, 알겠습니다."

그때 구름나무 엔터테인먼트의 본부장이 유 피디를 쳐다보며 물었다.

"다른 출연자들은 섭외가 된 겁니까?"

"아직요. 이곳저곳에 알아보는 중입니다."

"촬영 일정은 어떻게 되죠? 유 피디님도 잘 아시겠지만, 한수가 워낙 스케줄이 요새 바빠서요."

"2월 셋째 주쯤에 촬영을 갈 예정이에요. 다음 달에 장소 섭외 차 사람들을 보내놓을 생각이고요."

며칠 동안 급히 만들어 낸 기획안이라지만 이미 준비는 어느 정도 되어 있는 듯했다.

그만큼 황금사단이 갖고 있는 기획력 자체가 엄청나다는 걸 입증하는 것이었다.

구름나무의 본부장이 강석훈 본부장을 쳐다보며 입을 열었다.

"허허, 정말 대단합니다. 해외 로케이션 촬영은 워낙 비용이 만만치 않아서 위험부담이 크지 않습니까? 그래서 엔간해선 잘 안 맡기는 편인데…… TBC에서 정말 기대를 많이 걸고 있는 모양입니다."

강석훈 본부장이 웃으며 말했다.

"물론입니다. 그러려고 ABS에서 황금사단을 데려온 거 아니겠습니까? 이번 「하루 세끼」도 여러모로 그림이 잘 뽑혔다고 하더군요. 거기에 「자급자족 in 정글」도 토요일로 시간대가 바뀐다고 하더군요. 그럼 한수 씨가 출연하는 데 아무런 지장이 없어지는 셈이니 앞으로도 잘 부탁드리겠습니다."

"물론이죠."

"그럼 계약하시는 걸로 하죠."

그렇게 계약이 오고 가는 사이 황 피디가 한수를 보며 입을 열었다.

"한수 씨, 「자급자족 in 정글」 촬영은 언제 또 있죠?"

"일단 뉴질랜드에서 찍은 게 8부작짜리인데 그게 12월 15일부터 2월 2일까지 방영되는 걸로 알고 있어요. 그리고 일주일 쉬었다가 설 연휴 때는 파일럿 프로그램이 나갈 테고 그런 다음 토요일로 시간대를 옮긴다고 들었어요. 아직 새로운 촬영지는 결정 안 된 상태고요."

그러나 한수가 예상하고 있는 촬영 일정은 빠르면 12월 말이었다. 늦어도 1월 초에는 촬영을 떠날 것으로 예상 중이었다. 못해도 편집 기간을 한 달은 줘야 하려면 1월 초에는 촬영을 마치고 돌아와야만 했다.

황 피디가 눈살을 찌푸렸다.

그는 1월 초 「하루 세 끼」 3회차 촬영을 준비 중에 있었다.

그러나 「자급자족 in 정글」 촬영과 겹쳐 버리게 되면 촬영을 진행하는 데 있어서 난항을 겪을 가능성이 농후했다.

「자급자족 in 정글」이 해외 촬영이다 보니 일정을 조절하는 게 더욱더 어려웠다.

그럴 경우 자신이 맞춰 가는 수밖에 없었다.

"촬영 일정이 뜨면 바로 연락 좀 부탁드릴게요. 저희 3회차 촬영 일정도 그때 비교해서 맞춰야 할 거 같거든요."

"예, 알겠습니다."

한수가 시원하게 대답했다.

그건 그렇게 어려운 일이 아니었다.

얼마든 가능했다.

기말고사가 끝이 났다.

동시에 한수의 한국대학교 1학년 학부생 생활도 마무리됐다.

학교에 다니는 동안 적잖은 일이 있었다.

몇 차례 소개팅도 했고 동아리 활동도 즐겼다.

그러나 정작 방송 촬영 때문에 학교생활을 제대로 즐길 수가 없었다.

예전이었으면 상상도 하지 못할 일이었다.

텔레비전을 얻기 전이었으면 학교를 졸업하고 뭘 해야 할지 그 생각에 매일 고민을 일삼아야 했을 것이다.

그러나 텔레비전을 통해 능력을 얻은 뒤 한수의 삶이 바뀌었다.

남들이 부러워할 만한 능력이 한두 개가 아니라 여러 개 생겼고 그것들로 한수는 지금 별의별 예능 프로그램에 출연하고 있었다.

그렇게 기말고사가 끝나고 방학이 시작됐지만 여유롭진 못했다.

나흘 뒤 「하루 세끼」 2회차 촬영이 있었다.

그런 다음에는 「하루 세끼」 3회차 촬영과 「자급자족 in 정글」 해외 촬영이 있었다.

그것들이 모두 끝난 이후에는 유 피디가 준비 중인 「한식당」 촬영을 위해 해외로 또 떠날 가능성이 컸다.

그 때문에 한수는 당분간 학교를 쉬고 촬영에 집중할 생각을 하고 있었다.

원래는 학업과 연예계 활동을 병행하려 했지만, 물리적인 시간은 자신이 어찌할 수 없는 일이었다.

그래도 오랜만에 찾아온 여유로운 시간에 한수가 집에서 텔레비전을 보려 할 때였다.

전화가 걸려왔다.

발신자를 확인해 보니 외국에서 걸려온 전화였다.

혹시 하는 생각에 한수가 전화를 받았다.

"혹시 서……."

-야! 한수야. 뭐하냐?

"응? 설마 환이 형이에요?"

한수가 미간을 좁혔다.

혹시나 했는데 혹시가 아니었다.

-어, 난데. 왜? 목소리가 무척 실망하는 거 같다?

"형은 어디세요?"

-어디긴. 여기가 프랑스 맞지? 어, 프랑스 맞다네.

"아, 화보 촬영 중이신가 보네요."

-그래. 그보다 너 희소식 있다며?

"희소식요? 아, TBC 예능요?"

-어. 석준 형이 전화 와서 자랑하더라. 너 황금사단에 제대

로 물렸다고.

한수가 그 말에 쓴웃음을 지었다.

황금사단의 가장 큰 특징 중 하나는, 마음에 드는 출연자가 있으면 끝까지 끌어안고 가려 한다는 점이다.

실제로 「원더풀 새러데이 −밥 좀 먹자!」에서 황 피디는 출연자들이 불미스러운 일에 휘말렸을 때도 끝까지 그들을 변호했고 웬만해서는 하차시키지 않고 안고 가려 했었다.

한수도 어떻게 보면 바로 그 황 피디한테 물린 것이나 마찬가지였다.

그러나 황 피디가 일단 능력 있는 피디인 만큼 그건 한수에게 나쁜 일이 아니었다.

엄청나게 좋은 일이었다.

그와 함께 일하고 싶어도 황 피디가 거부하는 경우도 적잖게 있으니까.

그 이후 시답잖은 이야기를 조금 더 하다가 한수가 전화를 끊었다.

그래도 무언가 아쉬움이 남았다.

원래 한수가 기대했던 건 서윤의 전화였다.

학기 초 갑자기 휴학해 버리고 미국으로 떠난 서윤.

여전히 그녀 소식은 감감무소식이었다.

대학원에 진학한 줄 알았는데 그런 것 같지도 않았다.

평소 서윤과 친하게 지내던 사람들한테 물어봐도 다들 고개를 도리도리 저을 뿐이었다.

그때였다.

또다시 전화가 걸려왔다.

이번에도 외국에서 건 전화였다.

전화를 받자마자 한수가 고래고래 소리를 쳤다.

"아! 윤환 형! 장난 좀 그만……."

─오빠?

그러나 전화를 건 건 윤환이 아니었다.

뜻밖의 목소리에 한수가 눈을 휘둥그레 떴다.

"서, 서윤이 너 맞아?"

─네, 저 맞아요. 근데 이거 장난 전화 아닌데…….

전화를 건 건, 바로 서윤이었다.

한수는 당혹스러운 목소리로 대답했다.

"아, 미안. 조금 전에 환이 형한테 전화가 왔었거든. 그런데 너…… 어떻게 된 거야? 미국에 간다면 미리 말이라도 하던가. 말도 없이……."

─사정이 있었어요. 그보다 오빠, 방송 잘 보고 있어요. 「숨은 가수 찾기」에서 오빠가 노래 부르는 거 보고 진짜 깜짝 놀랐어요. 홍대에서 버스킹했던 그 실력, 어디 안 가는구나 싶더라고요.

"고마워. 그보다 너는 언제 돌아오는 거야? 아는 형은 네가 무슨 병원에 입원했다는데 너 어디 아픈 거 아니지? 그렇지?"

─그런 거 아니에요. 그런데 오빠. 저, 당분간은 귀국 못 할 거 같아요. 일이 있어서요. 그럼 오빠 건강하게 잘 지내요. 앞으로 계속 텔레비전 나오는 거 맞죠? 틈틈이 챙겨볼게요. 아, 엄마가 찾는다. 저 가볼게요.

전화가 끊겼다.

한수가 입술을 깨물었다. 뭐랄까. 느낌이 좋지 않았다.

그렇지만 지금 당장 한수가 할 수 있는 일은 아무것도 없었다.

지금으로서는 그저 그녀가 무탈하길 바랄 뿐이었다.

서윤의 전화가 걸려오고 며칠 뒤.

한수는 「하루 세 끼」 2회차 촬영을 위해 다시 여수로 향했다.

이번에는 3팀장이 동행하지 않았고 대신 김 실장이 한수에게 따라붙었다. 앞으로 한수를 전담하게 될 한수의 담당 매니저였다.

통통한 체격에 둥근 얼굴로 윤환 말에 따르면 식탐이 많을 뿐 성격은 얼굴처럼 동글동글하다고 했다.

여수여객터미널에 도착한 뒤 한수는 다른 출연자들이 오길 기다렸다.

그가 기다리고 있는 건 승준이었다.

윤환은 오늘 저녁 귀국 예정이었다. 프랑스에서 한 화보 촬영 일정이 하루 지연된 것 때문이었다.

그 탓에 오늘은 한수와 승준, 두 사람만 촬영하고 내일 오후쯤 윤환이 마저 합류하기로 되어 있었다.

서울에서 여수까지 내려오는 데 대략 5시간.

그리고 여수에서 초도까지 1시간 30분.

정말 무지막지한 거리. 슬슬 여객선이 출항 준비를 하는 사이 카렌스가 시야에 들어왔다. 촬영 장소에 멈춰선 카렌스에서 승준이 뛰어내렸다. 여전히 그는 캐리어와 케이지를 함께 들고 있었다.

이번 4박 5일도 루나가 촬영에 함께 하게 된 것이다.

냐오오옹─

루나가 신경질을 내며 울음을 터뜨렸다.

고양이는 영역 동물이다. 그런데 이곳까지 다섯 시간 넘게 자동차를 타고 이동했고 또 낯선 곳에 끌려왔으니 기분이 단단히 상해 있을 수밖에 없었다.

승준은 쩔쩔매며 루나를 달랬다.

한수는 그런 승준을 보며 고개를 절레절레 저었다.

그도 초도에서 루나하고 4박 5일 동안 지내면서 고양이를 입양할까 생각도 했지만 이내 포기하고 말았다.

일단 고양이가 털을 엄청나게 뿜어대는 데다가 외로움을 타지 않는 것 같지만 고양이도 실제로 외로움을 많이 탄다는 이야기 때문이었다.

부모님이 집에서 고양이를 대신 돌봐줄 수는 있지만 당분간 촬영 일정 때문에 눈코 뜰 새 없이 바쁠 게 분명했기에 아무리 생각해 봐도 자신이 고양이를 직접 돌볼 자신이 없었다.

"죄송합니다. 제가 많이 늦었죠?"

"괜찮아. 배만 타면 되지. 그보다 이번에는 네 친구들 온다며. 누구 오는지 알아?"

"글쎄요. 제가 딱히 친분이 있는 사람이 많질 않아서요."

"「왕관의 무게」에 같이 나온 배우, 누구 있어?"

승준이 손가락으로 하나둘 이름을 세기 시작했다.

"어. 일단 윤환 형님 나오셨고요. 선우 형님도 나왔고요. 두 분 말고 장희연 씨하고 김서현 씨도 나왔고요. 그밖에 양은혜 씨도 나왔죠."

"……너 여배우하고는 친분이 없었구나?"

한수가 한숨을 내쉬었다.

남자배우인 윤환이나 이선우는 형님이라고 꼬박 부르고 있는데 여자배우인 장희연이나 김서현, 양은혜는 씨라고 존칭을 붙이고 있다.

그 의미인즉슨 여배우하고는 애초에 친분 자체를 맺지 못했다는 의미다.

"그, 그게…… 하하, 아무래도 좀 어색해서요."

"그렇다는 건 결국 선우 씨밖에 없다는 거네."

이선우.

국내에 몇 안 되는 톱스타 배우 중 한 명이다.

영화와 드라마에서 맹활약 중인 톱스타로 「왕관의 무게」 이전에 출연했던 드라마 「그 겨울, 바람 끝에서」에서는 서번트 신드롬을 앓는 수학 천재로 나오기도 했다.

또한, 한수하고 EBS 수험서 광고 모델로 경합을 벌였던 배우이기도 했다.

애초에 여배우는 염두에 두고 있지도 않았다.

서울에서 6시간 넘게 걸리는 거리에 방도 비좁고 여자가 생활하기엔 환경이 열악하다.

그런 상황에서 여자가 오길 바란다는 것 자체가 문제가 있는 것이었다.

그런 상황에서 여객선이 슬슬 떠날 준비를 하기 시작했다.

한수와 승준은 다급히 캐리어를 끌고 여객선에 올라탔다.

촬영팀을 비롯한 제작진까지 여객선에 올라탄 뒤에야 그들은 다시 초도로 향했다.

2회차 촬영을 위해서였다.

초도로 가는 배 안.

황 피디가 한수를 불렀다.

"한수 씨. 첫날은 윤환 씨가 없으니까 한수 씨가 승준 씨하고 함께 분량을 만들어주셔야 해요. 무작정 편집해서 다 버릴 수는 없잖아요. 그러니까 잘 좀 부탁드릴게요."

"최선을 다해볼게요. 그보다 이번 게스트는 누구죠?"

한수 질문에 황 피디가 눈을 피했다.

한수가 눈을 빛냈다.

"일단 게스트가 있긴 있다는 거네요."

"뭐, 그럴 수도 있고 아닐 수도 있고요."

한수는 곰곰이 생각을 정리했다.

1회차 촬영 때만 해도 그들이 이곳 여수여객터미널에서 모여야 하는 시간은 오전 7시였다. 오전 7시 40분에 여수연안 여객선터미널에서 초도로 가는 배가 출항하기 때문이다.

그러나 오늘 2회차 촬영 때 약속 시간은 오후 1시였다.

오전 7시 40분 배가 아니라 오후 1시 40분 배를 타기로 한 것이다.

그 의미인즉슨 오전 중에 초도로 들어간 누군가가 있을 수도 있다는 이야기였다.

가만히 한수의 표정을 훑어보던 황 피디가 눈매를 좁혔다.

그가 눈살을 찌푸리며 말했다.

"맞아요. 게스트는 이미 초도에서 기다리는 중이에요."

"누군데요? 진짜 이선우 씨인가요?"

"그건 가보셔서 확인하면 되죠. 아마 깜짝 놀라실 겁니다."

"……설마 윤환 형이 사기 치고 먼저 가 있는 건 아니겠죠?"

"크흠, 저는 대답할 수 없습니다."

황 피디가 극렬하게 저항하고 나섰다.

한수가 고개를 절레절레 저었다.

대충 짐작이 갔다.

프랑스 일정 때문에 하루 더 늦는다고 한 윤환이 거짓말을 하고 미리 섬에 가 있는 게 분명했다. 그러고는 왜 이렇게 늦었냐며 타박을 하는 모습이 훤히 그려졌다.

그때 황 피디를 쫓아온 유 피디가 한수를 붙잡으며 물었다.

"한수 씨, 기획안 나왔는데 한번 보실래요?"

"어떤…… 아, 그 「한식당」 말씀하시는 거죠?"

"예, 일단 「한식당」은 가제에요. 다른 이름도 고민하고 있어요."

"출연자는요? 아직 섭외 중이신가요?"

"예, 아무래도 일정이 일정이라서요."

해외 로케이션 촬영의 또 다른 문제는 스케줄을 짜내기 어렵다는 점이다.

이를테면「자급자족 in 정글」팀은 사전에 합의를 해둔다. 지금「자급자족 in 정글」에 나오는 출연자들이 모두 5년 넘게 동고동락한 것도 크긴 하지만.

그렇지 않으면 스케줄을 조정해야 하는데 대부분은 해외 로케이션 촬영을 썩 선호하지 않는다.

비행기를 타고 왔다 갔다 하는 시간도 시간이거니와 스케줄을 여러 개 소화할 수 있는 걸 해외 로케이션 촬영 하나만 달랑 소화하게 될 수도 있어서다.

특히 여름철에는 섭외가 하늘의 별 따기 수준이 되는데 그때 대학교 축제가 몰려 있는 까닭이다.

어쨌든 유 피디 낯빛이 어두운 걸 보니 출연자를 섭외하는 데 적잖은 어려움을 겪고 있는 모양이었다.

그렇다고 해서 인맥이 얕은 한수가 대신 출연자를 섭외해줄 수도 없는 일이었다.

그러나 유 피디 역시 황금사단의 일원인 만큼 조만간 출연자를 모두 섭외해낼 게 분명했다.

그것도 하나하나 반드시 필요로 하는 사람들로 말이다.

그렇지 않고서야 황 피디가 그녀한테 프로그램을 맡겼을 리가 없기 때문이다.

한수는 유 피디가 지켜보는 동안 그녀가 짜둔「한식당」의 기획안을 빠른 속도로 읽어내려가기 시작했다.

기본적인 골조는 해외에 나가서 식당을 열고 그 식상에서 한식만을 파는 것이었다. 그렇게 해서 사람들의 반응을 보고 그 반응을 카메라에 담아가는 것이었다.

한수는 기획안을 꼼꼼히 읽어내려갔다.

촬영 장소로 이야기가 오고 가고 있는 건 필리핀 쪽이었다.

동남아시아의 휴양지가 가장 유력한 촬영 장소였다.

촬영 기간은 6일에서 7일, 아마도 「자급자족 in 정글」과 「한식당」 사이에 스케줄 조정은 필요하게 될 것 같았다.

그렇게 기획안을 읽어보던 한수가 고개를 끄덕였다. 이 정도면 어느 정도 기본은 이미 갖췄다고 봐야 했다.

무엇보다 우리나라 사람들이 흥미를 갖고 지켜볼 요소가 가득했다.

외국인에게 한식을 맛보인다는 것도 그렇고 그걸 돈 주고 판다는 것, 그리고 그들의 평가를 받는다는 것 모든 게 요즘 시청자들을 불러모으게 할 요인이 되기에 충분했다.

더군다나 요리하는 게 한수였다.

한수의 요리 실력은 조금씩 사람들 입소문을 타고 있었다.

아마 「한식당」을 방송할 때가 되면 그 요리 실력은 상당 부분 알려질 게 뻔했고 한식 요리 기능사나 다름없는 한수가 외국에 나가 만든 한식들이 얼마나 외국인의 입맛을 사로잡았는지 줄줄이 기사가 뜰 게 분명했다.

관건은 외국인에게도 잘 먹힐 그런 한식을 찾아내야 하는 것 정도였다.

그러나 아직 시간적인 여유가 충분한 만큼 그건 차차 고민하면 될 문제였다.

"잘 봤어요. 이 정도면 진짜 히트치겠는데요?"

"그런가요? 호호, 고마워요."

유 피디가 밝게 웃었다.

자신의 이름을 걸고 만드는 첫 프로그램이어서 그런 걸까?

그녀는 적잖게 긴장하고 있었다.

그러는 사이 저 멀리 초도가 한눈에 들어오기 시작했다.

한수는 승준과 함께 내릴 채비를 했다.

그리고 두 사람은 무사히 초도에 도착할 수 있었다.

거의 한 달 만에 찾아온 초도였다.

한겨울이 되어가고 있는 만큼 날씨는 제법 쌀쌀했고 방파제 위를 가득 메우고 있던 낚시꾼들도 그 수가 부쩍 줄어든 상태였다.

"총각, 또 왔네?"

정자에 앉아 있던 할머니가 한수를 알아보곤 웃으며 말을 건넸다.

"예, 일주일 정도 또 신세 지러 왔습니다. 잘 부탁드립니다."

"그려. 그보다 갑동이 아빠는 안 온 겨?"

"아, 형님은 내일 오실 거예요."

"그려? 알았구먼."

"어머니, 요즘 입질은 어떤가요? 괜찮은 편인가요?"

한수는 제일 먼저 입질부터 물었다.

생존을 위해서, 낚시가 잘 되는지 안 되는지 파악하는 게 급선무였다.

"그럼, 괜찮고말고. 가을이 원래 가장 입질이 좋은데 지금도 나쁘진 않지. 한데 1월은 조금 입질이 좋지 않은 편이여."

"1월요?"

3회차 촬영은 1월에 예정되어 있었다.

「자급자족 in 정글」하고 촬영이 겹칠 경우 변동이 있을 수 있지만 1월 초에서 중순 사이로 내다보고 있었다.

"그려. 1월 중순에서 3월 말까지는 낚시가 가장 잘 안 되지. 아무래도 수온이 낮다 보니 녀석들도 좀처럼 돌아다니질 않으니께."

"감사합니다, 어머님."

한수가 고개를 꾸벅 숙였다.

다행히 2회차 촬영까지는 낚시하기엔 지장이 없을 듯했다.

3회차 촬영이 조금 마음에 걸렸지만 그건 일단 조금 더 지켜볼 문제였다.

「자급자족 in 정글」 촬영을 언제 떠날지 확정되지 않은 상태였기 때문이다.

그렇게 한수는 방파제도 둘러보며 분위기를 살폈다.

곳곳에 4자짜리 감성돔을 잡은 낚시꾼들이 적잖게 있었다.

한수는 황 피디한테 통발부터 건네받은 다음 포인트에 통발을 설치했다.

"형준 형이 있으면 참 좋을 텐데."

괜히 형준이 생각났다.

뽑기의 신이었던 그는 통발을 건질 때마다 번번이 대박을 건져내곤 했었다.

괜히 그 얼굴이 그리웠다.

그렇게 통발을 드리운 다음 한수는 승준과 함께 점심에 무엇을 해 먹을지 고민하며 그들이 머무르기로 되어 있는 집으로 향했다.

그런데 언덕을 올라가면 올라갈수록 집 주변이 시끌벅적했다.

촬영팀이 미리 자리를 잡고 준비 중인 걸까?

한수가 고개를 갸웃거리며 집 안으로 들어갔을 때였다.

시끌벅적한 소리가 더 커졌다.

그리고 그들의 집에 미리 자리를 잡고 있는 두 명을 보며 한수가 눈을 끔뻑였다.

반면에 뒤따라오던 승준은 당혹스러운 얼굴로 그 두 사람을 바라볼 뿐이었다.

"승준아, 오랜만이다? 잘 지냈어?"

"그, 그게…… 근데 여기는 어쩐 일이세요?"

"어쩐 일이긴. 촬영하러 왔지. 황 피디님, 오셨어요?"

그들이 고개를 꾸벅 숙였다.

황 피디가 환하게 웃으며 말했다.

"정말 오랜만에 뵙네요. 「원더풀 새러데이 −밥 좀 먹자!」 여배우 특집 편 촬영 이후로 이게 몇 년 만이죠?"

"그러게요. 얼굴 까먹을 뻔했어요. 진즉에 연락 좀 주시지."

그녀들이 밝게 웃었다.

두 명은, 승준과 함께 「왕관의 무게」를 찍었던 여배우들이었다.

국내 톱스타 반열에 들어가는, 30대 여배우 중 정수아 다음으로 인지도가 높던 장희연과 20대 여배우 중에서는 필모그래피만큼은 다른 누구보다 단연 화려하기 이를 데 없는 김서현.

두 여배우가 이곳 초도에 찾아온 것이었다.

한수는 두 여배우를 바라봤다.

확실히 여배우는 여배우인 걸까.

두 명에게서 형언할 수 없는 아우라 같은 게 느껴지고 있었다.

특히 그것은 장희연이 더했다.

그녀는 처음 정수아를 봤을 때처럼 눈부시게 빛나고 있었다.

물론 정수아는 그 광채가 채 몇 초도 지나기 전에 순식간에 꺼져버렸지만 말이다.

한수가 어색하게 두 명을 보며 인사를 건넸다.

"두 분 모두 이곳에 오신 걸 환영합니다. 처음 뵙겠습니다. 강한수라고 합니다."

"황 피디님한테 이야기 많이 들었어요. 장희연이에요."

"반가워요. 김서현이에요."

두 명이 밝게 웃으며 대답했다.

그리고 또 어색함이 그들 사이에 감돌았다.

한수가 황 피디에게 다가갔다.

"피디님, 잠깐 이야기 좀 해요."

"예? 무슨 이야기인데."

한수는 촬영 현장 밖으로 황 피디를 데리고 나왔다. 그리고 황 피디를 쳐다보며 물었다.

"아니, 여배우는 여기 못 온다면서요!"

"제가 그런 말을 했었나요? 전 그런 말을 한 적이 없는데요."

"……일단 뭘 어떻게 해야 하는 겁니까?"

"한수 씨가 이렇게 당황하는 건 처음 보네요. 하하."

얄미운 황 피디가 웃음을 터뜨렸다.

한수가 얼굴을 구겼다. 그 모습에 황 피디가 해맑은 목소리로 말했다.

"한수 씨는 평소 하던 대로 하면 돼요. 우리 촬영은 변함없어요. 한수 씨가 낚시하고 다른 분들도 각자 채집활동을 하고 그런 다음 그 재료들로 맛있는 요리를 해 먹고, 그게 우리가 보여주고자 하는 모습이잖아요."

"그건 그렇죠."

"지난번 철만 씨하고 형준 씨 왔을 때하고 똑같이 하시면 돼요. 그렇게 부담 안 가지셔도 돼요."

"……알겠습니다."

한수가 떨떠름한 얼굴로 고개를 끄덕였다.

그런 다음 곧장 촬영이 이어졌다.

철만과 형준, 개그맨 두 명이 여배우 두 명으로 바뀌었을 뿐 촬영은 똑같이 이루어졌다.

그나마 윤환이 없는 게 다행이었다.

그가 없는 덕분에 방 두 칸을 각각 나눠 쓸 수 있었다.

한 칸은 여배우 두 명이, 다른 한 칸은 한수와 승준이.

한수와 승준이 캐리어를 방에 옮겨놓은 다음 편한 옷으로 갈아입고 나왔다.

승준이 키우는 고양이용품, 화장실이나 사료, 물그릇 같은 것도 한쪽에 마련해 두는 것도 잊지 않았다.

그렇게 준비를 끝낸 다음 한수가 낚싯대를 잡았다.

원래대로였으면 윤환도 함께 낚시하러 갈 테지만 그는 이제야 프랑스에서 귀국행 비행기를 탔을 터였다.

"승준아, 불 피워두고 밥 지을 준비해 둬. 두 분은 아침은 드시고 오신 거죠?"

장희연이 고개를 끄덕이며 조심스레 물었다.

"예, 아침은 먹고 왔어요. 그보다 한수 씨가 그렇게 요리를 잘한다면서요? 기대해도 되요?"

"생선만 잘 잡힌다면…… 기대하셔도 좋을 거 같습니다."

"그럼 저도 승준이 돕고 있을게요."

희연이 손을 걷어붙이고 나섰다. 그리고 가마솥에 얹힐 쌀을 씻을 준비를 했다.

승준도 덩달아 바빠졌다.

장작을 패고 불을 지필 준비를 바쁘게 했다.

두 사람을 보던 한수가 방파제로 낚시하러 갈 준비를 할 때였다.

서현이 살림통과 윤환의 낚싯대를 쥔 채 한수 옆에 나란히 섰다.

한수가 의아한 얼굴로 서현을 바라봤다.

"왜요?"

"낚시하러 가시게요?"

"예."

서현의 당찬 대답에 한수가 물었다.

"낚시는 할 줄 아세요?"

"그럼요. 우리 아빠 따라 많이 다녔어요. 걱정 안 해도 돼요."

서현이 어깨를 으쓱했다.

한수는 멋쩍은 얼굴로 황 피디를 돌아봤다.

황 피디는 자신도 몰랐다는 듯 당황해하고 있었다.

그러나 한수 입장에서는 나쁘지 않은 일이었다.

아무래도 사람이 많으면 많을수록 어획량도 더 많아질 테니까.

그렇게 두 사람은 방파제로 향했다.

방파제에는 적지 않은 수의 낚시꾼이 낚싯대를 드리우고 있었다.

황 피디가 두 사람을 바짝 뒤쫓았다.

그때 서현이 한수를 보며 물었다.

"낚시, 잘하세요?"

"그럭저럭요."

"황 피디님 말로는 한수 씨가 무슨 어신의 후예라고 해서요. 낚싯대를 던지는 족족 생선을 잡는다고 하던데요?"

한수가 겸연쩍은 얼굴로 말했다.

"그 정도는 아니에요."

"흐음, 한수 씨 나이가 어떻게 돼요?"

"저요? 올해 스물셋입니다."

"어? 생년월일은요?"

"95년 7월 13일입니다."

"그럼 제가 누나네요?"

한수가 고개를 갸웃거리며 물었다.

"생년월일이 어떻게 되시는데요?"

"저 빠른 95에요."

"……그럼 친구 아닌가요?"

"아니죠. 제가 누나죠. 제 친구들은 전부 다 94인데요?"

한수는 멋쩍은 얼굴로 김서현을 바라봤다.

김서현이 눈매를 좁히며 입을 열었다.

"좋아요. 그럼 우리 내기해요."

"내기요?"

"제가 이기면 누나라고 불러요. 만약에 제가 지면 그땐 말 놓아도 상관없어요."

흥미가 돋았다.

"어떤 내기인데요?"

"누가 더 많이 잡나, 내기해 봐요."

나쁘지 않은 조건이었다.

"좋아요. 한번 해보죠."

동시에 두 사람의 내기가 시작됐다.

희연은 열심히 장작을 패고 있는 승준을 바라보며 물었다.

"승준아."

"예, 선배님."

"뭐 좀 물어볼 게 있는데 한수 씨가 그렇게 요리를 잘하니?"

"네. 정말 잘하시죠."

"음, 그래? 한 달 전쯤에 여기 와서 촬영했다며? 그때 먹어본 거야?"

"맞아요. 그때 한수 형이 요리했는데 진짜 대박이었어요. 아마 선배님도 드시면 깜짝 놀라실 거예요."

"그래?"

그러는 사이 장작을 다 팬 승준이 불을 떼기 시작했다.

가만히 그런 승준을 쳐다보던 희연은 섬 주변을 돌아봤다.

솔직히 그렇게 내키는 촬영은 아니었다.

그런데도 그녀가 이곳 초도까지 온 이유는 따로 있었다.

일단 황 피디가 그녀를 설득했다.

꼭 한번 시간을 내서 와달라고 부탁했다.

「원더풀 새러데이 – 밥 좀 먹자!」 여배우특집에서 신세를 진 것도 있고 또, 특별한 예능을 경험할 수 있을 것이라는 황 피디의 설득도 적잖게 영향을 미쳤다.

게다가 이미 초도에서 한 차례 촬영을 한 철만과 나눈 이야기도 그녀의 마음을 흔들어놓았다.

철만은 희연에게 말하길 초도에서 겪은「하루 세끼」촬영 가운데 가장 인상적인 걸로 한수의 요리를 손꼽았다.

처음에는 조금 믿기지 않았다.

그깟 요리 얼마나 잘한다고, 철만이 저렇게 말을 할 정도인가, 라는 생각이 들었으니까.

그러나 철만의 대답은 확고했다.

만약 또 한 번 섭외가 온다면 한수의 요리를 맛보기 위해서라도 꼭 초도에 재차 가고 싶다고 할 정도로, 철만은 확고하게 의사를 표시했었다.

그런 요인들 때문에 희연도 설마 하는 생각으로 여기까지 오게 된 것이었다.

그렇다 보니 한수가 만들 요리가 어떨지 여러모로 기대가 되고 있었다.

'낚시는 잘 되어가고 있으려나?'

희연은 방파제 쪽을 바라봤다.

그녀가 알기로 서현은 여자 연예인 중 몇 안 되는 낚시광이었다.

어렸을 때부터 아버지를 쫓아다니며 낚시를 즐긴 것으로 알고 있었다.

한수도 낚시를 잘한다고 들었으니 아마 둘 사이에서 무슨 내기가 오고 갔을지도 몰랐다.

'빨리 뭐라도 좀 잡아 왔으면 좋겠네.'

그동안 승준은 묵묵히 불을 지피고 있을 뿐이었다.

두 사람은 방파제에 도착하자마자 낚싯대를 드리웠다.

둘 다 찌낚시였다.

두툼한 외투를 걸친 채 낚시 중이던 낚시꾼에게 한수가 물었다.

"낚시는 잘되고 계십니까?"

"나쁘지 않아요."

그가 슬쩍 살림통을 들춰 보였다.

큼지막한 감성돔이 살림통 안에 세 마리나 들어 있었다.

"이맘때는 감성돔이 가장 잘 잡혀요. 마침 한사리도 피해갔으니 수월하게 올라올 겁니다."

11월 중순에서 1월 말까지 초도에서 가장 잘 보이는 어종은 감성돔이다.

한사리, 그러니까 밀물이 가장 높을 때를 피하는 게 물고기를 낚기에 최적의 시간대다.

그때 황 피디가 두 사람을 보며 물었다.

"점심은 건너뛰고 저녁을 드시려는 건가요?"

"예, 그래야죠."

그들이 초도에 도착한 시간이 오후 세 시다.

사실상 점심은 이미 때를 놓쳤다.

게다가 이야기를 들어보니 두 여배우는 제작진이 마련해 준 도시락으로 점심도 해결한 뒤였다.

사실상 한수가 요리해야 할 건 저녁 한 끼뿐이었다.

두 사람도 점심을 간단하게 때우고 촬영 일정에 합류한 거였으니까.

여하튼 본격적인 낚시 대결이 시작됐다.

그러나 이 대결로 두 사람이 친구가 되느냐, 혹은 누나-동생이 되느냐가 결정되는 것이었다.

한수는 절대 지고 싶지 않았다.

같은 95년생인데 누나라고 부를 수는 없었다. 빠른년생은 없어져야 하는 폐단에 불과했다. 서현도 지고 싶지 않은 건 마찬가지였다.

그녀도 승부욕 하나만큼은 남들보다 월등했다.

절대 질 수 없었다.

낚시가 끝나는 그 시간까지 어떻게 해서든 하나라도 더 잡을 생각이었다.

그때 황 피디가 입을 열었다.

"내기는 좋은데 승패는 어떤 방식으로 결정하실 건가요?"

서현이 당찬 목소리로 말했다.

"많이 잡는 게 최고죠. 어때요? 괜찮죠?"

"저는 상관없습니다."

"되게 자신 있어 하네요?"

"그럼요. 제가 무조건 이길 거 같은데요?"

"흥! 누가 이기나 끝나고 보죠."

서현이 눈매를 흘겼다.

그러는 사이 하나둘 입질이 오기 시작했다. 물 밑에서 물고기들이 두 사람이 끼운 미끼에 하나둘 관심을 드러내기 시작했다는 의미다.

그때였다. 서현이 먼저 낚싯대를 들어 올렸다.

물고기가 격렬하게 저항하기 시작했다.

그러나 서현은 꽤 침착했다.

테트라포드 구멍 속으로 돌진하려고 하는 놈을 서현은 끝까지 침착하게 수면 위로 올리기 시작했다. 그렇게 얼마 지나지 않아 서현이 입가에 미소를 지었다.

전체적으로 회흑색 빛을 띠고 있는 생선 한 마리가 그녀 손아귀에 들어왔다.

"아가씨가 낚시를 되게 잘하네?"

주위에 있던 낚시꾼들도 하나둘 한마디씩 보탰다. 한수가 보기에도 보통 실력은 아니었다. 어렸을 때부터 낚시를 다닌 게 분명했다.

그녀가 잡아 올린 건 꼬리지느러미가 길고 상하엽 끝이 뾰족한 걸 볼 때 긴꼬리벵에돔이 분명했다.

서현이 웃으며 한수를 바라봤다.

"제가 앞서 나가기 시작했네요. 이참에 누나라고 한번 불러 보는 건 어때요?"

그때 한수가 드리운 낚싯대에도 입질이 오기 시작했다.

한수는 어렵지 않게 밑밥을 문 놈을 건져 올렸다. 그가 건져 올린 건 지금 이 무렵 가장 잘 잡히는 감성돔이었다.

서현이 입술을 삐죽거렸다.

한수가 웃으며 말했다.

"슬슬 말 놓는 건 어때요? 친. 구. 야."

두 사람 사이에서 치열하게 신경전이 오고 갔다.

가만히 그 모습을 보던 황 피디가 웃음을 흘렸다.

생각보다 두 사람 사이의 케미가 나쁘지 않았다.

티격태격 다투는 남매 사이를 보는 것 같았다.

그렇게 한 시간 정도가 지났을 무렵 기다리다 못한 희연이 승준을 끌고 방파제로 내려오기 시작했다.

금방 낚시를 끝내고 돌아올 줄 알았는데 계속해서 소식이 없다 보니 무슨 일인지 확인하고자 직접 찾아온 것이었다.

그때까지 여전히 두 사람은 치열하게 경쟁을 벌이고 있었다.

오후 네 시.

희연이 황 피디에게 물었다.

"두 사람, 언제까지 거예요?"

"이제 슬슬 끝내야죠. 사실 두 사람이 내기 중이라서 말리질 못했어요."

"……그럴 거 같더라. 무슨 내기에요?"

"호칭 내기요. 친구가 될지 누나–동생이 될지, 그거 내기 중이에요."

평소 지기 싫어하는 서현의 성격을 누구보다 잘 아는 희연이다.

그녀가 아직도 낚시에 심취해 있는 두 사람을 번갈아 보다가 물었다.

"그래서, 누가 이겼어요?"

황 피디가 나섰다.

"한수 씨, 서현 씨. 이제 슬슬 돌아갑시다. 저녁도 먹어야죠. 희연 씨가 직접 오셨어요."

한수가 고개를 돌렸다.

진짜 희연이 와 있었다.

그녀는 눈에 쌍심지를 켜고 있었다. 사실상 두 사람이 함흥차사(咸興差使)나 마찬가지였으니 그럴 수밖에 없었다.

한수가 낚싯대를 거둬들였다. 그 모습에 어떻게든 조금이라도 입질을 오길 기다리던 서현마저 낚싯대를 꺼냈다.

그녀가 주눅 든 얼굴로 희연을 쳐다봤다.

여기서 희연은 가장 경력이 길고 인지도가 높았다.

게다가 나이도 많다. 그렇다 보니 다른 사람들은 눈치를 볼 수밖에 없었다. 그러나 희연은 크게 화난 것처럼 보이지 않았다.

그녀 입장에서는 두 사람이 많은 고기를 잡고, 또 그 고기로 맛있는 요리를 만들어주기만 하면 충분했다.

물론 한수가 만든 음식이 그녀가 기대하는 것에 미치지 못한다면 그때는 기분이 영 껄끄러워지겠지만 말이다.

희연이 나긋한 목소리로 물었다.

"많이 잡았니?"

"예, 선배님. 많이 잡았습니다."

"제가 더 많이 잡았어요!"

"그럼 누가 더 많이 잡았는지는 집에 가서 확인해 보고."

희연이 한수를 돌아보며 말했다.

"한수 씨, 아까도 말했지만 제가 여기 온 이유는 한수 씨 때문이에요. 황 피디님과의 인연도 있긴 하지만 한수 씨가 만드는 요리를 먹고 싶어서였다고요. 무슨 뜻인지 알겠죠? 기다리게 한 만큼 맛있는 요리를 만들어줄 거라고 믿어요."

또박또박 이야기하는 그녀 목소리에서는 형언할 수 없는 아우라 같은 게 느껴지고 있었다.

한수가 침을 꿀꺽 삼켰다.

왠지 모르게 여기서 어설픈 요리를 만들어 내면 그대로 희연에게 암살당하는 건 아닌가 하는 생각마저 들었다.

"걱정 마세요. 최고의 요리를 만들어드리겠습니다."

"정말이죠? 내가 촬영 때문에 안 가본 곳이 없어요. 그리고 그 나라를 가면 꼭 최고의 음식점에서 요리를 먹었고요. 개중에는 미슐랭 3스타도 적지 않았어요."

한수가 미소를 띤 채 대답했다.

"그에 버금가는 맛을 기대하셔도 좋을 겁니다."

"기대하겠어요."

집으로 걸어 올라가며 승준이 한수에게 물었다.

"형, 괜찮으시겠어요?"

"뭐가?"

"희연 선배님, 정말 입맛 까다로우시거든요. 실제로 촬영장에서도 밥차 이용 안 하시고 따로 레스토랑에서 도시락 받아서 드시곤 그랬어요."

"괜찮아. 너 내 요리 먹어봤잖아. 어땠어?"

"정말 맛있었죠. 진짜 제가 먹은 요리 중에서는 최고였어요."

"그럼 형 한번 믿어. 내가 설마 아무 생각 없이 무작정 그랬
겠냐?"

"그건 그렇지만…… 희연 선배님이 미슐랭 3스타하고 비교
를 한다고 하니까 걱정돼서 그렇죠."

한수가 웃었다.

"내 스승님들이 바로 그 미슐랭 3스타에서 일하는 분들이
야. 걱정하지 마. 그에 버금가는 요리는 충분히 해낼 수 있으
니까."

한수가 미소를 지었다.

그는 자신 있었다.

한편 앞서 걸어가고 있는 한수와 승준을 보던 희연이 서현
에게 말을 건넸다.

"너는 무슨 낚시를 그렇게 열심히 하고 있니? 나 혼자 얼마
나 기다렸는지 알아?"

"죄송해요. 언니. 한번 불이 붙어서 그런가 계속 집중하게
되더라고요."

괜히 낚시가 세월을 낚는다는 말이 있는 게 아니다.

"됐어. 너 승부욕 모르는 것도 아니고. 그보다. 이겼어?"

"그게……."

머뭇거리던 서현이 멋쩍은 얼굴로 말했다.

"저도 잘 모르겠어요. 어느 순간은 몇 마리 잡았는지 신경

도 안 써서요. 그래도 정말 최선을 다해 잡긴 했어요."

서현이 뿌듯한 얼굴로 살림통을 열어 보였다.

살림통 안에는 네 마리의 돔이 들어 있었다.

문제는 한수가 몇 마리나 잡았냐 하는 것이었다.

그러는 사이 그들이 머물고 있는 집이 시야에 들어오기 시작했다.

그리고 정산이 이어졌다.

심사는 황 피디 주관 하에 이루어졌다.

서현이 잡은 돔은 모두 네 마리였다. 감성돔, 돌돔, 참돔 등 돔 종류만 합친 것이었다.

그밖에 다른 잡어들은 개수로 치지 않았다.

이제 한수가 몇 마리를 잡았느냐로 승부에 갈리게 되었다.

황 피디가 한수가 짊어지고 온 살림통을 열어젖혔다.

그는 촬영 중 틈틈이 마릿수를 헤아렸기 때문에 누가 더 많이 잡았는지 어렴풋이 파악하고 있었다.

하나, 둘, 셋.

살림통에서 큼지막한 돔들이 줄줄이 나왔다.

그리고 네 마리째 참돔이 나왔을 때 서현이 눈살을 찌푸렸다.

동률이었다.

이제 한 마리만 더 나와도 누나라는 말을 듣는 건 불가능해진다.

그러나 황 피디는 매정했다.

그가 마저 물고기를 꺼냈다. 한수가 잡은 돔은 다 합쳐서 여섯 마리였다.

개중에는 6자가 넘어가는 꽤 큼지막한 벵에돔도 있었다.

"제가 이겼네요."

"누나라는 말 좀 듣고 싶었는데 너무하네."

"너무하긴요."

"친구 사이가 됐는데 말 안 놓을 거야? 그냥 나 혼자 놓을까? 그럼 딱 좋을 거 같긴 한데."

"아니, 나도 놓을게."

"치. 나보다 한 마리만 덜 잡지."

"그럼 말을 편하게 못 했겠지."

"……됐고. 빨리 요리해. 희연 언니가 네 요리 엄청 기대 중이셔."

"도대체 누구한테 그런 말을 듣고 온 건지 모르겠네."

한수가 머리를 긁적였다.

누가 단단히 그녀한테 헛바람을 집어넣은 게 분명했다.

그러나 그게 철만일 줄은 한수는 꿈에도 생각지 못하고 있었다.

형준이나 혹은 윤환이 아닐까 으레 짐작할 뿐이었다.

본격적으로 요리를 준비하기에 앞서 한수가 희연을 쳐다보며 물었다.

"특별히 선호하는 요리는 있으세요?"

"황 피디 말로는 한식만 해야 한다고 하던데요? 아닌가요?"

어디까지나 이번 「하루 세끼」는 한식의 맛을 알리기 위해 기획된 프로그램이었다.

그때였다.

작가들과 회의 중이던 황 피디가 회의를 끝마친 뒤 입을 열었다.

"원래 한식을 알리자는 취지인 건 맞는데 세계화가 추세인 만큼 색다른 기획을 살려보는 것도 나쁘지 않을 거 같다는 의견이 나왔어요. 그러나 한수 씨 실력이 얼마나 뛰어난지가 선행되어야 할 거 같아서요. 한수 씨, 다른 나라 요리도 할 줄 아세요?"

한수가 스스럼없이 고개를 끄덕였다.

그 대답에 희연이 눈을 동그랗게 떴다.

"진짜에요?"

"예, 물론이죠."

"너 진짜 가능해?"

편하게 말을 놓고 있는 서현도 당혹스러운 기색이 역력했다.

"좋습니다. 그럼 우리 한수 씨가 만드는 이국적인 요리를 이번엔 한번 맛보도록 하죠."

"대신 황 피디님께서도 무언가 특혜를 주셔야 하지 않을까요?"

"음, 좋아요. 어떤 특혜를 원하시죠?"

"제가 이국적인 요리를 만들어나갈 때마다 황 피디님께서 그 두툼한 겉옷을 한 벌씩 벗는 건 어떨까요?"

"저, 잠깐만요. 갑자기 왜 이야기가 이런 쪽으로 흐르는 거죠?"

희연이 박장대소를 터뜨렸다.

"호호, 그거 좋네요. 황 피디님도 예전에 「원더풀 새러데이 – 밥 좀 먹자!」할 때 그런 벌칙 많이 내셨잖아요. 안 그래요?"

실제로 「원더풀 새러데이 – 밥 좀 먹자!」때 적잖은 출연자가 그런 벌칙을 겪었었다.

개중에는 알몸이 될 때까지 속옷을 벗은 출연자도 있었다.

황 피디가 곰곰이 생각했다.

일단 시청률을 생각해 보면 적절한 제안인 건 맞다.

하필이면 그 당사자가 자신이 된 게 억울하지만.

여기서 그는 역으로 제안을 걸었다.

"좋아요. 까짓것 그렇게 하죠. 단 저도 조건이 있어요."

"뭔가요?"

"한수 씨가 만드는 요리를 평가해서 기준에 적합하지 않는다고 결정이 나면 제가 아니라, 승준 씨가 옷을 벗는 걸로 하죠."

"그 기준은 누가 세우는 거죠?"

"출연자 중에서는 희연 씨하고 서현 씨가 맡아주시면 될 거 같고요. 저희 쪽에서는 유 피디하고 밥차 아주머니께서 심사를 보겠습니다. 어떤가요?"

밥차 아주머니는 괜찮다.

그녀는 「원더풀 새러데이 – 밥 좀 먹자!」 촬영에서도 종종 얼굴을 비쳤다.

스태프들 식사를 책임지는 분인 만큼 공정하게 판정을 내려줄 터였다.

문제는 유 피디다.

그가 공정하게 판정을 내려줄까?

그 점이 의문스러웠다.

어쨌거나 그녀는 황금사단에 속해 있는 피디로, 황 피디의 수제자나 다름없었다.

그런 의심 속에 유 피디가 단호한 목소리로 말했다.

"걱정하지 않으셔도 돼요. 저는 철저하게 중립적인 시각에서 결정을 내리겠습니다."

"맨입으로요?"

"만약 제가 공정하게 판정을 내리지 않는다면 이번에 새로 기획 중인 「한식당」 연출에서 손을 떼겠습니다."

생각보다 센 발언에 주변이 웅성거렸다.

자신의 이름을 메인에 내걸고 연출하는 건 쉬운 일이 아니다.

유 피디는 황금사단에 속해 있는 덕분에 그 기회가 빨리 찾아왔지만 그렇다고 해서 그 기회가 또 언제 찾아올지는 알 수 없는 일이다.

한수가 그런 유 피디의 각오를 읽었다.

"좋아요. 그렇게 나오시는데 거절하면 제가 못된 놈이 되겠네요."

「한식당」에 그녀가 갖고 있는 애착이 얼마나 큰지 누구보다 잘 아는 한수다.

그때 가만히 이야기를 듣고 있던 서현이 한수와 유 피디를 번갈아 보며 물었다.

"「한식당」은 무슨 프로그램이에요? 설마 유 피디님이 새로 연출을 맡게 되는 프로그램이에요? 어떤 컨셉인데요? 예? 알려주세요. 제가 유 피디님 얼마나 좋아하는지 잘 아시잖아요."

먹잇감을 발견한 하이에나처럼 서현이 유 피디를 향해 달려들려 하고 있었다.

요리가 시작됐다.

심사위원석이 마당 한쪽에 마련되었다.

그 심사위원석에는 배우 장희연, 배우 김서현, 유 피디 그리고 밥차 아주머니가 나란히 자리를 잡고 앉았다.

개중 두 명은 출연자, 두 명은 제작진의 입장을 대변하기로 되어 있었다.

승준은 요리 보조가 되었다.

지난번에도 한 차례 손발을 맞춰봤던 두 사람이다.

승준은 한수가 원하는 재료를 척척 가져다줬다.

한수는 「퀴진 TV」에서 얻은 능력을 바탕으로 다양한 요리를 만들어 내기 시작했다.

그가 제일 먼저 만들기 시작한 건 베트남 요리였다.

짜조라는 이름의 요리였다.

방 안에 있는 라이스페이퍼를 물에 불려둔 뒤 미리 다듬고 있던 재료를 모아서 달궈진 프라이팬에 바싹 익혀내기 시작했다.

요리법은 어렵지 않았다. 가볍게 간식으로 먹기에 좋은 음식이었다.

순식간에 첫 번째 요리가 완성됐다. 그 이후 한수가 계속해서 색다른 요리를 만들어 냈다. 두 번째로 만들어 낸 건 브라질 요리인 페이조아다였다.

이곳 초도에서 가장 많이 나는 콩으로 만든 요리로 콩과 채소를 곱게 갈아준 다음 돼지고기나 햄 등을 한데 넣고 걸쭉한 상태가 될 때까지 끓여주면 되는 것이었다.

그런 다음에는 승준이 벗겨놓은 감자를 잘게 썬 다음 조금 전 잡아 온 흰 살 생선에 튀김옷을 입힌 뒤 튀겨냈다.

영국의 대표 요리라고 할 수 있는 피쉬 앤 칩스였다.

요리가 만들어질 때마다 황 피디가 눈을 휘둥그레 떴다.

그건 심사위원석에 앉아 있는 네 명도 매한가지였다.

그들뿐만 아니라 촬영 중인 카메라 감독을 포함한 제작진들도 혀를 내두르고 있었다.

한수 손에서 수십 가지의 요리가 만들어지고 있었다. 별의별 요리가 가득했다. 개중에는 처음 들어보는 요리도 있었다.

페이조아다?

누가 저런 브라질 요리를 먹어봤겠는가. 그렇게 요리가 식기 전 심사위원들에게 하나둘 옮겨졌다.

희연은 조심스럽게 젓가락을 가져갔다. 그녀가 제일 먼저 먹기 시작한 건 짜조였다.

실제로 그녀는 베트남 요리도 몇 번 먹어본 적이 있었다.

팬미팅 때문에 베트남 현지에도 갔다 왔었다. 그러나 이런 짜조는 처음 먹어보는 것이었다. 튀김옷은 바삭거렸고 그 안 내용물은 촉촉하면서도 야들야들했다.

순식간에 한 개를 다 먹은 뒤 또 다른 짜조를 집으려 했지만, 그릇은 싹 비워져 있었다.

그것도 잠시 또 다른 요리가 테이블 위를 메우기 시작했다.

한수의 요리는 이제 막 시작된 것이었다.

반면에 그것을 보는 황 피디의 얼굴은 점점 새파랗게 질려 가고 있었다.

장장 한 시간에 걸친 한수의 요리 쇼가 끝이 났다.

희연과 서현은 잔뜩 배가 부른 듯 입가에 만족스러운 미소를 띠고 있었고 밥차 아주머니와 유 피디도 더 이상은 먹기 힘들다는 듯 고개를 절레절레 젓고 있었다.

그들이 먹지 못한 음식은 남은 스태프들과 승준이 돌려먹는 중이었다.

한수도 자신이 만든 요리를 직접 맛보는 사이 유일하게 그 요리들에 손을 가져가지 못하는 사람이 한 명 있었다.

바로 황 피디였다.

황 피디는 한수가 만든 요리 가짓수를 헤아렸다.

한식, 일식, 프랑스식, 이탈리아식, 스페인식, 브라질식, 베트남식, 영국식 등.

한수가 만들어 낸 요리 가짓수는 무려 아홉 개에 달했다.

이제 남은 건 심사위원들의 평가뿐이었다.

황 피디는 간절한 눈동자로 유 피디와 밥차 아주머니를 바라봤다.

지금 이 상황에서 믿을 만한 건 두 사람뿐이었다.

그때 승준이 네 명을 바라보며 차근차근 묻기 시작했다.

첫 번째 한식부터, 아홉 번째 브라질식까지.

그들의 평가를 매기기 시작했다.

그리고 네 명이 내린 평가는 모두 동일했다.

만족, 그 자체였다.

평가가 끝난 뒤 희연이 한수를 보며 놀란 얼굴로 물었다.

"쉐프 준비했었어요?"

"아뇨, 요리는 취미로 배웠어요."

"……취미로 배운 실력이 아니던데요? 한국 대학생이라고 들었는데 누가 보면 주방에서 요리만 해온 베테랑인 줄 알겠어요."

"칭찬, 감사합니다."

"진짜 잘 먹었어요. 철만 씨가 저한테 엄청 극찬을 했거든요. 제가 「하루 세끼」 섭외 받은 적 있다고 하니까 꼭 가보라고 하더라고요. 그러면서 한수 씨 요리를 무조건 먹어보랬는데…… 오길 잘한 거 같아요."

한수는 진심으로 자신에게 고마워하는 희연을 보며 환하게 웃어 보였다.

그것도 잠시 벌칙이 남아 있었다.

황 피디가 벗어야 하는 옷은 모두 아홉 벌이었다.

모든 심사위원이 모든 요리에 합격점을 내렸기 때문이다.

카메라 감독이 앵글을 황 피디에게 맞췄다.

황 피디가 머뭇거리며 옷을 벗기 시작했다.

그가 외투를 먼저 벗었을 때 승준이 웃으며 소리쳤다.

"하나아!"

이번에는 서현이 말을 이었다.

"둘!"

줄줄이 말이 이어졌고 그럴 때마다 황 피디는 옷을 벗어야 했다.

외투가 제일 먼저 떨어져 나갔고 그다음에는 두툼한 조끼가, 그러고는 니트가 허물처럼 벗겨졌다.

"와. 황 피디님 옷 진짜 단단히 껴입었네요."

"제가 원래…… 추위에 약하거든요."

그러나 아직도 여섯 벌이 남아 있었다.

대략적으로 예상해 본다면 상·하의 합쳐서 두 벌, 여기서 속옷 한 벌, 여전히 세 벌이 부족했다.

사실상 나체가 되어도 불가능한 상태.

그때 황 피디가 꼼수를 부렸다.

그는 쓰고 있던 털모자를 벗었고 그다음에는 신발을 벗었다. 그러고는 양말도 벗었다.

"이제 세 벌 남은 거 맞죠?"

"에이, 황 피디님 너무하시는 거 아닙니까? 그게 말이 돼요?"

"아니, 이것도 엄연히 제가 입은 거 맞잖습니까. 이 정도면 이해해 주셔야죠."

그때 한수가 웃으며 입을 열었다.

"그것도 인정해 드릴게요. 하지만 아직 세 벌 더 남았습니다."

"……잔인하시네요, 한수 씨."

"약속은 약속이죠."

황 피디가 마저 옷을 벗었다. 바지를 먼저 벗고 그다음에는 상의를 벗었다. 그때 황 피디가 입가에 미소를 그렸다. 아직 그에게는 숨겨진 한 수가 있었다. 그건 바로 내복이었다.

결국, 황 피디는 내복 중 상의까지 벗고서야 벌칙을 완수할 수 있었다.

그 전에 보다 못한 제작진 두 명이 근처에서 주워 온 박스로 황 피디를 감춰준 덕분에 팬티 하나만 입은 모습은 방송에 나가지 않을 수 있었다.

벌칙을 완수한 뒤 휴식 시간이 주어졌다. 그들은 방에 나란히 둘러앉아 이야기를 나눴다. 배우가 세 명이 모여 있으니 주된 이야기는 역시 연기일 수밖에 없었다.

"그래도 너 정도면 연기 잘하는 거야. 요새 발연기인 애들이 얼마나 많은데."

연기를 못해서 답답하다는 서현의 투정에 희연이 입을 열었다.

"그런 점에서는 승준이도 기대가 많이 되지. 「왕관의 무게」에서는 단역으로 나오긴 했지만, 조만간 오디션도 보게 될 거야."

"말이 나와서 드리는 말인데 조만간 오디션을 보게 될 거 같습니다. 고봉식 감독님 영화인데요. 조연으로 오디션 한번 볼 생각 있냐고 연락 주셔서요."

"고 감독님 영화라고? 무조건 들어가."

"저도 그러고 싶죠. 그런데 오디션에 붙을 수 있을지 모르겠어요."

고봉식 감독.

충무로에서 세 손가락 안에 꼽히는 대형 감독이다. 아니, 초대형 감독이고 쌍천만이라는 별명이 더 유명한 감독이기도 하다. 천만 관객 영화 두 편을 연달아 만들며 충무로에서 가장 기대받는 감독이 되었다.

그 감독의 영화에 출연할 수만 있다면 조연이어도 단숨에 주연급으로 올라서는 게 가능하다. 한수는 배우들 사이에서 오고 가는 대화에 졸지에 소외될 수밖에 없었다.

그저 그들이 나누는 대화를 묵묵히 경청할 뿐이었다.

그때 서현이 한수를 보며 물었다.

"너는 연기해 볼 생각 없어?"

"하하, 발연기라서…… 연기는 꿈도 못 꾸고 있어."

"진짜? 한번 볼 수 있어?"

"뭐? 내 연기를 보고 싶다고?"

"응. 여기 쟁쟁한 배우가 무려 셋이나 있잖아. 연기가 어떤지 한번 보자. 언니가 교정해 주실 수도 있잖아."

한수가 머쓱하게 웃었다. 실제로 그는 3팀장 밑에서 연기를 배워본 적이 있었다. 그리고 그를 가르치는 선생님마다 하는 이야기는 항상 같았다.

연기를 타고 났다.

천재적이다.

보통 연기가 아니었다. 발연기를 타고 났다고 했었다. 그리고 한수는 배우의 꿈을 접었다. 물론 아직 한 가지 방법이 남아 있긴 했다. 그에게 여러 가지 능력을 부여해 준 텔레비전.

상위 카테고리에는 「영화」와 「드라마」가 있다.

이 두 가지 카테고리에 포함되어 있는 채널을 확보하면 어떻게 될까? 어떤 능력을 얻을 수 있을까. 그 영화나 드라마에 나온 배우들의 삶과 경험, 그런 것들을 자신의 것으로 흡수할 수 있지 않을까?

그런 생각도 해본 적이 있었다.

어쨌든 서현은 물론 승준까지 보고 싶다고 하는 바람에 한수는 서현이 조만간 촬영에 들어간다는 드라마 대본을 읽어가며 연기를 시작했다.

그리고 한수의 연기가 이어질 때마다 세 사람의 표정이 묘하게 바뀌었다. 그렇게 채 신 하나를 끝내기도 전에 대사를 치던 서현이 자신도 모르게 웃음을 터뜨렸다.

"풉, 진짜 안 되겠다. 너, 어떻게 그래?"

희연도 못 말리겠다는 얼굴로 한수를 바라봤다.

"웬만해서는 이런 말 안 하는데 한수 너는 연기해선 안 되겠다."

"……그 정도인가요?"

"그래. 일단 발연기인 걸 떠나서 상대역도 집중을 못 하잖니."

희연 말은 똑 부러졌다.

승준은 아예 한수 얼굴 보길 피하고 있었다. 그도 웃음을 참고 있었다. 그렇게 이번에도 쇼킹, 그 자체를 선사했던 한수의 연기가 끝났다.

그러나 한수는 연기에서 망신당한 걸 만회라도 하듯 연달아 모창 실력을 뽐냈다.

분명 한수가 노래를 부르고 있는데 한수가 아닌 다른 가수들이 줄줄이 그의 목소리를 빌려 나타났다.

개중에는 「숨은 가수 찾기」에 나와 불러 우승까지 차지했던 임태호나 윤환도 있었다.

그럴 때마다 서현과 희연, 승준은 물론 제작진들까지 탄성을 토해냈다.

그 정도로 한수의 모창 실력은 완벽 그 자체였다.

윤환과 임태호, 두 명만 따라 부를 수 있는 줄 알았는데 한수가 소화 가능한 건 그 이상이었다.

황 피디는 그런 한수를 보며 침을 삼켰다. 연기는 형편없었지만, 예능만큼은 한수가 갖고 있는 포텐셜이 어마어마했다.

이상하게 한수를 볼 때면 새로운 예능 프로그램 아이디어가 샘솟듯 튀어나오고 있었다. 그렇게 저마다 장기자랑을 뽐내다 보니 시간이 순식간에 지나갔고 어느덧 밤이 깊어갔다. 내일 오전에 여객선을 타고 떠나야 했기 때문에 그들은 둘씩 짝을 지은 채 다음을 기약했다.

오늘 가장 많이 고생했던 한수가 제일 먼저 잠에 빠졌고 승준도 얼마 지나지 않아 머리맡에 누운 루나와 함께 사이좋게 잠이 들었다. 그러나 좀처럼 잠을 이루지 못하고 있는 사람도 있었다.

희연이었다.

그녀가 옆에 누워 있는 서현에게 물었다.

"서현아, 자니?"

"아뇨."

"한수 요리, 정말 대단했지?"

"네. 진짜 놀랐어요. 저렇게 잘할 줄은 생각지도 못했거든요."

"그러게. 내가 실제로 프랑스에서 미슐랭 3스타 받은 레스토랑을 가본 적이 있었거든? 그런데 한수가 오늘 만든 프랑스식 요리가 더 맛있더라."

"하지만 연기는 정말 별로였어요. 진짜…… 그런 연기는 태어나서 처음 봤어요. 표정과 감정과 말이 진짜 따로 놀아서 웃는 거 참느라 얼마나 고생했는지 몰라요."

"그래. 사람마다 다 갖고 태어나는 재능이 다르니까. 한수는 요리에 재능이 있는 거겠지."

"낚시도 잘하던데요?"

"아, 그랬지?"

"공부도 잘하잖아요. 수능 만점에 한국대학교도 입학했으니까요."

"그것도 그러네?"

"게다가 그「내가 생존왕」에서는 서바이벌도 잘한다고 하더라고요."

"예능에 재능을 타고 난 걸까?"

"그럴 수도 있겠네요."

그 이후로도 두 사람은 좀처럼 잠을 이루지 못했다.

여기까지 오는 시간은 정말 길었지만 그래도 뜻깊은 하루가 아닐 수 없었다.

다음 날 새벽, 한수는 여배우 두 명을 위해 특찬을 준비했다. 그들은 오전 배로 일찍 떠날 예정이었다.

승준이 새벽 일찍 일어나 불을 피우고 가마솥 밥을 준비하는 사이 한수는 피부 미용에 좋은 홍합 미역국을 비롯해 생선을 굽는 한편 손질해 둔 전복을 이용해서 죽을 끓이기 시작했다.

두 여배우가 기상했을 무렵 한수는 호텔에서 나올 법한 조식을 완성할 수 있었다.

전복죽, 홍합미역국, 나물 반찬, 그리고 레몬을 얹은 참돔구이가 오늘의 아침 식사였다.

한수가 만들어 낸 아침 식사를 깔끔히 비워낸 뒤 두 사람은 매니저를 쫓아 오전 일찍 떠나는 여객선에 올라타기 시작했다.

한수와 승준이 두 사람을 배웅할 때 여객선에서 내리는 낯익은 얼굴이 보였다.

윤환이었다.

그는 배에서 내리다가 바로 옆에서 올라타는 희연과 서현을 보고서는 눈을 휘둥그레 떴다.

"어? 희연이? 희연아, 네가 여긴 왜…….."

"우리 어제 게스트로 왔었어. 근데 바로 올라가 봐야 해. 오빠, 나중에 연락할게."

희연과 서현을 태운 배가 금방 초도를 떠나갔다.

망연자실한 얼굴로 여객선을 바라보던 윤환이 한수와 승준을 번갈아 노려보다가 황 피디에게 벼락같이 달려들었다.

"여배우가 게스트로 올 거면 미리 말했어야지!"

"아니, 윤환 씨는 프랑스로 출국 중이었잖아요!"

"그래도! 분명히 호화롭게 차려 먹었을 텐데! 으아아아아!"

윤환이 괴성을 내질렀다.

그가 분노하는 이유는 다른 게 아니었다.

한수가 만들어 낸 진미를 먹지 못했다는 것 때문이었다.

윤환한테 희연이나 서현은, 친한 여동생에 지나지 않았다.

윤환이 합류한 뒤에도 촬영은 계속 이어졌다.

그러나 꽃보다 아름답던 여배우 두 명이 빠진 공백은 꽤 컸다.

여배우 두 명 대신 돌아온 게 윤환이어서일까?

그림도 왠지 모르게 칙칙해진 것 같았다.

그러는 사이 별다른 일 없이 2회차 「하루 세 끼」 촬영도 끝이 날 수 있었다.

그로부터 며칠 뒤 희연과 서현은 또 한 번 예능 프로그램에 동반 출연을 하게 됐다. 그건 두 사람이 같은 드라마에 함께 캐스팅된 영향도 있었다.

그렇게 두 사람이 출연한 예능 프로그램은 「쉐프의 비법」이었다.

유명 쉐프가 배우들이 직접 장을 봐온 장바구니의 재료를 이용해서 15분 안에 요리를 만드는 프로그램이었다.

OBC에서 방영 중인 프로그램으로 꽤 인기가 많았다.

그러나 「쉐프의 비법」 제작진과 출연자들을 당혹스럽게 만드는 일이 일어났다.

그 발단은 희연이었다.

희연이 내놓은 첫 번째 주제 때문이었다.

그녀가 내놓은 첫 번째 주제는, 「한수가 해준 요리보다 더 맛있는 요리를 만들어주세요.」였다.

CHAPTER
6

갑작스럽게 희연이 내놓은 주제로 인해 쉐프들이나 MC들은 물론 제작진마저 패닉에 빠졌다.

「쉐프의 비법」 메인 피디인 양 피디가 눈매를 좁혔다.

그는 이해할 수 없는 얼굴로 희연을 쳐다보다가 메인 작가를 돌아보며 물었다.

"서 작가, 이미 회의 다 끝난 거 아니었어? 첫 번째 주제가 뭐였지?"

"저분이 프랑스에서 잠깐 살다 오셨다고 들어서 프랑스 전통요리를 만들기로 했었는데……."

"일단 녹화 끊어봐. 장희연 씨하고 이야기 좀 해봐야겠어."

"예."

잠시 촬영이 중단됐다.

어수선한 가운데 양 피디가 촬영장 안으로 들어갔다. 그리고 희연에게 다가가서 물었다.

"장희연 씨, 제가 들은 주제와 조금 많이 다른데요?"

단단히 성이 난 양 피디였지만 속마음과 달리 그의 태도는 공손했다. 장희연은 어쭙잖은 배우가 아니다.

그도 쉽게 대할 수 없을 만큼 그녀의 이름값은 대단했다.

특히 배우 정수아가 몰락한 이후로 그녀는 20대에서 30대 여배우 중에서는 단연 톱을 달리고 있다.

그렇다 보니 그녀의 스케줄은 벌써 세 달 뒤까지 빡빡하게 차 있는 상태다.

이번 「쉐프의 비법」도 OBC 예능국장까지 나선 뒤에야 겨우 시간을 마련한 것이었다.

양 피디가 저자세일 수밖에 없었다.

조심스럽게 양 피디가 묻자 장희연이 차가운 어조로 말했다.

"양 피디님한테는 미안한데 생각이 바뀌었어요."

"갑자기 그게 무슨……."

"여기 계신 분들은 다들 쟁쟁한 쉐프님들 아닌가요? 제가 내놓은 주제가 딱히 어려운 것도 아니고 충분히 가능하리라 보는데요."

"……아니, 일단 한수가 누구인지부터 알아야 할 거 아닙니까? 기준점이 명확하지 않으니까 드리는 말입니다."

"「자급자족 in 정글」 보셨어요?"

양 피디가 고개를 끄덕였다.

그녀가 웃으며 입을 열었다.

"거기 새로 합류한 멤버 있죠."

"예, 강한수라고 그 무인도에 낙오됐다가 살아 돌아온, 설마 방금 말한 한수가 그 사람이었습니까?"

"맞아요, 그 한수 씨에요."

양 피디가 한숨을 내쉬었다.

그리고 그가 차분한 목소리로 재차 말을 이었다.

"일단 저는 그분이 얼마나 요리를 잘하는지 모릅니다. 그걸 떠나서 그분은 쉐프가 아니기도 하고요. 그런데 그 한수 씨가 한 요리보다 더 맛있는 요리를 만들어달라는 건 여기 계신 쉐프님들에게 무례가 되는 행동이지 않을까요?"

"저는 그렇게 생각하지 않아요. 쉐프만 요리를 해야 한다는 법은 없잖아요? 그리고 쉐프보다 요리를 더 잘하는 일반인이 있을 수도 있는 법이고요."

"하지만 희연 씨만 아는 기준인데 그 기준으로 어떻게 다른 쉐프님들을 설득할 수 있겠습니까? 완전 주관적이잖……."

"그럼 원래 주제였던 프랑스 요리의 끝판왕을 가져와 주세요, 로 하고 제가 한 분의 요리를 고르면 그건 객관적인 결정이 되나요? 어차피 제가 생각하고 있는 주관적인 기준에 의해 정해지는 거 아닌가요?"

희연의 말은 객관적으로 봐도 대단히 논리적이었다.

양 피디가 입술을 깨물었다.

그때 희연 맞은편에 앉아 있던 서현이 입을 열었다.

"저도 한수 요리 먹어봤어요."

"아, 그래. 서현이도 한수가 만든 요리를 먹어봤어요. 그럼 문제없겠죠?"

"……."

양 피디가 졸지에 궁지에 몰렸다.

고민하던 그가 일단 작가들과 회의를 거치고 돌아오겠다고 했다.

그 이후 그는 작가들뿐만 아니라 쉐프들도 한데 모은 다음 조금 전 희연과 오고 갔던 이야기를 늘어놓았다.

모두 합쳐 여덟 명의 쉐프들은 그 말에 대수롭지 않다는 반응을 보였다.

"저도 유튜브에서 그분이 요리하는 걸 보긴 했습니다. 그렇지만 딱히 문제될 건 없을 거 같네요."

"쉐프도 아닌 일반인이 요리를 잘한다고 해서 얼마나 잘하겠습니까? 저도 문제없을 거 같습니다."

"그럼 그냥 저 주제로 가도 괜찮을까요?"

"예, 괜찮습니다."

"저도요."

"문제없습니다."

쉐프들이 다들 찬성하자 양 피디도 더는 반대할 명분이 없었다.

결국, 그렇게 희연이 원하는 대로 녹화가 진행됐다.

「한수가 해준 요리보다 더 맛있는 요리」

정말 주관적인 평가에 기댈 수밖에 없는 요리다.

그 대신 요리의 국적은 소용없어졌다.

가장 맛있는 요리를 만들면 되는 일이었다.

「쉐프의 비법」8인의 요리사 중 두 요리사가 나섰다.

그들은 각각 자신의 비법을 활용해서 최고의 요리를 선보이기 시작했다.

불이 뿜고 프라이팬이 춤을 췄다.

그렇게 두 명의 쉐프가 전력을 기울여 만든 요리가 접시 위에 담겨 나왔다.

양 피디가 눈에 힘을 꽉 줬다.

이 정도면 최고의 요리가 아닐 수 없다.

저 입맛 까다로운 미식가 희연도 만족할 수밖에 없을 것이다.

그리고 두 요리 그녀 앞에 놓였다.

첫 번째 요리는 프랑스 본토에서 요리를 배운 김경준 쉐프가 만든 쁘띠 수비드 꼬숑이었다.

삼겹살을 기름에 튀기는 게 아니라 물에 데운 다음 훈제시켜 내놓는 것으로 촉촉이 익은 삼겹살 위에 블루베리를 올려 산뜻한 맛을 더하고 있었다.

수비드(밀폐된 비닐봉지에 담긴 음식물을 미지근한 물 속에 오래 데우는 조리법) 기법에 훈제를 응용한 조리법으로 김경준 쉐프의 시그니처 요리이기도 했다.

두 번째 요리는 자연주의 요리의 대가로 불리는 쉐프가 만들어 낸 것으로 겹겹이 어우러진 페이스트리의 팬케이크 안에 잘 익은 소시지가 담겨 있었다.

둘 다 그들이 만들어 낼 수 있는 최고의 요리로, 한수라는 정체불명의 적이 만들어 낸 요리를 꺾어내겠다는 자신감을 뚜렷하게 느낄 수 있는 요리이기도 했다.

카메라 감독이 두 요리를 꼼꼼히 담기 시작했다.

두 쉐프가 극한의 집중력을 발휘해서 만들어 낸 요리인 만큼 두 요리에서는 마치 빛이 뿜어져 나오는 것만 같았다.

그들은 회심의 미소를 지은 채 희연을 바라봤다.

한수가 어떤 요리를 만들어 냈는지는 모른다.

그러나 이 요리라면 그녀를 납득시킬 수 있을 게 분명했다. 그런 확신이 있었다.

그렇게 두 사람이 만든 요리가 새빨간 희연의 입술 안으로 빨려 들어가듯 사라졌다.

잠시 동안 눈을 감은 채 두 쉐프가 만든 요리를 음미하던 희연이 차분한 목소리로 입을 열었다.

"우선 김경준 쉐프님 요리, 정말 맛있게 잘 먹었어요. 어째서 김경준 쉐프님이 국내에 프렌치 요리의 선구자로 알려져 있는지 알 거 같았어요. 르 꼬르동 블루(Le Cordon Bleu)를 수석 졸업했다고 들었는데 그 명성이 허황되지 않은 거 같아 감탄했어요. 특히 수비드로 촉촉이 익혀낸 이 삼겹살, 정말 부드러워서 입에 넣자마자 사라지는 그런 느낌이었어요. 이렇게 트렌디한 방식을 쓰신 것도 놀라웠고요. 원래 김경준 쉐프님은 누벨 퀴진보다는 오트 퀴진을 선호한다고 들었거든요. 아닌가요?"

김경준 쉐프가 놀란 얼굴로 희연을 바라봤다.

"……견문이 대단히 넓으시군요. 그렇게 저에 대해 잘 알고 계실 줄은 몰랐습니다. 맞습니다. 원래 저는 오트 퀴진 방식을 선호하고 그에 맞춰 요리를 해오고 있지만, 이번만큼은 조금 더 트렌디한 스타일을 따르고자 했습니다. 아무래도 젊은 여배우이신 만큼 그게 더 입맛에 맞을 거 같았거든요."

"손님을 생각하는 배려까지, 정말 감사드립니다. 무리한 부탁이었을 텐데도 이렇게 배려해 주셔서 고마워요. 부드러운 삽겹살도 맛이 있었지만, 그 위에 얹힌 블루베리가 이 맛을 제대로 살렸다고 생각해요. 만약 블루베리가 없었으면 훈제로 구운 삽겹살이었어도 조금 느끼했을 거 같거든요."

그녀의 미식관 그리고 요리에 대한 해박한 지식은 계속해서 김경준 쉐프를 놀라게 만들고 있었다.

그리고 이런 그녀의 입맛을 사로잡은 한수가 어떤 인물인지 궁금해지게 만들었다.

그렇게 김경준 쉐프가 내온 시그니처 요리에 대한 평가를 마친 희연은 이번에는 장혁수가 만든 요리를 평가했다.

장혁수가 만든 요리는 페이스트리 안에 팬케이크를 넣어 감싼 다음 그 위에 잘 구워진 소시지를 올려낸 요리였다.

"장혁수 쉐프님의 요리도 잘 먹었어요. 일단 페이스트리는 완벽했어요. 진짜 제대로 구워낸 페이스트리였다고 생각해요. 소시지의 굽기도 적당했고 팬케이크도 알맞았어요. 페이스트리와 팬케이크, 그리고 소시지의 궁합도 좋았고요."

"감사합니다."

그렇게 희연의 평가가 끝이 났다.

거의 전문가 뺨치는 수준의 평가에 양 피디는 고개를 절레절레 저었다.

"와, 저 정도면 미슐랭에서 스카웃해서 다음 레스토랑 평가 하러 다녀도 되겠는데?"

"저도 저 정도로 미식가인 줄은 처음 알았어요."

메인 작가인 서 작가도 눈을 휘둥그레 뜬 채 희연을 바라봤다.

그녀가 평소 맛있는 요리를 좋아하는 데다가 촬영장에서도 밥차가 아닌 본인이 선호하는 레스토랑의 요리를 시켜먹을 정 도로 입맛이 까다롭다는 건 알았지만 이렇게 요리에 대해 해 박할 줄은 전혀 모르고 있었다.

아마 이게 방송을 타게 된다면 대부분의 사람들은 물론 쉐 프들까지 놀랄 게 분명했다.

요리에 대한 비평이라는 게 반드시 그 요리를 잘 알아야 할 수 있는 건 아니다.

하지만 그녀가 이렇게 해박한 지식을 갖고 있다는 게 알려 지면 그만큼 그녀가 하는 말의 신빙성이 대폭 늘어나는 효과 를 얻을 수 있게 된다.

양 피디가 눈매를 좁혔다.

그러면 그럴수록 도대체 그 한수라는 사람은 얼마나 맛있 는 요리를 만들어 낸 건가 하는 의문이 쌓이고 있었다.

한편 그동안 쉐프들은 조금 더 요리를 했고 남아 있는 쉐프 들과 서현도 두 사람이 만든 요리를 시식하기 시작했다.

양은 상대적으로 적었지만, 맛을 느끼기엔 충분했다.

쉐프들이 저마다 감탄을 쏟아냈다.

"진짜 맛있네."

"완전 칼을 갈고 나왔는데?"

"어떻게든 그 한수라는 사람을 꺾겠다는 거겠지."

"이 정도면 인정할 수밖에 없지 않을까?"

쉐프들의 반응은 대부분 비슷했다.

아무리 그 한수라는 사람이 요리를 잘한다고 해도 이 이상의 요리를 만들어 내는 건 불가능하다는 것이었다.

실제로 그들이 만들어 낸 요리는 그들의 시그니처 요리였고 그들이 혼신의 힘을 기울여 만든 요리였기 때문이다.

그때 희연이 서현을 바라봤다.

눈빛이 마주친 순간 서현이 살며시 고개를 끄덕였다.

그런 서현 눈동자에는 놀란 빛이 역력했다.

희연도 입가에 미소를 그렸다.

어떻게 된 일인지는 모른다.

그러나 한 가지 분명한 사실이 있다.

한수의 실력.

그때 두 명의 MC 중 한 명이 희연을 바라보며 물었다.

"이제 두 요리 가운데 하나를 선택하셔야 하는데요. 어떻게 한수 씨보다 더 맛있는 요리를 찾아내셨습니까?"

김경준 쉐프와 장혁수 쉐프.

두 사람이 희연을 뚫어지게 바라봤다.

사실 그들에게 이번 승패는 어찌 되든 상관없는 일이었다.

누가 이겨도 이상하지 않은 승부였다.

그보다 중요한 건 한수를 이겼느냐 이기지 못했느냐 그 여부였다.

그때 곰곰이 고민하던 희연이 입을 열었다.

「쉐프의 비법」 장희연과 김서현 편 녹화가 끝나고 며칠 뒤 구름나무 엔터테인먼트에 섭외 전화가 걸려왔다.

섭외해 온 곳은 OBC였고 섭외를 원한 곳은 「쉐프의 비법」 팀이었다.

구름나무 엔터테인먼트는 누구를 원하는지 물었고 「쉐프의 비법」 제작진은 노골적으로 한 명을 무조건 섭외하고 싶다고 밝혔다.

그리고 그 이름은, 강한수였다.

OBC에서 노골적으로 요구한 이름은 강한수였다.

그 말을 들은 3팀장은 호탕하게 웃음을 터뜨렸다.

"진짜 얘는 예능복을 타고 났어. 아니, 그냥 예능의 신에 얘한테 강림했다고 봐야 해. 어쨌든 그건 그렇고 「쉐프의 비법」

이 섭외하려고 하는 게, 장희연 씨 때문에 섭외를 한 거다, 이 말이지?"

─그렇다니까. 난리도 아니었어. 어쨌든 조심해. 「쉐프의 비법」 쪽에서 지금 단단히 벼르고 난리도 아니야. 양 피디가 단단히 열 받았다니까? 얼마나 실력이 좋은지 두고 보자고 그러더라고.

"고마워. 나중에 술 한잔 살게."

3팀장은 전화를 끊었다.

조금 전 그가 통화한 건 장희연의 매니저였다.

장희연의 매니저가 「쉐프의 비법」 촬영장에서 있었던 일을 알려준 것이다.

그 정도로 「쉐프의 비법」은 노골적으로 한수를 섭외하고자 했다.

만약 그들이 윤환을 섭외하려 했다면 3팀장은 대수롭지 않게 넘어갔을 것이다.

한류스타 윤환을 원하는 예능 프로그램은 부지기수니까.

그렇다 보니 시청률과 화제성, 그 프로그램에 출연해서 얻게 될 긍정적인 이익, 등 여러 가지를 고려해서 선택하는 편이다.

그러나 「쉐프의 비법」 측이 원한 건 윤환이 아니라 한수였다.

노골적으로 그들은 한수를 원했고 꽤 높은 페이를 불렀는데도 불구하고 그 조건을 적극적으로 수락할 정도로 열의를 보였었다.

그래서 3팀장은 이곳저곳에 연락을 취해 어떻게 된 일인지 전후 사정을 파악했고 지난번「쉐프의 비법」촬영장에서 무슨 일이 있었는지 눈치챌 수 있었다.

아마 이번 촬영은 정기적으로 있는 촬영이 아닐 가능성이 농후했다.

비정기적인 촬영일 테고 3팀장은「쉐프의 비법」제작진이 무얼 노리고 있는지도 알 것 같았다.

아마 그들은 2주 뒤「쉐프의 비법」이 방송될 때 장희연과 김서현 편이 나간다면 바로 그다음 주에 2주 연속해서 강한수 편을 내보내고 싶은 게 분명했다.

그러면 더 큰 시너지를 만들어 낼 수 있을 테니까.

이선우나 장희연, 윤환 같은 한류스타 정도는 되어야 방송국을 상대로 갑질이 가능한데 이번에는 한수를 쥐고 갑질을 할 수 있게 되었다.

3팀장이 실실거리며 웃음을 흘렸다.

그때 3팀장실에 들어온 본부장이 음흉하게 웃는 3팀장을 쳐다보며 물었다.

"너 왜 그래? 좋은 일 있어?"

"그게……."

3팀장이 자신이 알아낸 사실을 차근차근 이야기하기 시작했다.

"그런 일이 있었어? 흠, 그럼 누구 데려가려고?"

"저한테 누가 있겠어요? 한수 짝으로는 환이가 제격이긴 하죠. 둘이 「하루 세 끼」도 같이 찍었고 하니 케미는 가장 잘 살지 않을까 싶어요."

"나쁘진 않겠네. 근데 「쉐프의 비법」 메인 피디가 양 피디 맞지?"

"예. 맞아요, 양홍춘 피디. 그 사람 맞네요."

"석준아, 그 사람 만만하게 보지 마라. 독기로 똘똘 뭉친 놈이야. 괜히 어쭙잖게 굴면서 갑질하려 하지 말고 그냥 좋게좋게 풀어. 네 말대로라면 한수 그 녀석한테 예능의 신이 달라붙은 셈인데 굳이 거기에 똥칠할 필요 없잖냐. 안 그래?"

"그건 그렇죠. 무슨 말씀이신지 알겠습니다. 분란 안 일으키고 좋게좋게 진행하도록 할게요."

"그래. 잘 생각했어. 좋은 게 좋은 거야. 잘 다녀와라."

3팀장이 고개를 끄덕였다.

그리고 그는 윤환과 한수에게 OBC에서 섭외가 온 사실을 알렸다.

「쉐프의 비법」

윤환은 스스럼없이 출연하겠다고 했고 한수도 멈칫하다가

섭외하기로 결정을 모았다.

한수가 멈칫했던 건 「쉐프의 비법」에 김경준 쉐프가 출연 중인 걸 알고 있었기 때문이다.

그가 배운 프랑스 요리 중 가장 많은 영향을 끼친 건 김경준 쉐프였다. 그는 「퀴진 TV」에 적잖게 출연했고 프랑스 요리 중 오트 퀴진에 대한 강연을 꽤 여러 차례 진행하기도 했다.

그리고 한수는 그의 요리법을 통해 프랑스 요리에 대한 경험치를 적잖게 쌓을 수 있었다.

어떻게 보면 텔레비전에서나 봤던 자신의 스승을 실제로 만나게 된 셈이었다.

그 덕분에 한수도 「퀴진 TV」의 경험치를 쌓을 수 있었고 어느덧 「퀴진 TV」는 99%까지 경험치가 차올라 있었다. 그리고 오늘 김경준 쉐프를 만날 수 있게 됐다는 점에서 한수는 여러모로 적잖게 기대하고 있었다.

「쉐프의 비법」 촬영장은 일산 킨텍스 부근에 위치해 있었다.

촬영 시간은 오전 10시부터 오후 8시까지 거의 10시간이 넘는 강행군이었다.

2주 치 촬영을 격주에 걸쳐서 하기 때문이다.

다만 이번 촬영은 비정기적인 촬영이었다.

그리고 스타크래프트 밴을 타고 촬영장에 도착한 다음 밴에서 내렸을 때 윤환이 눈살을 슬쩍 찌푸렸다.

"오늘 촬영장 분위기가 영 안 좋네? 무슨 도살장에 끌려온 느낌이야."

덩달아 내린 한수도 그 말에 공감했다.

촬영장 분위기가 우호적이지 않았다.

그래도 그동안 한수는 우호적인 분위기의 촬영장에서 계속 촬영을 해왔다.

「자급자족 in 정글」 같은 경우 정수아 때문에 프로그램 자체가 폐지될 뻔한 위기에 놓인 상황이었다. 그렇다 보니 출연자들은 물론 제작진들까지 똘똘 뭉칠 수밖에 없었다.

「숨은 가수 찾기」에서도 촬영장 분위기는 훈훈했다. 특히 한수는 2연속 우승을 차지하며 강석태 피디한테 거듭 고맙다는 말을 듣기도 했다.

「하루 세끼」는 애초에 황금사단의 황 피디가 한수를 적극적으로 원한 것이었다. 그런 상황에서 분위기가 훈훈하지 않을 리가 없다.

그러나 이번 「쉐프의 비법」 촬영장에서는 뭐랄까 결사항전의 분위기마저 느껴지고 있었다.

3팀장이 밴에서 마지막으로 내렸다. 그리고 로드가 주차하러 간 사이 그들은 촬영장 안으로 성큼 들어섰다.

그들을 발견한 양 피디가 다급히 뛰어왔다.

"어서 오십시오. 박 팀장님, 오랜만에 뵙습니다. 윤환 씨도 반가워요. 잘 지냈죠?"

"예, 양 피디님은 신수가 훤해지신 거 같은데요?"

"저요? 농담이 지나치시네요. 하하. 그리고 이분이……."

"강한수입니다. 처음 뵙겠습니다."

"아, 맞군요. 저도 반갑습니다. 「쉐프의 비법」을 연출하고 있는 피디 양홍춘입니다."

한수가 양홍춘 피디를 위아래로 훑었다.

덥수룩하게 난 정리 안 된 수염, 산발이 된 머리카락, 충혈된 눈, 대부분의 피디들이 보여주는 모습이다.

그랬기에 오히려 친숙하게 느껴지기도 했다.

"다들 한수 씨 오길 기다리고 있었어요."

"저를요?"

한수가 의아한 얼굴로 양 피디를 바라봤다.

그가 웃으며 말했다.

"일단 우리 쉐프군단부터 만나러 가시죠."

"아, 예."

한수는 궁금증을 떠안은 채 촬영장 깊숙이 들어왔다.

스태프들이 이것저것 준비를 하고 있었고 촬영장 안에는

여덟 명의 쉐프 군단과 두 명의 MC가 둘러앉아 촬영에 관한 이야기를 나누고 있었다.

그때 양 피디가 한수와 윤환을 데려오자 그들이 일어나서 두 사람을 반갑게 맞이했다.

지금까지는 아까 전 은연중에 느낀 그 날카롭고 살벌한 분위기가 전혀 와닿지 않고 있었다.

"윤환 씨, 오랜만이네요. 잘 지냈죠?"

"예, 쉐프님도 잘 지내셨죠? 쉐프님이 운영 중인 레스토랑에 또 한 번 찾아뵈어야 했는데 요새 워낙 스케줄이 많아서요. 죄송합니다."

"아닙니다. 이해합니다. 다음에 시간 나실 때 한번 들러주시면 됩니다."

윤환은 예전에 한번 「쉐프의 비법」에 출연한 적이 있었다. 그렇다 보니 쉐프들과도 스스럼없이 인사를 나눌 수 있었다.

그러나 한수는 이번이 처음이었다.

아무래도 데면데면할 수밖에 없었다.

그때 윤환과 인사를 나눈 MC 두 명이 먼저 한수에게 다가왔다.

두 사람이 웃으며 손을 내밀었다.

"한수 씨 맞죠? 반가워요. 요리 잘한다는 이야기는 많이 들었어요."

"예? 누가 그런 말을 하던가요?"

"얼마 전에 장희연 씨가 왔다 가셨거든요. 아주 한수 씨를 극찬하시던데요? 진짜 얼마나 맛있는 요리를 만들어 내신 건지 진짜 궁금합니다. 이따가 기회가 되면 한번 맛볼 수 있을까요?"

"……제가요?"

한수가 얼떨떨한 얼굴로 인사를 건넨 MC를 바라봤다.

그때 다른 쉐프들도 하나둘 한수에게 걸어왔다.

그리고 한수는 개중에서 낯익은 사람 한 명을 발견할 수 있었다.

르 꼬르동 블루를 수석으로 졸업한 1세대 프렌치 요리사 김경준 쉐프였다.

그 외에도 쟁쟁한 쉐프들이 즐비했다.

그러나 분위기가 이상했다.

그들 모두 적대적인 눈빛으로 한수를 바라보고 있었다.

아니, 적대적이라기보다는 경쟁자를 바라보는 그런 눈빛이었다.

그리고 개중에서도 김경준 쉐프와 장혁수 쉐프의 눈빛이 매우 강렬했다.

그러나 전후 사정을 모르는 한수로서는 도대체 두 사람이 왜 저렇게 쳐다보는지 이해할 수가 없었다.

그러나 쉐프들은 웃는 낯으로 하나둘 인사를 내밀었고 그렇게 인사가 오고 간 뒤 녹화가 시작됐다.

한수와 윤환도 메인 작가가 내민 대본을 받고 대본 내용을 확인했다.

오늘의 촬영은 일단 한수와 윤환이 마트에 가서 장바구니에 원하는 재료를 담아온 다음 그 재료를 갖고 여덟 명의 쉐프 군단이 각각 한수와 윤환이 원하는 두 가지 주제의 요리를 만드는 것이었다.

그런데 메인 작가가 건넨 일정표는 그게 전부가 아니었다.

그 이후로도 촬영이 하나 더 잡혀 있었다.

그것을 본 한수가 눈살을 찌푸렸다.

아무래도 무언가 착오가 있는 것 같았다.

반면에 그것을 본 윤환이 웃음을 터뜨렸다.

"크큭, 야. 너 할 수 있겠어?"

"아니…… 저는 이렇게 훌륭한 쉐프님들이 직접 만들어주시는 요리를 먹으러 온 거라고요. 제가 요리를 하러 온 게 아니라고요."

한수가 눈매를 좁혔다.

아무리 생각해 봐도 지금 상황이 이해가 되질 않았다.

왜냐하면, 일정표 가운데 맨 마지막은 바로 한수가 직접 요리를 해서 윤환과 여덟 명의 쉐프 군단을 대접하는 것으로 되어 있었다.

어디까지나 이 프로그램 이름은 「쉐프의 비법」이고 자신은 쉐프가 아니다.

그런데도 굳이 자신이 요리해야 하는지 판단이 서질 않았다.

결국, 한수가 메인 작가에게 왜 촬영을 이렇게 짰는지 물어보려 할 때였다.

3팀장이 그런 한수에게 다가왔다.

"촬영 일정 때문에 그래?"

"네. 아니, 왜 제가 요리를 해야 해요? 뭔 일 있죠? 어떻게 된 거예요?"

"아, 진짜. 「쉐프의 비법」 쪽에서 비밀로 해달라고 해서 말 못 했는데…… 사실 얼마 전에 장희연 씨하고 김서현 씨가 「쉐프의 비법」을 촬영했어."

"예? 진짜요? 그런데요?"

"거기서 희연 씨가 첫 번째 주제로 내건 게…….."

"뭔데요?"

옆에서 이야기를 듣고 있던 윤환이 의아한 얼굴로 물었다.

"한수가 해준 요리보다 더 맛있는 요리를 만들어달라는 거였대."

"……품, 푸하하하하. 진짜요? 푸하하하. 하여간 개 진짜…… 크크큭. 왜 한수를 콕 집어서 섭외했는지 이제야 알 거 같네."

한수가 그 말에 얼굴을 붉혔다.

그때 3팀장이 재차 말을 이었다.

"그래서 김경준 쉐프님하고 장현수 쉐프님이 요리에 나섰고, 자신의 시그니처 요리를 만들어 선보였다는 거야."

한수가 머리를 감싸 쥐었다.

김경준 쉐프는 오트 퀴진의 선두주자이지만 최근에는 누벨 퀴진도 연구 중인 걸로 알고 있었다.

그리고 그런 김경준 쉐프가 근래 들어 가장 공을 들이고 있는 게 바로 쁘띠 수비드 꼬숑이었다.

문제는, 한수가 초도에서 희연에게 만들어준 다국적 요리 가운데 프랑스 요리가 바로 그 쁘띠 수비드 꼬숑이었다는 점이었다.

"그런데 희연 씨가 대단히 의미심장한 말을 했대."

"뭔데?"

"한수가 만든 요리하고 김경준 쉐프가 만든 요리의 맛이 한 치의 오차도 없이 일치한다고 했다는 거야."

"……."

한수가 한숨을 내쉬었다. 한수는 김경준 쉐프의 경험과 지식, 그리고 그의 비법 등을 전부 다 알고 있다.

"그래서 「쉐프의 비법」이 이런 이벤트를 준비한 거야."

그 말을 들은 한수가 3팀장을 쳐다보며 소리쳤다.

"팀장님! 그러면 저한테 미리 말씀을 해주셔야 하는 거 아닌가요?"

"아, 나는 네가 인지도를 높이는 데 도움이 되어줄 거라 생각해서……."

"팀장님은 이미 알고 있으셨던 거잖아요. 안 그래요? 그러면 저한테 사전에 고지를 해두셔야죠. 무슨 몰래카메라도 아니고 이게 뭐예요? 네?"

"……미안하다."

3팀장이 사과를 해왔다.

그러나 여전히 한수는 분이 풀리지 않은 얼굴로 3팀장을 노려봤다.

이건 애초에 있어서는 안 될 일이었다.

그는 단지 요리를 먹고 승자를 고르고, 그렇게 촬영 일정만 이야기를 들었기 때문이다.

그가 3팀장과 호형호제할 만큼 친분을 두텁게 쌓았지만 그건 그거고 이건 이거였다.

그때 뒤늦게 상황을 파악한 듯 「쉐프의 비법」팀이 시끌벅적해졌다. 그리고 쉐프 쪽에서 이야기가 오고 가는가 싶더니 김경준 쉐프가 한수에게 다가왔다.

"사실 제작진에게 자네를 섭외해 달라고 부탁한 게 나일세. 쁘띠 수비드 꼬숑은 내가 오랜 시간 연구한 끝에 만든 요리였거든. 그런데 희연 씨가 이미 그 요리를 먹어봤다고 하니까 놀랄 수밖에 없었다네. 정말 똑같은 맛이었다고 하더군. 그래서 내가 제작진한테 자네를 섭외해 달라고 부탁했네. 자네가 만든 요리를 한번 맛보고 싶었어.”

한수가 김경준 쉐프를 바라봤다.

그는 자신 요리의 스승 중 한 명이다.

한수는 그에게 프랑스 요리를 배웠다.

그의 심정이 이해가 갔다.

“쉐프님의 마음은 이해가 갑니다만 저는 요리하러 온 게 아닙니다. 그럴 줄 알았으면 여기 촬영하러 안 왔을 겁니다.”

“한 번만 부탁하네. 꼭 자네가 만든 요리를 먹어보고 싶어.”

다른 쉐프들도 하나둘 목소리를 보탰다.

쉐프 여덟 명이 한목소리를 내자 한수도 계속해서 뜻을 고집하기는 어려웠다.

“좋습니다. 그러나 단 하나만 요리할 겁니다.”

“고맙네.”

김경준 쉐프가 환하게 웃어 보였다.

그리고, 얼마 뒤 촬영이 시작됐다.

to be continued

SUPER ACE
슈퍼에이스

예성 장편소설

야구 선수의 프로 계약금이 내 꿈을 정했다.

"왜 야구가 하고 싶니?"

"돈을 벌고 싶어요! 집을 살 수 있을 만큼!"

시작은 돈을 벌기 위해서였다.
하지만 이제는 꿈의 그라운드를 위해서
메이저리그 명예의 전당을 노린다!

귀뿔도 없는 회귀

목마 퓨전판타지 장편

불친절하기 짝이 없는 이세계 '에리아'.
그곳에 소환된 '이성민'.

13년의 생활 끝에 죽음을 맞이한 그에게
또 한 번의 기회가 주어졌다.

재능이 없다.
그러나 그에겐 13년의 기억이 있다.

우연처럼 엮인 필연이, 그리고 목적이
그를 앞으로, 더 높은 곳으로 나아가게 한다.

이성민은 무엇을 바라였는가.
무엇이 되고 싶었는가.

"나는 다시 살아가 보고 싶다.
전생보다 나은 삶을."